青年
文学粤军
丛书

风中羽毛

巫宏振 ——著

 花城出版社

中国·广州

图书在版编目（CIP）数据

风中羽毛 / 巫宏振著. -- 广州 ：花城出版社，2024.8. --（青年文学粤军丛书）. -- ISBN 978-7-5749-0172-8

Ⅰ. I247.7

中国国家版本馆CIP数据核字第2024HS4831号

出 版 人：张　懿
责任编辑：李　谓　曹玛丽
技术编辑：林佳莹
责任校对：衣　然
封面供图：包图网
封面设计：吴丹娜

书　　名　风中羽毛
　　　　　FENGZHONG YÜMAO
出版发行　花城出版社
　　　　　（广州市环市东路水荫路 11 号）
经　　销　全国新华书店
印　　刷　佛山市浩文彩色印刷有限公司
　　　　　（广东省佛山市南海区狮山科技工业园 A 区）
开　　本　880 毫米 × 1230 毫米　32 开
印　　张　8　1 插页
字　　数　180,000 字
版　　次　2024 年 8 月第 1 版　2024 年 8 月第 1 次印刷
定　　价　59.00 元

如发现印装质量问题，请直接与印刷厂联系调换。
购书热线：020-37604658　37602954
花城出版社网站：http://www.fcph.com.cn

又到了分享故事的时间

目录

风中羽毛 ... *001*

我空 ... *085*

弃物 ... *112*

羁绊 ... *130*

血茉莉 ... *161*

新生 ... *189*

燃烧的河湾 ... *204*

风中羽毛

1. 毛珊珊

我妈说，就算这次我们拿到总冠军，她还是不会同意我跟李羽在一起。她反对的理由每年都不同，但是有一条她非常坚定，就是认为李羽很穷、太自我、太自私。她说我跟着这种又穷又自我又自私的男人只会吃苦头。我说，我的男朋友我比谁都清楚他是什么样的人。我妈是不会听我解释的。以前李羽确实有脾气，很多时候，他只是生活压力大了，并不是真的要发牛脾气。他的外强内柔的性格，顾顾与老贝也都知道。毕竟我们一起做摇滚音乐熬过了七年，彼此都了解。七年之痒，很艰难，但是我们做到了，最终走到今天。再过七天，也许我们将创造新的未来。

周六晚上，我们将参加一年一度的中国摇滚音乐大赛——七年前，也就是2012年，在江苏南京举办了第一届，今年是第八届，也是奖金最丰厚的一届。这一次主办单位不仅有内地、港澳的房地产大亨来赞助，还申请到了当地政府的支持，冠军奖金高达一百万。

音乐大赛的举办城市每年都不同，主题也不同，这一届定在粤港澳大湾区核心城市广州举行，主题叫作"新南方梦想之路——中国摇滚音乐大赛"。

我抬头看向二楼窗户。此时李羽还在伏案写歌词，他习惯这个样子，遇到兴奋、失落或者紧张的事情，就会把自己沉浸在写歌词里。他说这样可以冷静下来，保持头脑清醒。他确实是一个优秀的作词人，几年前获得过作词大赛亚军。以前顾顾就说，真不知道李羽是真的脾气大还是装出来的，也懂得冷静啊。老贝就说，这是我的功劳，是我的调教与管束才让李羽的脾气变好。如果让我妈来解释，她一定会埋怨李羽，抱怨他人穷脾气大。但我觉得，李羽变得成熟稳重了，是因为他经历了很多，承担了很多，尤其这七年。这七年时间，我们陪他哭过、笑过，也看到了一个男人的成长——这也是一笔巨大的财富。然而，我妈以及那些对他有偏见的人却对他的优点视而不见。

顾顾拎着一袋子东西回来了，他去百货超市买食材，今天是羽毛乐队成立七周年的纪念日，要好好炖一锅。我们四人当中，顾顾家境最好，他在珠江新城花城汇南区有一间叫作"回顾"的咖啡店，经营了很多年。虽说他是大老板、"回顾"品牌创始人，可是他现在不管店里的事情了，全部事务交给他老婆与他弟弟。顾顾说，他最大的追求就是摇滚音乐，他的世界里似乎除了家人就只有音乐。跟我们组队之后，他就把心放在了音乐上。我们都很敬佩他做出的一些取舍。他是我们的老大哥，已经四十岁了。老贝不是，叫他老贝是因为他看起来老，显得沧桑，实际上他是1991年出生的，年纪最小。

我们住在南沙区，面临珠江，这个地方的环境很清幽，周围往来的都是本地村民，不是那种城中村，而是政府的规划建房。这里的卫生很好，地面上几乎看不到垃圾，感觉很舒适。门前那条水泥路通往市区，望远一点就看得到跨江大桥了。道路两边都是草地，有人专门维护，修理得很整齐。此时，酷热的八月，阴天有风，像是要下雨。

岸边绽开的野花我都不认识。顾顾的右手捏着一朵我叫不出来名字的花，花蕊是黄色的，花瓣是白色的，有五片。他看到我了，向我挥手，还摇动着手里的野花。两片花瓣飘落下来，随之被风一卷，吹走了。老贝坐在草地上，拨弄着贝斯，他走到哪里都背着他的贝斯，像与贝斯合二为一似的。老贝离我们大概有五十米，他也看到顾顾回来了，于是站起来，朝顾顾喊了一句话。因为背风，顾顾似乎没有听到，没扭头看老贝，他径直地朝我走来。

"借花献佛。"顾顾说道，停在我前面，把花儿递给我。

"我保佑你发大财。"我接了那朵残花，抬起头看着他说道。

顾顾很会做菜，以前去他家聚餐，都是他下厨，味道真不赖，来到这里住也不例外。顾顾说要给我炖个排骨山药板栗汤。我最喜欢这个汤。他是我们当中最会体贴人的，了解我们每个人的饮食习惯，但我们四个人的饮食习惯都有差别。他对我的生活方式的了解程度超过李羽。我们都称呼顾顾为大当家。

"老贝，大当家给你买了雪糕。"我冲着老贝喊道。

老贝听到了，他从草地上站起来，拍了拍屁股上的草屑，朝我走来。我在跟他开玩笑。老贝喜欢吃雪糕，看到顾顾出门去逛超市，他就说："顾顾，给我买条雪糕回来，东北大板那种，不要再买绿豆雪糕了，我一点都不喜欢绿豆。"我们都不喜欢吃雪糕，吃雪糕是小孩子的喜好。每当听到老贝说那些话，我们就笑老贝，然后跟顾顾说，那就给小屁孩买两支，左手右手各一支，让他舔个够。

"我叫李羽了，他都没听见。"老贝走过来说。他的手搭在贝斯上，安静时，手指似乎还在微微地抖动。如果你不了解老贝，看到他走到哪里都背着贝斯，常常望着远方发呆，手指抽动但是不碰弦，你肯定认为他有毛病。但这不是毛病，而是习惯。

"他这样多久了？"老贝望着坐在二楼窗户旁的李羽，问我。

"两个小时了。"我说。

"他创作时那种投入的样子有点像我。"老贝说。

老贝靠近的时候，我闻到了他身上刺鼻的汗味。他不太注重个人形象，这大家都知道，我们也跟他当面委婉地提过，好歹喷点香水，掩盖一下，可是他并不在意。他的精神世界很丰富，但也得注意表面形象吧。有时候有演出，他也是穿着有汗味的衣服上台。他不是不舍得花钱买衣服，而是生活习惯如此。我往后退了一步，转身往屋里走去，确实有点受不了他身上的味道。

"我进去看看顾顾要不要帮忙。"我说。

老贝从来没在意我这样嫌弃他。他站在那棵龙眼树下，先是看着我，然后转过头去，仰起来看向树顶，又在沉思了。有时候，老贝是个多愁善感的男人。

我问顾顾要不要帮忙。顾顾在切山药，他把食材都准备完毕了。他摇摇头说不用。他说我插手的话会打乱他的思路。

"厨房是我的第二个创作场所。你们等着吃就好。"顾顾说。

我被大当家的绅士范儿感动了。他家的厨房相当干净整洁，墙上没有油烟污渍。顾顾是个很爱干净的男人。刚刚认识他那会儿，我就有这种感觉，去过他家之后就更加确定了。顾顾的老婆长得很漂亮，像演员孙俪。不过，他老婆似乎不太欢迎我们拜访，她认为顾顾不管咖啡店的生意，把心思放在摇滚音乐上，有点不务正业，有点怪罪我们。

我们住的这栋房子是顾顾的爸妈买的，他爸妈已经回老家广西北海了。这栋两层的房子以前都是租给别人的。两个月前，租客退了房就一直空着。于是，顾顾就叫我们来这里住下来，安安静静，放松度过赛前这些天。我们每天都会抽点时间来排练，为大赛做足准备。这里确实是个安静的地方，远离市区，没有高楼大厦带来的压迫感，没有密集人群带来的紧张感。走在路上，望着江面，我感觉那迎面吹来的江风在抚摸着我，路边的花儿像在跟我说话。蝉声阵阵，鸟鸣嘤嘤，这是我在市区听不到的美妙之音啊。我们在奋斗的路上跑得太快了，错过了世间诸多美好。

"老贝在看什么？"顾顾说，望着窗外。

"他想长成一棵树吧。"我笑道。顾顾也笑了。

我们有一首歌叫作《我想长成一棵树》，就是老贝作的词。四年前，我们在珠江新城191酒吧第一次唱出这首歌。"我想长成一棵树，为你遮阳挡雨……"老贝写这首歌词时刚好失恋，女朋友嫌他没钱就分手了。我们心里有点过意不去，也同情老贝。我们这几年能熬过来，没有在遇到困难时一拍两散，支撑着我们走到今天的、最大的动力不是金钱，而是对音乐、对理想的追求。我记得当李羽唱完《我想长成一棵树》时，站在他背后的老贝已经感动到泪流满面了。老贝有一颗女人一样柔软的心，这让我感觉有点惊讶。

我坐到客厅里，看着以前录下的视频，找找有哪里需要改进的。一楼客厅被改装成了排练场地，我们的乐器放在靠近窗户那个地方，中间竖起一个麦克风。李羽是主唱兼吉他手，我也是吉他手，顾顾是鼓手，老贝是贝斯手。登台表演时，我们就是一体的，就是羽毛乐队。

这时候，我看到老贝走进来了，他的目光略显单纯，有点疲劳。

2. 老 贝

"我想长成一棵树，为你遮阳挡雨。"

我仰头看向树顶，心里默默地念着这句歌词。这是为她而作，为她而唱的。如今她已经离开我。她没有留下来陪我熬过这几年，她老是抱怨我，爱音乐比爱她更多。其实不是。她离开的那段日子，我很痛苦，生活上"摆烂"，精神上"躺平"，像条死鱼一样终日瘫在床上，但没去找她。她嫌我没有钱，她当初说过喜欢我的队友，支持我加入羽毛乐队，支持我追求梦想。今天我做到了，坚持下来了，再过几天，我们就要去冲击百万冠军奖金了。我跟队友走到今天，我知足、感恩，伤痛与泪水都有了某些意义。我跟队友坚守下来了，而她再也回不来了。

"我想长成一棵树，为你遮阳挡雨。而你随风，消失在云中……"

我看到毛珊珊坐在客厅里，在看我们演出和排练的视频。她总是让我想起前女友。顾顾说，毛珊珊长得很像录音师Lisa。Lisa的中文名叫莉莉，是乐队的专业录音师，我们的第一张专辑的录音就是莉莉做的。可是我觉得，毛珊珊跟莉莉不像，她比莉莉矮半个脑袋，倒是很像我的前女友，身高、体重都差不多。我刚才靠近她时，心跳有点加速。我有时候控制不住自己去臆想。毛珊珊身上的气味、她的眼神、她的声音，都让我忍不住联想到前女友。

"打住吧！她已经有了李羽。打住吧。"我脑海里会冒出这种阻止的声音。李羽不懂得毛珊珊的温柔，他不解风情。毛珊珊比我大一岁，她把我当弟弟来看待，我却没有把她看作姐姐。陷入乱想的时候，我就逼迫自己沉浸在音乐里，指尖随着脑海里响起的旋律而抖动。这时候，音乐就是我，我就是音乐。就这样，我会很容易放松下来，归于平静。

"看什么呢？"毛珊珊扭过头来问我。我一直站在门口盯着她。

"没看什么。"我说。

她又在瞪我了，我喜欢看她瞪我的样子。她不会瞪李羽，不会瞪顾顾，只会瞪我。她用姐姐的口吻吓唬弟弟说："干吗这样看着我，欠揍啊。"我看着她，手搭在贝斯上，手指不动了。我控制住自己了。我说："我也来看视频，找找我的不足之处。"我其实很少看回放，弹得好不好心里一清二楚，只是找个合理的借口，坐到她的旁边，肩膀蹭到她的肩膀。她的衣服上还留着舒肤佳的味道。

"太挤了，你去那边坐。"毛珊珊指着靠近窗户的蓝色布面凳子说。这也是她对我一贯使用的命令的口吻。

一楼没有空调，只有两把落地扇一前一后吹着。我还赖了几秒钟，她又瞪我了。她戴着隐形眼镜，瞳孔很黑、很大，就像两个小宇宙似的。我忽然对她咧嘴笑了，她也扑哧一下笑了，然后一巴掌拍在我的肩膀上："看你这个熊样。"她用手肘戳了一下我的腰，示意我坐到别处去，别妨碍她。这时候，我才心满意足，懒洋洋地起身坐过去，眼角余光却还在瞄着她。白色T恤与牛仔裤是毛珊珊喜欢的日常搭配，她喜欢穿黑白相间的滑板鞋，很少见她穿高跟鞋。她有一副好身材，如果配上高跟鞋，整体气质会提升一个档次。

七年前，也就是2012年8月的某一天，李羽带着毛珊珊来找我。她跟我是第一次见面。那时候，我刚从星海音乐学院毕业，爸妈叫我回老家江苏南京考教师，但我想留在广州，于是入职了荔湾区一家艺术培训机构，做了一名音乐教师。我跟李羽也是因为音乐而相识，在一场作词大赛上相遇，他第二名，我第五名。同样地，我跟毛珊珊也因音乐而成为队友。刚上班那会儿，我的课程比较少，空闲的时间很多，多半时间坐在教室里很无聊，于是写写歌词，编编曲子，就这样度过一天。

有一天晚上下班之后，李羽约我在附近的馆子里吃饭。

"介绍一下，我女朋友，毛珊珊。"李羽说。

当时，我也有女朋友，不过她还在上课，没回来。那天晚上，毛珊珊也是穿着一件白色T恤和一条修身牛仔裤，看起来有点瘦，弱不禁风的样子，不像现在，下巴长得有点圆润了，但身体的轮廓还是很优美。在那之前，我跟李羽不常见面，只是网上聊天，互相交流，分享摇滚音乐。他的偶像是黄家驹，Beyond乐队。我的偶像是崔健。他游说我加入他的乐队时，送了我一个礼物，就是崔健的第一张个人专辑《新长征路上的摇滚》。他给我的是一张碟片。我感觉有点惊讶。过去这么多年了，这张专辑早已绝版，李羽是从哪里买来的呢？果不其然，李羽送给我的碟片不是原版货，而是他从网上下载，刻录到碟片里的九首歌的集结而已，二十块钱就买到了，封面做得跟原版一样。

我拿着碟片说："你这是在糊弄我呢？"

李羽尴尬地笑着说："你体谅体谅我，先收下吧。等我们成名了，坐在你对面吃饭的人可能就是崔健了。"他还是在忽悠我，但听着心里舒坦。

那年，李羽二十四岁，一副心高气傲的样子，他的那股初生牛犊不怕虎的闯劲确实感染了我。我一边沉思要不要答应他，一边又想离席。正在纠结时，毛珊珊忽然伸过手来握住我的手，笑着说道："老贝，以后我们就是队友了。"她的手伸得太突然，让我没有心理准备。她的掌心有汗，很柔软。

与其说我是被李羽说服加入乐队的，不如说是毛珊珊的一次亲密握手把我拉进来的。我没有跟谁说过那个时刻的心里话，尤其在女朋友面前，更是不说。我跟女朋友说，我是因为追求伟大的音乐梦想，所以加入了乐队。女朋友是我的大学同学，毕业后我们一起在艺术培训机构做音乐老师。做音乐，女生比男生有明显的优势，她教的学生比我多，课程比我多，技能与理论比我扎实。当我跟她说起乐队的事情，我还有点担心她会拒绝。可是她同意我加入，支持我。这让我在最初的几年里感觉比较踏实。我估计那会儿她还不太知道这个乐队赚不了什么钱，不仅赚不了钱，有时候还倒贴，有一次还差点解散了。

这时，傍晚的余晖从窗户照进屋里，越过我的头顶，斜斜地落在顾顾的架子鼓上。顾顾敲过的那个鼓的鼓面颜色有点淡了。阳光就粘在那块淡白色的痕迹上，逗留了片刻才慢慢消失。

顾顾围着一条黑色的围裙，拿着锅铲，伸出头来看着客厅，说道："老贝，麻烦收拾一下饭桌，准备吃晚饭了。"他原本想叫毛珊珊收拾的，因为饭桌就在她前面，圆形的，上面有葵花子、饼干与面包。我看到他的目光忽然转向我，可能认为我没事可做，应该收拾残局。

中午大家都没有吃午饭，因为顾顾去市区了，没人做饭，于是都不吃了，就用零食充饥。我吃了一包泡面加两根火腿肠——这让我想起前几年那段靠吃泡面度过的艰苦的生活。我的肠胃就是在那个时期吃坏的，经常拉肚子。于是，我的身体在乐队最艰难的那一年垮掉了，落下一堆毛病。其他人都没事，就我一个人熬到胃出血，进医院躺了一个星期。

"顾顾，你会炖健胃消食的汤吗？"我问道，"明天也给我炖一锅吧。"

"没听过，你吃那种汤干吗？"顾顾在厨房里说，"你消化不良吗？"

"你不要问那么多，我买食材，你来炖。"我说。他就不说话了。

顾顾跟毛珊珊的关系最好。他有没有把毛珊珊当作妹妹看待我不知道，反正顾顾没有把我看作弟弟。他比我大十二岁，整整一轮，要当也是当他侄子，但这个辈分我不认。怎么说呢？虽然顾顾年纪最大，可是他也没有摆出什么大哥的架势来教育我们，这点我尊敬他。反观李羽，有时候我在台上表演不佳，下台后就会被他责怪。他还冲我吼过。我们去年在半决赛中被淘汰出局，李羽就把气出在我头上，因为我分心，弹错音了，评委打了很低的分数。李羽摆出老大的架势，他以为自己是主唱就可以乱吼人。其实我的歌声不输给他，我还有一双巧手，把贝斯玩转得很顺溜——不可否认的是，这就是李羽看重我的原因。

所以，那天晚上的一顿饭之后，我就正式加入羽毛乐队。我是最后一个加入的。后来我又知道，我不是担任贝斯手的第一人选，在我之前有一个贝斯手，是李羽网上结交的朋友，不过那个人练了两天就离开了，因为受不了李羽的暴脾气。李羽怒斥说，他想用麦克风砸爆那个骗子的脑袋。

我们打算今晚下馆子吃羊肉煲的，如同七年前大家第一次见面相聚那样。但是后来顾顾说，我们这个星期最好保持饮食健康，尤其要养好精神，保护好喉咙。他继续负责我们的饮食，不下馆子了，于是就有了那锅排骨山药板栗汤。

顾顾端着汤锅走出厨房，边走边说："准备开饭喽。"他故意提高声音，展示出他粗犷的嗓音，听起来有崔健的那种沧桑感。

3. 顾　顾

"他是在使唤我给他炖汤吗？"我心想，"我喜欢下厨，但不喜欢被人当作厨子来叫唤。我不反感他们叫我大当家，但是这个当家不是当厨子。我做饭是因为享受做饭的过程，这是一种心境。我为羽毛乐队费心费力，努力经营，也很享受这个过程。"

"你都给珊珊炖了排骨汤，也给我炖一锅啊。"老贝还在使唤我，想没完没了了吧。如果不满足他，估计天天吵着我。

我不作声了，不跟侄子辈的小男生拌嘴。我想，要是他打扫客厅垃圾的积极性和把个人形象搞干净的积极性也有这么高，那我就考虑一下他的要求。

第一次见到老贝的时候，我就觉得他身上有点小毛病，他的头发有点乱，像个嬉皮士，脸上有油光，身上还有股异味——不是他衣服上的异味，而可能是消化不良导致身体里溢出的一些味道。那时候，他大学毕业不久，看起来还是个稚嫩的小弟弟，脸上还有青春痘。

成立羽毛乐队那个晚上的聚餐，我就坐在老贝的旁边，桌子小，挪不开距离。他人挺逗的，那时他还没有经受失恋的打击，还没有现在这么多愁善感，而是比较乐观。他时不时用手肘碰一下我，问我干吗不吃饭，是不是不喜欢吃饭。我敷衍他说，有点饱，饭太干了。他客气地给我夹菜，夹了一大块羊肉，放进我的碗里。

"敲鼓很累人，吃饱了才有力气敲。"他笑着说道。

我有点诧异，以为听错了，他可是星海音乐学院毕业生，怎么会说出这么不专业的话来呢？鼓手用的不是力气，而是娴熟的技巧结合心灵的节奏。他给我的第一印象不是那么好。

那晚，我对面坐着李羽——乐队的核心，他旁边是毛珊珊——乐队的灵魂，而老贝像片绿叶，还没有被认为是乐队的精神。我是打杂的，大当家嘛，杂事很多，这跟后来发展成乐队宣传"大使"是有直接关系的。

我跟李羽相识多年，经常交流。我比他年长九岁，但没有因为年纪差而意见不和闹矛盾。相反，对摇滚音乐的理解，我们有着很多相同的见解与感悟。我很早就知道他对摇滚音乐有着坚定的追求，很看好这个年轻人。然而现实摆在眼前不得不提，追求梦想的同时，还得吃饱饭，享受生活，保持身体健康。来找我组建乐队时，他还一穷二白。"光有激情是不够的。"我就是这么跟他直说的。他开门见山，邀我担任乐队鼓手，帮助乐队赚钱，先在广州闯出名堂来。他想到我是个老板，一方面有经营生意的经验，一方面认为我有钱，有资源，可以轻松拉赞助，维系这样一支小乐队不是困难的事。可是，他考虑得有点简单了。

我老婆是第一个站出来反对的人。那时候，咖啡店的事务都是她和我弟弟在打理——那会儿我弟弟还没有发生车祸，右腿还是正常的。店铺的命运就交给他俩去决定了。我老婆是一个被实用主义彻底洗脑的人，她不吃我那一套什么音乐理想、乐队文化，她鄙视我的浪漫理想。她是个不懂浪漫的女人，用现在的话来说，她就是一个"直女"。

我老婆试图阻止我加入乐队，她打电话给我爸妈，想让他们来说服我放弃。她的心思都在生意上，其实没打算多管我的事，就在这件事上，她就管得多了。这么多年来，其实咖啡店不怎么赚钱，投下去的钱能够维系正常营业就已经很不错了。被人喊一声"顾老板"，听起来很光鲜的样子，其实我是个穷老板。

我说："我已经决定了，生活费我自己赚自己花。"

十多年的夫妻了，她懂我的性格，不再勉强我，她知道勉强不了我。她觉得我任性，但我只是在追随内心的想法，寻找志同道合的人，寻找认同。对我来说，做出这个决定比较困难——不是要放弃原来的一切的那种困难，而是对自己一手创立起来的品牌最终撒手不管。

我还有一个在上小学的儿子，他不怎么黏我，跟我有点生疏，他喜欢跟着妈妈。他不喜欢敲鼓，以前我在家里练习，他就生气，躲得远远的，嫌我吵着他。儿子说他的理想是做一个画家，于是晚上就把自己关在房间里画鸡蛋，说是模仿达·芬奇。他妈妈很不屑地说："又一个变着样来做梦的，跟你老子是一类人。"她理想中的丈夫与儿子的样子应该要像她一样，放弃不切实际的梦想，认清现实，努力赚钱，这才是最有用的。人到中年，老婆的心都在事业上，老公可有可无了。

我的处境变得有点尴尬：既没能让爸妈满意，也没有让老婆支持，儿子还不懂得我的选择。这就让我更是下定了决心要去追求我的音乐梦想了，不然到头来不仅被老婆看不起、被嘲笑，还庸庸碌碌虚度一生。

"一个人的生命应该是这样度过的：当他回首往事的时候，不为虚度年华而悔恨，不为碌碌无为而羞愧。"我在心里默念着保尔·柯察金的这句话。

我们决心要做一支专业的乐队，随后搬到一起住，就在白云山脚下租了一栋两层的村民自建房。这房子是我朋友家的，朋友搬到黄埔区了，空着一个多月了。对面是广东外语外贸大学校园，背面就是白云山。一楼商铺就用作排练场地，二楼就是大家住的房间。李羽与毛珊珊住大卧室，我跟老贝各住一间小卧室。

"顾顾，你爸妈留下这么一栋房子不住，为什么回老家？"老贝喝着汤问道。

"他们不习惯广州的吵闹了，回老家跟亲戚们玩了。"我说。

"跟亲戚有什么好玩的？"老贝说，"那你不会收我们的房租吧？"

"你能不能不说话？叽叽喳喳的。"李羽道。

我们一起举杯，为乐队成立七周年庆祝。

他们仨的压力都没有我的大。我上有老下有小。在这个年纪，我没有尽到一个儿子、一个丈夫、一个父亲的责任。我内心有愧疚。再过几天，我们就要踏上争夺百万奖金的摇滚音乐大赛舞台了，如果能夺冠，我就能在爸妈、老婆、儿子面前挽回一切颜面了。

其实，我爸妈比较少干涉我的事情，他们是老广漂，很早就在广州打拼了。他们经历了二十世纪九十年代广州的黄金发展时期，原本打算退休后在广州颐养天年，但却在繁荣的新时代里退出广州，回到老家。现在我爸跟着村干部以及一些大学毕业回乡发展的年轻人一起为乡村振兴的项目忙前忙后。我妈的腰不好，年轻时落下的后遗症，就在家里忙些简单的家务活。爸妈的那一辈人是见证过历史的，是跟着时代的发展奋斗过来的，建设广州他们也出了一份力气。

爸妈从事建筑工程，干了大半辈子。我大学毕业出来工作几年后，他们就退休了。我在执信中学做过五年的音乐老师，二十八岁辞职出来创业，开了这间咖啡店，后来结婚生子。开店的钱爸妈支持了一大半，弟弟支持了一小部分，结婚时爸妈也帮衬了很多，比我还忙。他们一直以我兄弟俩为傲。但那一次，爸妈干涉了我的选择，他们不支持我去搞音乐，他们觉得我应该老老实实去做生意，做些实实在在的事，不要搞那些虚的。

我看着杯中酒，一饮而尽。

"漫长的七年啊，真是一言难尽。"我说，盯着杯子，旋转起来，好像杯壁上刻着我们那七年的全部事迹。

"顾顾，怎么忽然发这么大的感慨？"毛珊珊说。

"七周年纪念日，心里高兴。"我说。老贝拿起酒瓶，倒满我的杯子。

"你怎么……哭了？"老贝挨近来看我。

"你能不能别说话？叽叽喳喳，叽叽喳喳。"李羽又责怪老贝了。

毛珊珊也认为我太伤感了，一手搭在我的肩膀上，拍了拍，安慰了一下我。

我只是太困了，回来的时候，风吹着眼睛，有些累了，混着一阵回忆，心里有点酸，就流泪了——这不完全是伤感的眼泪，还有疲惫与期待的眼泪。

晚饭之后，我们没有讨论音乐，也没有去KTV唱歌，而是各忙各的事情。毛珊珊帮我收拾碗筷，拿到厨房洗了，还把卫生搞完了。老贝拖了地板，李羽倒了垃圾。那天晚上，他们好像变了个人似的，以前想到要干家务活时都不情不愿，现在却卖力地帮我完成了其他活儿。

冲完凉，躺在床上，舒展手脚，眯着眼，我冥思了一会儿，辗转了几下还是没有睡着，起床，走出卧室，来到客厅，坐在茶几旁，泡了一壶茶。这个时候，他们应该在看电视，但都不在。他们都跑到天台上去了，在那里摆了一张小茶桌，拿了我买回来的零食，点着两根蜡烛，并排坐着，边吃边喝边聊天，看着阴阴沉沉的夜空，有微风。

那天晚上，我们聊了很久，各自讲述了自己以及乐队的奋斗往事。

4. 李 羽

毛珊珊睡着了，她喝了两瓶啤酒，躺下后睡得很沉。我睡不着，只喝了一杯就罢了，脑海里还在想着下午没有写完的那首歌，躺下来辗转难眠，好像还有什么重要的事情没有完成。我轻轻地起床，走出卧室，来到客厅。已经十二点，窗外传来呱呱的蛙鸣，隔壁楼的抽水泵在嗡嗡响。珠江岸边亮着隐隐的灯光，楼前的树荫映在落地窗上。顾顾的卧室里传来打鼾声，他晚上喝了最多的酒，喝酒睡觉他必定会打鼾。老贝没睡，屋里响着《英雄联盟》的歌曲，他是个夜猫子，肯定窝在床上打游戏。

我摁下电水壶的按钮，正烧着一壶水。

说真的，今晚的七周年纪念日让我颇多感触，顾顾都哭了，珊珊的眼眶也湿润了，老贝叹了几口气。七年光景，放在一个人身上说长不长，说短不短，但是放在一支摇滚乐队身上，走到今日，算是寿命长了。黄家驹的Beyond乐队在他逝世后已经名存实亡，也就十年时间。瘦死的骆驼比马大，Beyond乐队的影响力至今还在发挥作用，它的精神激励着一代又一代的年轻人，比如我，比如羽毛乐队。我的目标就是要创建一支像Beyond这种伟大的乐队，终极理想就是要超越它。记得当初我就是以这样的理由去跟顾顾与老贝游说的。他们都懂，我在给他们画大饼，彼此都了解，没有必要戳破我的牛皮让我难堪。其实那时候我身上憋着一股劲儿，也不是全在吹牛皮、打鸡血，而是诚心诚意要组建一支乐队，扎根广州，踏出大湾区，闯开属于我们的天地。

找队友时，顾顾与老贝都不是我的第一人选，可是游说他们的时候，我必须做出善意的隐瞒，让他们觉得是我的首选，不然朋友之间面子不好放。顾顾比较谨慎，他考虑的方面比我们都多。我最先找他，却等了一个星期才得到加入的答复，毕竟这不是小孩子玩过家家游戏。老贝呢？他还在星海音乐学院读书的时候我就关注他了。他在第七届广州高校联盟音乐大赛中获得了个人优秀奖。正好那次大赛我在现场。他看起来还很稚嫩，脸上还有青春痘。赛后我去找了他，请他在校门口吃了一碗馄饨，就这样认识了。

组建乐队这件事是我跟毛珊珊一起做出的决定。那时候我们已经恋爱了，两人的心愿高度契合，决心以后要靠一支乐队成名成家。她说她来给乐队取名字，第一次取名叫"花城"，也就是广州的另一个称呼，但商量之后觉得太普通，就放弃了；第二次取名叫"木棉"，正值三月下旬，广州街头的木棉树开满了红灿灿的木棉花，看着很喜庆，但又觉得没含义，最后还是放弃了。

有一天晚上，我们俩无事可做，就窝在屋里看电影《阿甘正传》，片头里的那根像被人施了魔法的羽毛，随着风在城市上空飘荡，飘过树林，窜进人群，闪过车辆，最后落在了主人公阿甘的脚下，故事就这样开始了……看到这里，我们俩几乎同时看向对方，惊呼出来。队名找到了，一拍即合，就叫羽毛乐队。"羽毛"二字的灵感就来自这里，而且这两个字恰好包含了我跟毛珊珊的名字。

"飘荡，飘荡，我俩是天生的一对羽毛。羽毛，羽毛在风中飘荡。"三年之后，乐队出版发行了第一张专辑《羽毛乐队》，主打歌曲《羽毛》里的这句歌词就是为了纪念我跟毛珊珊选定队名时的那种喜悦。羽毛在风中飘荡，就像无数广漂的状态。那时候，我跟毛珊珊还住在客村那一带的城中村，那个地方多是握手楼，密集、拥挤、嘈杂。晚上到了十点多钟，很多人就会结伴到楼下街边的店铺里吃夜宵。我们经常去的那家夜宵店的老板也是黄家驹的歌迷，门口那个破音箱每晚都在循环播放黄家驹的歌。

整条巷子就属他家的店最有我喜欢的烟火气。那晚，我跟毛珊珊下楼喝了两瓶生啤，嗍了一盘爆炒田螺，趁着高兴，我让老板拿来了麦克风，现场唱了一首《海阔天空》：

"多少次，迎着冷眼与嘲笑，从没有放弃过心中的理想……"

"原谅我这一生不羁放纵爱自由……"

回想起来，那样不羁的时刻成了七年中最珍贵的画面之一。后来，我们还差点就沦落到街头卖唱了。

老贝也有一副好歌喉，他不仅会写歌词，还能谱曲，自弹自唱，但他没有好好使用那副嗓音，而是孤芳自赏了。有几次我鼓励他走到最前面去，站到麦克风前面来，像以前那样，看着欢呼的歌迷，唱出他心里面的歌声。可是他说不想了，他退却了，他跟聚光灯有仇似的，躲开了，站到了灯光暗淡的位置上，只想与贝斯默默为伴。

老贝对我说，他只想要歌迷们听到他贝斯的声音以及听懂歌词里表达的真情就已足够。我问他，他歌词里的真情有我的多吗，以前作词大赛我是赢了他的。他轻轻地苦笑，不接这个话题了。他这么说可能只是托词。老贝真的是一根筋，有点固执。后来有一次，顾顾就问了老贝一句："你是不是自卑，觉得自己不够帅，怕丢脸啊？"

老贝当时否认了顾顾的说法，却也没有给我们一个解释，于是这就成了我们理解他拒绝唱歌的一个充分的理由。

"自卑什么？有什么好自卑的？黄渤都能上台唱歌，你为什么不能？你一定能。"毛珊珊鼓励他道。

我们三个男人当中，论长相，老贝确实落了下风。毛珊珊说他跟黄渤长得很像，但这不是借口，曾经在夜场唱歌的黄渤不也站上了舞台，认识了自己的潜能吗？只有认识自己，才能去认识音乐，认识众生，不是吗？

"张一山跟夏雨，徐峥跟汪涵，都长得很像，他们在娱乐圈里根本谈不上帅，但你觉得他们害怕过登台表演吗？自卑吗？"毛珊珊盯着老贝，像在质问他。就这样，老贝一副可怜兮兮的样子，被我们轮番说教了一遍。

如今，老贝在他的位置上发挥了不可替代的作用，他是羽毛乐队的精神所在，不可以垮掉的。我曾经嘲讽过他，凶过他，骂过他，但他还是没有离开乐队，忍让了我的臭脾气，坚守着当初的理想信念。在乐队最困难的那段日子，当我们都陷入颓败，有心无力时，老贝用他的生命保护了我们的乐器，才没有被房东卖掉抵押房租。

我作为主唱以及羽毛乐队的创建者，坐在七周年纪念日的桌边想要举杯庆祝，心里除了有一分荣誉感，还有一分愧疚感，那种辛酸好像珠江潮水一样随着顾顾的泪水也在我的心头上涌来。我们已经奋斗过了，我们享受了这个过程，办过演唱会，签约过唱片公司，出版发行过专辑，还得过奖。为了争取今年摇滚音乐大赛的决赛资格，我们一路过关斩将，最终将其收入囊中。如果用我们的经历来阐释怎么样才算成功的话，那么当我们站上决赛舞台的那一刻，就成功了。

"你紧张吗？"睡之前毛珊珊问我。

"没有啊。"我说。

"那你干吗一下午都关在屋里写歌词？"毛珊珊侧着身子，看着我，"叫你下来散散步都不去。"

"河边很臭，不想走。"我说，"我习惯了在这个时间创作。"

"我已经很久没有看到你这个习惯了。"毛珊珊说，挪了一下身子，平躺下来，双手摊在肚腹上，盯着天花板，一会儿之后才闭上眼睛。不久我就听到了她重浊的呼吸声。她每次喝多了酒，睡着的时候就会发出很重的呼吸声，给人一种心事重重的感觉。

老贝开门出来了，他穿着人字拖，一条花短裤，赤着上半身，倚着门框。老贝看起来有点瘦，没有肚腩，没有腹肌，肋骨的轮廓也看得清楚，像是经常挨饿造成的模样。我没有看过他这副真身，他平时穿的衣服都显得宽松，估计是加大一号，所以看不出瘦。

"出来找吃的吗？"我问。

"不是。我以为客厅没人，灯还亮着，费电。"他说。

确定客厅有人了，老贝没有要退回房间的意思。他走向立在客厅角落里的冰箱。电水壶的水也烧开了。我开始洗杯子，倒茶叶，泡茶喝。我听到了老贝关上冰箱门的声音，还有撕开保鲜袋的声音。他手里拿着一瓶维他奶和一包面包，一边走着，拖鞋在地板上发出橐橐的声响，一边嚼着面包，然后咕噜噜地吸着奶。

我记起来了，这几个晚上，我都在半夜听到有开冰箱门和橐橐的声音，我以为是屋外的那个抽水泵发出来的，原来是老贝制造的。毛珊珊有几次问我，是不是我偷吃了她放在冰箱里的维他奶。我没有偷吃，我不习惯喝这些饮料。现在终于知道是谁干的了。

老贝关门之前看了我一眼。"少熬夜，对嗓子不好。"他说完关上了门。

我差不多戒掉了夜宵，十五六岁时抽过烟，成年后就没抽了。现在饮食上有顾顾把关，尽量不吃辣，不吃油腻，以清淡为主，喝酒也适量了。这是我对自己的要求，没人强迫我这么做，几年下来就成了饮食习惯了。有一次，羊城唱片公司的音乐总监周周邀请我们去参加他的生日聚会。没想到的是，他在聚会上给我整了一大杯伏特加，而且不加冰。他有意为难我。在那之前，羊城唱片出版发行了羽毛乐队的新专辑《在珠江河畔》，周周帮了我们很大的忙。我却说不喝酒，因为第二天要上台演唱。周周就觉得我扫了他的兴。最后顾顾站出来帮我解了围，他替我干了一大杯。面对酒局，我是比较克制的。记得两年前，我的一个唱歌的朋友，因为酗酒、抽烟、熬夜、饮食不规律，最后人废了，嗓子也废了，喉咙上还做过一次大手术。他是个流行歌手。对一个歌手来说，歌声就是一切：嗓子废了，歌声就没了；歌声没了，前途也没了。

我抿了一口茶，含在嘴里，用舌头搅拌了一下才吞下肚里，一会儿之后，喉咙里留下了一股微微的清凉，像是含了一片薄荷糖似的。我靠着沙发，仰着头，轻轻地长舒一口气。此时，老贝的屋里又传来打游戏的声音了。

5. 老 贝

我的喉咙发炎了，早上起床后感觉很难受，好像被什么烫伤似的，咽口水都疼。可能是昨晚那瓶冰饮料和那块面包惹的祸，热气上头了。刷完牙，洗完脸，我就下楼去吃早餐。毛珊珊与顾顾已经在吃了。我坐在毛珊珊旁边，不知谁为我准备好了一碗豆浆，白色碟子上还有两个拳头般大的包子。我没有什么胃口，就啜了两口豆浆，吃了一个青菜包，然后就不想吃了。我没吃皮蛋粥，一点都没吃。毛珊珊与顾顾吃得津津有味。我看出来了，顾顾是偏向毛珊珊的口味做这顿早餐的。她经常跟我们说，她早餐喜欢吃皮蛋粥、包子还有豆浆。今天早上，这三样都齐了。我不是怪顾顾偏心，有时候他比她男朋友还要关心她。男人对女人体贴是绅士之举，换作是我也会这么做。我最喜欢广州的炸油条与鲜虾肠粉。我问顾顾："为什么不买油条和肠粉呢？"他摇摇头，嘴里还嚼着包子。

"我等会儿出去，你们想买什么？"我说，起身往门口走去。

"大早上去哪里，等会儿还得排练呢！"毛珊珊说。

"我的喉咙发炎了，去买点药。"我说。

李羽坐在门口台阶上，脚下放着一个碗，碗里有半个肉包子和一个白色的匙羹。他吃的是皮蛋粥。他正在调试吉他。

"帮我买六瓶原味维他奶回来。"李羽头也不抬地说，"十点前回来排练。"

"你不是不爱喝这些饮料的吗？"我说。

"不是给我喝的，给珊珊的。"他说。他拿起碗，抱着吉他站起来，望了望河岸，阳光正挥洒在江面上。他转身回屋了。

早上八点半的太阳已经很辣了。没风，万里无云。靠近河岸长着一排茂盛的细叶榕，树须直直地垂落下来，有蚂蚁在上面攀爬。树影斑驳，点缀着淡黄色的方砖与水泥路面，落在我身上时像是打了无数个洞洞。有人在岸边晨跑，有人在静坐闲聊，有人在练太极。路上的车三三两两，到这里停站的公交车有三趟，离最近的地铁站还要走二十多分钟。这个村离广州市区很远，在市区上班的人一般不会住这里。顾顾说，来这里生活的人，多半是想远离市区的喧嚣，找个安静的地方好好休息的。而我们就来这里休假，准备周六晚上的大赛。

我沿着河岸往超市而去，拖鞋擦着方砖，发出橐橐的声音。八月的阳光迎面而来，照射着我的脸颊，很快身体就开始发热了。我躲进了树荫下。树上有鸟儿在叫，我抬起头往上瞄，看不清鸟，只看到蹦跳的影子，只听得到声音。

我会模仿鸟叫声，咕咕叫的、嘤嘤叫的，我都模仿得很像。加入乐队之后，我从艺术培训中心辞职了。待在那里真的一点意思都没有。那天下午，我跟女朋友走在珠江岸边，她生我的气，不想坐公交车，只想走回去，我就一直陪着她。那段时间，女朋友跟我闹别扭，她说我上班好好的，为什么非得辞职才能去追求理想呢？难道追求理想就可以不用赚钱过日子了吗？我们之间产生了误解，她以为我被队友洗脑了。

刚开始，我们模仿Beyond乐队的风格，每天排练四五个小时。有时晚上也排练，这就免不了打扰到隔壁邻居，也被投诉过几次。后来晚上我们不排练了，改为回顾排练视频，进行讨论，还有就是观摩其他摇滚乐队的视频，看看有无借鉴的地方。词曲都是我们原创的，这就花费了很多精力。因为在组建羽毛乐队之前，我们各自喜欢的乐队风格都不一样，喜欢的摇滚歌手也不同，这在相互磨合上也伤了脑筋，尤其像李羽这种追求完美的人，很难让他满意，需要不停修改歌词，直到大家敲定为止。

那段时间我经常两边跑，一边是女朋友那里，一边是排练的住处。之后我就经常待在排练的地方了。女朋友就是从我不回去住开始有意见的。我跟女朋友在天河区上班，在番禺区住，而上班的地方离我们排练的住所比较近。我觉得下班之后还要去排练或者讨论，完成任务已经十点多了，很累了，就不想跑了，就留下来住了。女朋友不想听我的解释，她已经知道，我们乐队将近一年都没有演出，也就是说根本没有赚钱。

有一段时间，女朋友对我不问不理，就算我排练完回去番禺住，她也不主动跟我说话，态度很冷漠。我清楚她在生什么气，我没有去哄她。她的性格我很了解，听到乐队的事她已经感到很讨厌了，不会再跟我沟通了。就在我们每周的例休那一天，正值金秋十月，天高气爽，我提议带她去南沙营地搭帐篷露营，减轻生活压力，缓解心情。然而她拒绝了。她说不想跟我出去。她说我的眼里只有队友，只有音乐理想，根本没有她。

在女朋友那里，音乐是一种谋生的技能：既然是用来谋生的，那它就是为了赚钱而存在的；如果不能实现这个功能，那它就没有存在的意义。无论你赋予它多么感人的故事，多么纯洁无瑕、多么美妙、多么尊贵的说辞，在失去使用的价值之后，它就只剩下几个干瘪的音符，弹奏出来的不是悦耳美妙之音，而是一段烦人的噪声。当她向我倾诉出来时，我有点不敢相信，这些话是从一个音乐学院优秀毕业生的嘴里说出来的。我感到很震惊……

忽然，一辆送外卖的电动车从我的前面往右快速地驶过，把我吓得呆住了。那辆车差点撞上我，车头把手与我只差几厘米，要不是我的左脚缩得快，忽然僵住，肯定被撞了。我愣了几秒钟才回过神来，穿马路，走向对面那栋大楼。百货超市与药店都在里面。

大楼门口摆着一台游戏机，是塞硬币、手动摇把的那种街机，机壳上贴着很多卡通画，有《航海王》《火影忍者》。有两个十岁左右的男生坐在机前玩游戏《猫王格斗》。我想，他俩一定不知道游戏主角就是二十世纪五六十年代风靡美国的著名摇滚歌星"猫王"埃尔维斯。

"你会玩吗？"那个穿着蓝色T恤的男生问我。他看我站在旁边看着他俩。

"肯定会。我玩这种游戏时你们还没出生。"我说，摆出老大哥的样子。

他不理我了。我以为那个男生会让出位置给我来一局，可是他没有要停下来的意思。输了一局他就往币孔里投入两枚硬币，然后接着玩。我指着机上贴出来的二维码说："扫码支付就可以玩了，干吗要投币？"他的伙伴，也是对手，一个穿着黑色T恤的男生，一边摇一边说，他们没有手机，爸妈不肯买。我说，如果我是你爸妈也不会给你们买，买了就只会打游戏，荒废学业。

我走进大楼，去药店买了阿莫西林胶囊和金嗓子喉宝，然后就出来了。那两个男生还在玩。这时候我才记起来忘了什么，返回超市里买了六支装的原味维他奶。我没有买什么食材，叫顾顾给我炖汤是开玩笑的，他还以为我是认真的，差点跟我计较起来。我不需要他特意为我炖什么汤，我对他炖的汤都快吃腻了，都吃了七年，他的厨艺一点长进都没有，口味也都是那几样，全吃遍了。以前对他的厨艺有崇拜感，现在没了。如果这次我们赢得了总冠军，赢得了一百万，我发誓，再也不吃顾顾炖的汤了。

等我从超市出来时，那两个"小猫王"已经不见了，也没人玩机子了。机子上面留着两根棒棒糖的白色小棍子。我刚才撒谎了，我在他们这个年纪时根本没玩过街机游戏。而我在十岁时，这种游戏已经风靡各大城市了。小时候，我家比较穷，住在江苏南京浦口区的一个小村子，那里靠近南京长江大桥，那时候那块地还没有被划为高新区，还没有建小区，而是一块到处是茅草与老鼠洞的野地。我家种了很多蔬菜，靠卖菜为生。只是我生性比较野，偏偏不喜欢吃自家的蔬菜，我喜欢一个人到江边的柳树林里摘野菜，尤其最爱香椿头，挖的摘的都拿到江边洗干净拎回家炒。我是吃着长江岸边的野菜长大的。

当我选择来广州读星海音乐学院时，爸妈就有很大的意见，他们希望我留在南京，日后便于在南京找工作，成家立业，结婚生子，而我却想要离那个地方远远的。我跟他们说了我辞去工作搞乐队这件事，他们问了几句之后就开始责怪我胡来、瞎搞。我爸发脾气了，他说我在广州不务正业，搞那些乱七八糟的事情，人生道路已经走偏了。接着是我妈，她在电话里命令我回南京，她说可以托人帮我找一份中学老师的教职，安安稳稳，这一辈子都不用愁了。我是家里的独苗，从小到大都是在爸妈架起来的遮阳棚下长大的，几乎没有经受过烈日的考验。但是来到广州之后，我就决定了要留在这座城市，因为它可以包容我的一切欲望。小树苗想要长成参天大树，就必须要经受烈日炙烤与风雨吹打，才能茁壮起来，不然跟一根平庸的杂草没什么区别。

以前女朋友说，她不想远嫁，想要留在广州，赚钱买房，定居下来。她老家在汕头。我跟她从大学二年级开始恋爱，每到寒暑假都去校外找家教或者找辅导机构上课，赚些生活费，让大学生活过得滋润一点。我们俩的家境差不多，虽然都没有见过家长，但都清楚对方的家庭情况。她还有一个姐姐和一个弟弟。姐姐在老家，已经嫁人，生有两个儿子；弟弟在人寿保险公司上班。我见过几次她弟弟。他不嫌弃我没钱，却在她面前嘲笑我，说我长得有点丑，丑也有优点，就是拈不上花，惹不上草。女朋友确实很漂亮，有点像章子怡，站在这个角度看，我配不上她。这就让我有点疑惑了，既然我有黄渤那样安全的相貌，当时她为什么选择我而不是选择其他帅哥做男朋友呢？我当时有什么魅力吸引她吗？

十点钟的太阳从我的后脑勺照过来，在我的前面倒映出长长的身影。我一边踩着自己的身影，一边沿河岸漫步回去。空气也是燠热的，燠热的空气粒子附在我的皮肤上，让我感觉有点灼烧般地疼。女朋友劝我离开乐队，我拒绝了。那时我的心也是灼热的，一半来自对理想的追求，一半来自爱情的坚守，它们给我快感，也给我疼痛。我们分手那天，就是在八月份，那是一个非常浪漫的黄昏，遥远的天际出现了火烧云，霞光照耀下来，铺在楼房与街道上，像天上喷泻下来的烈火，把地上的一切都点燃了。那种壮观的美与当时我极度失落的心情格格不入。

这时候，我的手机震动了，是李羽打来的。

6. 李 羽

早上排练的时候，我的心情很糟，跟老贝发了点脾气。老贝在排练时老是走神，心不在焉，心乱则音乱，音乱就成乱弹琴了。最近他老是忘事，忘记时间，忘记排练。毛珊珊也责怪了他两句，说他时间观念有点差，大家都在等他回来，他却在闲庭信步，一点紧张感都没有。

说着说着，老贝就咧嘴笑了，因为毛珊珊说的语气有点像母亲在怪罪孩子。

大赛日期越来越近，虽然说赛前这段日子是用来放松的，好好玩的，但我们真的不敢放松。竞争对手都在赛前排练，保持状态，我们哪敢松懈呢？为了轻松一点，我们跟唱片公司商量，没事不要打扰。

吃完早餐之后，我把大赛主办单位需要的资料都发了过去。大概十点钟，主办单位秘书处的女秘书给我回了一个电话，说老贝的身份证号码有误，少了一个数字，需要他本人核实完毕再发过来。我立马打电话给老贝。那会儿老贝还在优哉游哉，在珠江岸边望着风，乘着凉，老大爷似的。

大家都看出来了，老贝的状态的确很差，一副若有所失、心事重重的样子。他也没有跟我们倾诉心里的事情，也可能是昨晚熬夜造成的精神困顿。

老贝回来时已经十点二十分了。

"填完资料没检查，漏了一个尾数X。"老贝乐呵呵地说。

"你知道X是什么意思吗？"顾顾问道，他坐在座位上了，手里拿着鼓槌，做好了排练的准备。

"数字10啊。"老贝说。

"不对。我不是在跟你玩数学。"顾顾说。他挥起鼓槌敲了一下高位的吊镲，哐当一声，在屋里子产生回响。

"那你说X是什么意思？"老贝拿起贝斯，也摆正好自己的位置。

"未知数。不可预知。"顾顾说。

"别拐弯抹角，直接说。"老贝有点不耐烦了。

"比如，我们在等你，以为你会在十点前准时回来排练，但你却没有，超出了我们的预料，成了未知。"顾顾说。

老贝听出了顾顾的意思，就是责怪他耽误了大家的排练时间。他不说话了，低下头检查着贝斯是否有问题。

我重新把资料发过去给主办单位。一会儿之后，女秘书回复邮件说：审核通过。

赛前准备的一些事总算搞定了。然后，我们开始一天一练了。

我们每次上台之前的小排练都会存在一些小毛病，不是你精神低迷，就是他状态不佳，要么就是谁对不上节奏。你的腕力的轻与重，敲出来的音色是不同的；他拨动弦的指力的大小，发出来的弦音也是不一样的。最难做到的是配合，要心灵相通，但不是每次上台都能百分之百做到，谁能保证呢？小毛病是难以避免的，只要不影响整体就行。老贝说我是完美主义者，这是误解。没有什么是完美的，我不完美，老贝也不完美，没人能做到完美，存在不完美才会鼓励我们坚持下去。

成立羽毛乐队的第一年，我们就经常在排练时因为这样那样的小事情争吵，你一句我一句，停不下来，妥协不来，矛盾就来了。我承认，那时候我有点追求完美，把很多事情想象得有点完美，别人稍微做得不合我意，我就会叮嘱他反复练习，一直到不出错为止。所以那时候，他们对我意见很大，尤其是老贝与顾顾，他们在珊珊面前抱怨我，叫珊珊给他们带话。我感觉很焦虑，有些急躁了。

存在本身就是不完美的，完美的东西是不存在的，完美只存在于想象当中，而有时候想象是不可靠的、不可预知的，就像未知数X。你对追求完美越着迷，就越沉浸在想象里，这个X值就越大，就越消耗你，让你筋疲力尽，还会击垮你，把你吞噬。我必须承认，一开始为了羽毛乐队，我确实掉进了不可预知的想象里，我挣扎着，寻找着出路。后来还是我的队友——珊珊、顾顾、老贝——拉了我一把，他们没有放弃我，把我拉回到现实。我最终醒悟过来，追求不存在的完美终将徒劳，甚至危险，我应该要接受自身以及其他不完美的存在。

与想象共存。

下午没有排练，临近太阳下山的时候，我单独找了老贝，问他要不要去河边走走。他正坐在客厅里看乐谱，时不时拨弄着贝斯。他一脸诧异地看着我，好像听到了什么震惊的消息。我都忘了有多久没有跟老贝单独闲聊了。也许就从来没有过，所以他才会有这个诧异的表情。

"你想干吗？"老贝说。

"没干吗，就出去走走，散散心。"我说。

"外面这么热，还出去走吗？"老贝说。

"有风，一起去走走？"我说。

没风。鸡蛋黄一样的太阳被前面的楼房挡住了，余晖正在我们的眼前一丝丝抽走，光阴也随之一起消逝。我们坐在岸边的草坪上，我躺着，草尖弄得我的后背痒痒的，我交叉双手搭在肚子上，目光垂直望向天空。老贝前倾抱着双膝，下巴抵着膝盖，目光投向粼粼的河面。听当地人说，每年到了八月，总会有那么几天，在夕阳消失之前，余晖刚好照耀在桥头那边的河面上，反射出粼粼波光，那些细碎而精致的光芒由下而上映在桥上，像是投影仪的影像投到巨幕上，倒映出一派绚烂的景象，看起来特别壮观。

这时候，一缕残阳爬过我的小腿肚，感觉不到重量，但此时我的脚好像僵住了。我没忍住，伸手要去抓住它。空的，虚幻的。不是余晖，是河面上跳出来的一抹光影。忽然，那一抹光影从我的脚上跳到了老贝的左脸上。

"我说话有点重了，你别往心里去。"我看着他的脸颊说道。

"没有。你的脾气我们还不了解吗？"老贝说。

"照你这么说，我下次还可以冲你发脾气喽？"我笑道。

"别老是找我，找顾顾和珊珊随便发。"

我说，一个是我女朋友，要疼爱，一个是我们的老大哥，大当家，还要他养活乐队呢，冲谁也不能冲他俩。说着我们相视而笑。话说回来，老贝曾经凭借一己之力把面临解散的乐队给救了回来。救了乐队就相当于救了我。我怎敢对救命恩人大发脾气呢？一直以来，我都是把老贝当作弟弟。弟弟是允许被哥哥当作出气筒的。

"老贝，有时候呢，我还是会发现你身上存在光的。"我说。

"我读书少，别忽悠我。你看到我身上有什么光？"老贝扭过头看着我。

我在犹豫，思索着怎么回复他。

"满脸油光吗？你别告诉我是X光啊。"他又说。

"我不是顾顾，不用你像猜谜一样。"我说。

那一刻，我们都沉默了。我忽然说不出来老贝身上的那种光是什么，它存在的形式是什么也不得而知，它没有形状，无法形容。我说他身上有光绝不是逞一时口舌之快跟他套近乎，也不是违心敷衍之语。这是多年来一起为理想奋斗的队友在他身上看到的、体会到的，再经过深思熟虑提炼出来的核心内容。

可是，无形无状的东西怎么描述出来呢？就像我也没法描述何为存在。但无论实体还是虚幻，存在就有存在的道理。这时，老贝用一种想要从我身上挖出答案的目光看着我。他肯定想知道身上的那种光是什么，为何他看不到，而只有我看得到。他越是用那种渴望的目光看着我，我越是不敢说了。我刚才就没有抓住小腿肚上的那一抹光。它跑掉了。当我想要把它抓住，把它描述出来的时候，它就跑掉了。

"我还是不说了，"我说，"怕它从你的身上跑掉了。"

"又在忽悠我吧。"老贝说。

老贝发出不屑的笑声，他脸上绷紧的肌肉慢慢松弛下来，望着被铜黄色的光辉笼罩住的河面、大桥与楼房。他轻轻地舒了一口气，很小声，很轻松，但还是被我听到了。他做了个长长的吸气动作，仿佛要把自己的精神吸满。要我说，老贝的精神就是这么容易满足的，在乐队最艰难的那段日子，就是老贝这种装着光的精神才没有让我们迷失在黑夜里。

"老贝，我以前有没有夸过你？"我问道。

"没有。绝对没有。"老贝毫不思索地说。

此时我们又相视而笑，都懂其中的幽默。我一手搭在他的肩膀上，就像搭在了那一抹光上。我抓住它了吗？

7. 毛珊珊

我和顾顾在二楼的阳台上并排坐着，中间放着一张小茶几，上面有四个茶杯，茶壶在烧水，咕咕地响着。我们刚才泡过一壶碧螺春，嘴里还留着一股花果香味。我俩静坐着，望着河边，望着空落落的道路。行人很少。天起了微风，吹拂着我的头发，有一丝丝热气扑过来，但感觉树叶仍是静止的。

"他俩坐在那里这么久了，一动不动的，在聊什么？"我问。

李羽在躺着，弯曲着左膝，双手交叉枕在脑后。老贝弓腰坐着，望着对岸。

"谁知道呢？"顾顾说，"在聊男生之间的秘密吧。"

我差点笑出来，因为"男生之间的秘密"让我觉得想笑，有点像在说两个小学生之间的故事——稚嫩、童心、好奇、充满幻想。

"他们俩有什么秘密？"我问道。

顾顾撇了一下嘴，表示不知道，也许是随口说的。

李羽的秘密我都清清楚楚。交往这么多年，他没有跟我隐瞒过什么。我知道他心里藏不住秘密，都说直男的心思不需要猜，我看一眼他的眼睛就知道他肚子里有多少条蛔虫了。李羽是一个比较纯粹的男人，他给我的一种感觉就是精神追求大过物质追求。他对物质的欲望比较淡，需求容易满足。以前他信誓旦旦地说要让羽毛乐队闯出名堂，赚钱养家。七年过去了，我们已经闯出了名堂，可是赚到钱了吗？答案是没有。我们还在租房子住。

七年来，我们前几年都是单打独斗，一年前签约羊城唱片之后才开启了新的征途。

回想当初，如果为了赚钱，那么我们早在2016年就应该解散，各奔前程去了，因为那时候乐队很缺钱，陷入困境，停滞了将近半年时间。那半年时间里，我们的人生陷入了至暗时刻。

但我想说明的是，我不是在否定赚钱对乐队的重要性，没有资金来维持运营，乐队也不可能活到现在，还先后出版发行了三张专辑。毫无疑问，我们的内心深处，一直在坚守着一样永恒不变的东西，它支撑着我们，跌跌撞撞一路走来，它超越了金钱，超越了名声，它融入我们的脑海里、血液里、基因里，塑造出了如今的羽毛乐队以及我们四个人的意志。

那样东西我视之是精神，是信念，也是光。

在没有签约羊城唱片之前，乐队的演出、出版专辑与合作等事宜都是我们自己亲自去办。从录音到宣传出版等整个过程，顾顾都是那个出力最多的人，他身兼多职，担任着乐队经理人的角色，我则是他的助理。可以这么说，顾顾掌管着过去我们吃饭的钱袋子——大当家嘛，可不是那么容易做的。

喝了一会儿茶，顾顾说下楼做晚饭去了，他说要给大家炖猪脚。我都吃腻了，但不好意思跟他说。茶壶里的水沸了，蒸汽顶起壶盖发出咯咯的响声。我换了一把茶叶，重新泡上一壶。我想再坐一会儿，舒缓一下今天的心情。

中午的时候，我妈又来过电话了。她打电话来无非就是两个直逼灵魂的问题：一个是婚姻，一个是工作，再无别的。在我妈的眼里，李羽不是她理想中的女婿，搞摇滚音乐也不是她希望我要做的工作。我妈想要我回老家揭阳。从我离开吉他教师岗位那天起，我妈就开始对我不满了，说我任性，天生反骨，不听她的劝。我妈觉得劝不动我，就叫我爸以及外公外婆对我轮番说教。甚至有一次，我妈还托私人关系给我在揭阳市区定好了一个音乐代课教师岗位，她了解我，我不会回去的，于是她打电话来谎称外婆病了想要见我。外婆很疼爱我，只要我回老家，都会去探望外婆。等我准备好回家时，我却在我爸那里得知了那是我妈的诡计，目的就是把我骗回家。我打电话质问我妈，她终于承认了，说着说着她就开始哽咽——又是假哭，我再也不会上当了。

我说我有男朋友了，可是我妈还是给我介绍相亲对象，把我的电话号码给别人，给我广撒网。有一段时间，我收到很多陌生男人的短信，挂了很多陌生男人的电话，还有一堆没完没了的微信好友申请，我都拒绝了。

我妈一直想要我离开李羽，离开羽毛乐队，离开广州，回揭阳找份稳定的工作，安安心心地上班，然后结婚成家，生儿育女。这就是家人准备好要给我安排的人生，不用你想象，不用你排练，一眼就可以望到头。

家里的那些事我都没有跟李羽说过，我不想在现在这个时候让他感到心烦，也不想为了我的家事再让他感到自卑。他以前说过，因为我妈对他不满意而有些自卑。那时候，乐队正陷入困境，我们心灰意冷，备受打击，已经有点绝望了。我就跟家里人提出了借钱，就这样被我妈逼问出了所有事情。我妈很生气，她打通李羽的电话，就是一顿骂，骂他把我带坏了，把我的人生毁了。

"你不配跟珊珊在一起，你给不了她幸福。"我妈怒道。

我就在李羽身边，那句话我也听得清清楚楚。我跟我妈翻脸了。我借钱的事情也黄了。我爸手上没钱，家里的钱都在我妈手里管着，所以接下来的两年我都没有回家，跟着我的队友们在广州继续追逐梦想。乐队"隐退"的那段时间，李羽去做了房地产销售员，每天都在街上派传单。我去了培训机构做代课老师，教音乐兴趣班的学生弹吉他，讲理论课。当时，我们在白云山脚下的出租房还没退房，欠了几个月房租没还上。我、李羽、顾顾都不住那里了，只剩老贝一个人守着，所以忙起工作来我们都快忘记老贝了。

那段意志消沉的日子里，我有过放弃李羽、放弃乐队的念头。有一次，因为精神负担太重，我在教室里累倒了。我是在医院里醒来的，醒来之后，那个想要放弃的念头直逼我的脑门，几乎要呼之欲出。摇摆在坚持与放弃之间，我就在朋友圈看到了老贝的那个视频。看完之后我哭了，哭完后也终于清醒了——不是要放弃，而是重振信心。

第二天晚上，我跟李羽去找了顾顾。顾顾回了他的家里，不知道他每天在做什么。我们去到他家的小区，在楼下的水果店里买了香蕉与苹果。我还买了一束玫瑰花。李羽说我这样太浪费钱，而且不太合适。我说花不是给顾顾的，而是给他老婆的。我了解女人。他家住六楼。电梯里贴着两张招聘派单员的广告，有一张被人撕掉一块。601房，门上还留着过年贴上去的春联。李羽抬了一下手，但没有敲下去，他看着我，示意让我来。我抬起手敲了两下门。咚咚，咚咚。

8. 顾 顾

吃晚饭时，李羽跟我们说了一件事。

"公司想商量要我们的新专辑换一个名字。"他说。

"他们的事儿还真多。"毛珊珊不耐烦地说。

"想怎么换？"老贝问道。

"把《新潮2019》换成《光辉理想》。"李羽说。

"我写的那一首？"我有点惊讶。《新潮2019》是李羽写的词。

"对。他们的意思是，'光辉理想'这个名字跟音乐大赛的主题靠得比较紧，适合用，说不定能畅销。"李羽说。

"他们的计划呢？"毛珊珊问道。

"大赛之后，9月份线上线下同时发行出版。"李羽说。他抓着匙羹搅了搅碗里的汤，舀起来啜了一口。

"希望版税能多一点。"我嘀咕道。

谈话忽然戛然而止。

老贝盯着碗里没有啃完的猪脚。毛珊珊一边打着饱嗝，一边剔牙。看样子，他们对我炖的猪脚比较满意。可是还剩半锅，他们就吃饱了吗？不吃完就浪费这美味了。不当家真不知柴米油盐贵。这顿猪脚也不便宜，加上其他一共花了一百多块钱。我是大当家，当家的嘛，守着钱罐子，当然要谈钱。

前面三张专辑有两张的销量不太乐观，钱投下去了，最后的回报都有限，第二张相对比较好，版税赚了不少，因此后来才有底气用版税自费办了一场演唱会，又几乎把家底给掏光了。不过，幸运的是，回报及时到来，自费演唱会很成功。不久之后，羽毛乐队与羊城唱片公司签约。可是一年下来，乐队还没有完全信任羊城唱片，尤其在版税上公司压制着我们，领导层对我们的信任度不高。这让乐队不得不做出一些自保的行动，没有把第三张专辑词曲版权签在唱片公司，而是签在广州尤美音乐有限公司旗下。第四张专辑即将出来，乐队还是打算把词曲版权放在尤美音乐。

毛珊珊帮我收拾碗筷，她现在帮我忙都很勤快了。老贝继续拖地，李羽还是倒垃圾。四个人同住之后，我们在日常生活中的家务分工就这样默认了。新专辑里面有一首歌叫《我们的七年》，歌词由我们一起撰写，我们把一些家里的日常生活细节写进去了，就当给这七年来留下宝贵的回忆。这是我个人觉得新专辑里最珍贵的一首歌。

"我们，我们的七年，碟子哐哐，勺子咣咣。你洗我刷，洗净岁月，岁月的彷徨；刷掉生活，生活的孤单。琴弦铮铮，贝斯哗哗，你笑我号，我们，我们的七年，有年少轻狂，有豪放声张……"

我在厨房里一边整理着冰箱里的食材，一边小声地哼着这首歌。

今年1月，《我们的七年》在海心沙亚运公园场馆完成了首秀。当时乐队在进行的是粤港澳大湾区四城——广州、深圳、东莞、珠海——巡演第一站第一场。唱这首歌时，我们四人一起合唱。这也是我们第一次在台上合唱一首歌。台下歌迷都是站着的，举着手，摇晃着细细的荧光棒。

我在台上唱哭了，四十岁的人了，触动还非常大，容易流下苦涩的泪水。那首歌放在目录的最后一首，也是新专辑的最后一首，被我们视为压轴之作、回忆之作、纪念之作。台上一分钟，台下十年功，我们为这首歌排练了无数次，修改了无数遍，花费了很多功夫。四人合唱，要做到以前没有过的效果才能把真情唱出来，才能感动歌迷。我们做到了。歌迷们跟着我们一起高声歌唱，他们站起来摇手欢呼，喊着乐队"羽毛"的名字，喊着我们四个人的名字。我在那一刻流泪了。我们真的做到了。

"心情不错嘛。"毛珊珊说。她听到我哼那首歌，就扭过头来看我。

"那天晚上，你的心情是怎么样的？"我问道。

"哪天晚上？"毛珊珊说。

"第一次合唱《我们的七年》的那天晚上。"我说，手里还抓着抹布，举起手来，象征性地摇了摇，仿佛在跟台下的歌迷互动。

"蛮感动的，很多人跟着一块儿唱，很激动。我记得你哭了？"毛珊珊说。

"你没有哭吗？"我说，用下巴指向客厅，"李羽哭得最狠，老贝也哭了。"

"肯定有啊。我很容易被感动，泪点很低的。"毛珊珊说。

我记得，唱完《我们的七年》后，我们相互抱在一起，头挨着头，肩挨着肩，流下了泪水——我唯一一次流泪。两天后，在深圳体育馆进行的第二场演唱，那晚的歌迷更多，现场音效更佳，氛围感更强，但是我都没有哭，即便更加投入，享受着万人欢呼的美好，有触动，但都没有掉泪了。有些事情，经历一次就足够，再来就有点索然无味了。

我探着头，看向客厅。李羽躺在沙发上看歌词，这是他的习惯，哪怕这首歌他再熟悉，他都会抽空反复品味，嘴里轻声地哼着，保持状态。老贝在擦拭他的贝斯，但贝斯不脏，贝斯就是他，他就是贝斯，这也是老贝的生活习惯了。

我敢肯定他俩准是听到了我跟毛珊珊的对话，只是不发表任何感想。

大概晚上七点半，有人忽然来敲我们的门。我跟李羽在一楼，老贝回房打游戏了，毛珊珊在卧室里护肤。我出去开门，看见一个二十多岁的女人。她穿着白色T恤，长发盘在脑后用发夹夹着，手里拎着一只烤鸭。

"您是顾顾老师吧？我认识您，我很喜欢羽毛乐队。"她热情地说。

"您是？"我说。看着她，但没有任何印象。

"我是您的邻居。我叫方乙香。"她说。

我们住在这里也不是什么秘密，每天上午的排练已经引起了周围人的注意。邻居们都知道我们是做音乐的，但似乎不感兴趣，也不认识我们是谁，除非遇到像今晚这样用心的女人。她是第一个人过来跟我们聊天的邻居。她是南沙区某所小学的语文老师，现在正在放暑假，刚去云南丽江玩了一个星期，前几天才回来。她说她早想过来认识一下我们，但是一直没找到理由，来的话感觉太突然。

"你好。很高兴认识你。但为什么送来烤鸭呢？"我疑惑道。

"明天就是中元节，按照我老家的风俗，要吃鸭肉。我家今天就准备了，我特意多做了一只，过来送给你们。"方乙香说。

"你老家哪里的？"我问道。

"揭阳惠来。"方乙香说。

这时候，我扭过来看了看李羽，有点尴尬，想要他出出主意，该不该收下这份突如其来的礼物。李羽听到我们在说话，起身后，又将下巴托在沙发扶手上，看向门口。

"对啊。我们东莞人在中元节一般会吃莲藕煲鸭。"李羽说，"你是广西人，你们那里没有这个风俗吗？"

"我不知道有没有吃鸭的风俗。"我说。

虽然我的籍贯在广西，但我跟弟弟都是在广州长大，生活了几十年，我俩很少回老家，不清楚老家的风土人情。爸妈回广西之后那些年，我弟弟回去过几次，我只回去过一次。那一次是回去过春节，我爸妈就对我选择走摇滚音乐这条路表示不满意了。我妈还责怪了我老婆几句——以前我老婆就告诉过他俩——说她没有阻拦我去搞那些乱七八糟的东西。回来广州后，老婆就跟我吵了一架。

我收下了方乙香的烤鸭，抓着烤鸭的脚，拎着掂量了一下，足有四五斤，鸭嘴上还滴着焦黄色的油汁。我道了声感谢，问她要不要进屋里喝茶。她婉拒道："今晚不喝了，我还要跟家人去江边放荷花灯。"说完就转身离开了。

她往左边走去，她家在我家的左边，也是一栋两层的楼房。她穿着白色布鞋，要经过中间那一块裸露着泥土的菜园子。菜园里除了种些蔬菜之外，还有几棵芭蕉以及一些竹蔗与木薯。竹蔗与木薯长势很好。傍晚时分，我还看到有一个男人抓着管子在园子里浇水。此时，地上还是湿湿的，她踩过去一定会弄脏她的白鞋。

9. 老 贝

我从床上起来，摸着黑，摁下门口的开关，白炽灯亮了。我一般开的是书桌上的那盏灯，可是那一刻我不想坐在书桌前，想要走出去，逃离这个房间。我脑海里想着没有完成的歌词。那些词不像是方方正正的文字，像是一个个活蹦乱跳、不受五线谱限制的音符。它们在我的脑海里咣咣响，吵得我没有办法平静下来睡觉，就连打游戏都没有心思了。他们总是以为我的业余爱好就是玩游戏，却不知道我每天晚上关起门来其实是在创作歌词。至今乐队发行了三张专辑共三十六首歌，大部分歌词是我跟李羽创作的，有四五首是毛珊珊与顾顾写的。珊珊与顾顾主要对歌词做些润饰，然后大家一起敲定终稿。

成立羽毛乐队三年之后，我们才出版发行第一张专辑，这听起来有点尴尬。那时候，我们遇到资金困境。原定在前一年出版发行，却因为我们支付不起昂贵的制作费用而一再推迟。后来，李羽与顾顾解决了资金难题，专辑才得以出版。

在那个困难时期，我想到了向爸妈伸手借钱，他们可能多多少少会帮助我一点，但我却迟迟不敢拨通爸妈的电话，担心那个电话打过去会令他们更加失望。我跟女朋友在闹分手——其实她已经单方面宣布分手了，而我一直没有给她答复。她说我是被乐队拖垮的，乐队不仅拖垮了我的生活，还拖垮了我的爱情与人生。她说我的坚持放在日渐边缘化的摇滚乐上一点都不值得，结果只会让我给摇滚乐陪葬。

记得那一天是2月14日情人节，我陪她去上下九路买职业装。

她过完春节回来要参加公司举办的职业晋升钢琴技能比赛。她想先把衣服买回去在家里演练。以前她买什么我都主动付款，但是那天，我一分钱都没有付，就帮她拎着包包，陪她逛了两个多小时。她很不满，说我不主动给她付款，情人节都没有一点实际行动。我不知道怎么回复她，告诉她我现在缺钱吗？就在回去的路上，我坦白了乐队面临的困境，本想找她借点钱，但想了想还是作罢。

忽然，她的脸变得冷漠与陌生，好像一个你不认识的人在怒视着你。她终于忍无可忍，扯着嗓门，身体里好像有什么东西在炸裂开来，冲我怒吼。我靠近她，想要抱住她，她就推开我，拒绝我的接触。那天我才知道，她心里积压着这么多对我的不满。她数着我的罪过，几乎每一条都与乐队有关，在她看来，我最大的罪过就是没有赚到钱。我没有辩解，穷困让我一时语塞。接着，她又拿出我的理想来说事，还把它谴责了一顿。她质问我："你坚持的理想值钱吗？奋斗有用吗？狗屁都不是。"我想不明白她为什么要诋毁一个人的理想。她的咄咄逼人就像一把锤子敲在我的脑壳上，咣当一声，脑袋迸开了花。

我们就这样分手了。我了解她的性格，她一旦决定下来的事情很难改变。她坚决不挽留，也不再给我解释的机会。何况解释已经无济于事。她没有提前说一声就搬走了，搬到广州哪里我也不知道，她不想让我知道，要永远不再看见我，也许她早就计划好了这一切，只需要等待一根导火线。租房的时候，合同上写的是我的名字与电话，她搬走的那晚，是房东给我打了电话我才知道。她搬走了自己的东西，把我以前送给她的物品都留下来扔在一个纸箱里。

"我想长成一棵树，为你遮阳挡雨。而你随风，消失在云中。"我每次哼起这首歌就会想起她，从她离开的那一天算起，已经过去四年。慢慢地，她在我脑海里的记忆日渐变淡，有时候只有在歌词里、在音符里我才能想起她的轮廓与笑脸，然后就陷入失落与悲伤之中。然而，这些不安在毛珊珊那里得到了化解。虽然她把我当弟弟看待，但是我不把她当姐姐，而是当作一个想象的对象——一个消解悲伤，让我积极乐观的对象。她在我眼里有着不一样的存在意义。我看她时的目光都是柔软的、发亮的。我喜欢她，但不是情侣之间的喜欢；我爱她，也不是情侣之间的爱，这两种情感更像是介于朋友与情侣、姐姐与弟弟之间的中间关系。是的，她是精神的，是纯粹的，是积极乐观的。她是我的光。李羽说，他看到我身上有光，那就是她，光就是珊珊。

我打开冰箱门，瞧着里面满满当当的零食与饮料——都是毛珊珊囤的。我犹豫不定，不知要拿什么。吃了药后，我的喉咙不疼了，还有点痒痒的。我挑了一瓶罐装啤酒以及一包咸花生。我要去天台散散心。这时候，毛珊珊从房间里走出来，她穿着白色的吊带衫与短裤，很性感。她问我："要去哪儿？"我说："去天台坐坐。"她说："我也去。"她转身走向冰箱，拿了一包蓝莓味的夹心饼干、一包葵花子，还有一瓶啤酒。

珠江岸上有人在放花灯，黑乎乎的，看不太清楚有哪些人，但可以看到河面上缓缓流淌的灯火，有二十多盏，漂得很散，摇摇摆摆的光，点缀着漆黑的河面，与满天璀璨的星空遥相呼应。小时候，有一次我妈跟我说，人死后都会变成一条鱼，把骨灰撒在河里就是放鱼回家。我外婆去世后，外婆的骨灰就是被我妈撒进长江，她一边撒一边说："妈，回家了。"某一年，长江闹了一场大洪灾，把我家的菜地都淹没了，鱼就把我家的菜都吃光了。我问我妈："那些鱼里面，是不是有外婆？"她把我训了一顿，说："怎么可能有外婆呢？"我说："外婆不是变成了一条鱼吗？"我妈说不是，外婆变成了天上的一颗星星，时时刻刻看着我们，保佑着我们。

后来，我创作的那首歌《河里的星星》，就把我妈对我说的那番话写了进去。

"她是长江里的一条鱼，她的眼泪是水浪，她的呼吸使潮涨潮落，她的眼睛是天上坠落下来的星星。河里的星星哟！在我的脑海里，闪烁光芒……"

毛珊珊用手指轻轻地捅了一下我的肩膀，说道："很少听到你哼这首歌。"

"是啊，看到河边的那些灯，就忍不住想哼两下。"我说。

"在想外婆，还是想妈妈？"她问道。

"都想。但是我外婆长什么样我都记不清楚了。家里的照片我妈收起来了。我妈上次给我打电话还说她梦到外婆了，外婆托梦给她，说外婆在天上看到我的婚礼了。哈哈哈。"我把自己逗笑了，毛珊珊也扑哧一声笑了。

"你妈妈真逗啊。"她说。

"我妈是拐着弯儿来催婚。"我无奈地摇了两下头，然后喝了一口啤酒。

这时候，我用眼角余光瞄着毛珊珊。她还在笑，笑得轻盈、自然，没有一点儿敷衍。她脸上的梨涡，无论我从哪个角度欣赏，都是那么耐看与美妙。她伸过啤酒罐来，示意要与我碰杯。我把罐子挨过去，就像有磁铁在吸着过去，碰在了一起。她笑道："老贝，祝你早日完婚。"她又拿我开玩笑了。

每当我跟毛珊珊单独在一起，我就特别想跟她敞开心扉说话。在她那里，我感觉不到压力。刚开始四人相处时，李羽对我很严格，他老是对我不满意，盯着我哪里哪里做得不够好，放大我的缺点，常常闹些不愉快。这时候，都是毛珊珊过来安慰我，替李羽说好话。我其实没有记恨谁，李羽的性格大家都清楚，心直口快，对事不对人。不过，那个家伙真的比较难相处，如果你从来没有跟他靠近过，没有跟他交心过，你就会特别讨厌他，尤其讨厌他那副自命清高的样子。不过，当你了解他了，跟他吃过饭，跟他看过星星，看过晚霞，跟他一块笑过、哭过，你就会很信任他，欣赏他对音乐的执着以及那股永不言弃的精神。

这时候，有两个人影从岸边走来，他们朝天台上望着，还挥着手。等到他们来到楼下，站在门口的灯光下时，我才看清楚那是李羽与顾顾。

"你们去哪里了？"毛珊珊问道。

"去河边看邻居放灯。"

李羽回过头去，望着虚空的河岸。

"为什么要放灯？"毛珊珊又问。

这时候，第三个人出现在黑夜里，走得匆忙，有点像在小跑着过来，头发飘动着，双手前后摆动，幅度不大，影子越拉越长，很快地，那个人就站到了他俩身边。那是一个女人，穿着白色T恤与七分裤，以及一双沾着黄泥的白鞋。她站在顾顾右边，抬起头来看着我们，挥手打招呼。

"介绍一下，她是我们的邻居方乙香老师，跟珊珊是老乡。"顾顾说道，"我跟李羽刚才去河边看她家人放荷花灯。"

"刚过了十二点，那今天就是中元节了，每年中元节的凌晨，我和我的家人都会去河里放灯，这是对祖先的祭祀。"方乙香说，"很幸运见到你们，我很喜欢羽毛乐队。您是珊珊老师吧，您就是贝贝老师吧。"

网友以及歌迷们都习惯叫我贝贝，而不是老贝。我在专辑里还有对外宣传介绍就是叫贝贝，这是我的艺名。

"方老师，一起上来聊聊吧。"我说。

"可以吗？"她有点受宠若惊，"我从没有跟这么多明星坐在一起呢。"

"方老师，都是老乡，别紧张，也别把我们当明星，我们只是你的邻居。"毛珊珊说。

"对啊方老师，你能喝啤酒吗？"顾顾问。

"一起上去喝两杯？"李羽也邀请道。

"我会不会打扰你们讨论音乐啊，还有你们在一起不都是研究摇滚音乐吗？我都不懂，会不会打扰你们？"她一边说着，一边挪挪身，有点退缩，想要离开了。

她还是回家了，可能觉得粉丝与偶像坐在一起会感觉不自然，于是她说很累了，要回去洗澡睡觉。我觉得有点遗憾，少了一次相互了解的机会，其实我没有把自己摆在明星的榜单上，我很清楚自己所处的位置，与其说是个明星，不如说是个作词人、写作者，这是我对自己的定位。我有打算把我的歌词以诗歌的名义集结出版，就像鲍勃·迪伦那样，他既是个伟大的摇滚歌手，也是个好诗人。我把书名都想好了，取自其中的一首歌名叫作《光轮》。

10. 毛珊珊

昨天晚上，从天台上回到房间之后，我跟李羽吵架了，因为我在大家面前说了不该说的话让他很生气。聊起中元节放花灯祭祀家人的话题时，我提到了他的家事，就随口说了一句"希望你爸在家里照顾好你奶奶"。话音刚落，我就觉得说错了。他肯定回想起了什么，忽然沉默下来，过了一会儿就借故起身，转身走下天台。交往了这么多年，我很少过问他的家庭，那是他的一个禁区，他不聊，别人也不多问。不过有几次，他还是跟我说起了少年时期的一些事。

他十二岁那年爸妈就离婚了。他妈妈再也忍受不了他爸爸的臭脾气，夫妻俩吵个没完没了。有一次吵完架，他妈妈摔门离开。他没有追出去，他不敢追出去，就支开一道门缝看着妈妈离去的身影。一个星期之后，他再次看到他妈妈。她是回来搬行李的。在那时，他爸妈已经办理了离婚手续，他一点都不知道。他妈妈离开后，他再也没有见过她，也不知道她去了哪里，跟谁在一起，就连一个电话、一个问候都没有。家里只剩他跟爸爸。他爸爸经常晚归，很多时候，他一个人待在家里，自己做家务。很快地，他爸爸娶了第二个老婆。后妈生了一个女儿之后，他在那个家里逐渐没有了位置。十四岁那年，他离开沙田镇，回到虎门镇，跟着爷爷奶奶住在老房子里。他的少年时代就是爷爷奶奶陪着度过的。

十八岁那年，"十一"长假的第一天，他爷爷因肺癌在虎门医院去世。他从广州赶回东莞，还是没来得及跟爷爷道别。他拨打了爸爸的手机，但却是一个空号。他爸爸已经换了号码却没有告诉他。他很生气，把爸爸的信息全删除了。

他说他是留守少年，从妈妈离开，到他搬到爷爷奶奶家之后，他再也没有回过那个家。爷爷奶奶有一间小卖部，二老就是依靠小买卖过日子。他不清楚爸爸是否每个月给爷爷奶奶养老费，但他知道他不会收到爸爸给的零花钱。他的心里只有小女儿了。妈妈跟爸爸经常吵架，最大的原因是妈妈嫌弃爸爸没能力赚钱，埋怨爸爸人穷，脾气还很臭。贫贱夫妻百事哀——你可能不喜欢我说这句话，但现实每天都在重复上演。这样一想，我也就可以理解我妈为什么反对我跟李羽在一起了。我也能理解为什么李羽不想听到我提及他的家事。有时候，他喜欢独自一人坐在僻静的地方，静静地发呆。

那些往事都是在我们第一年热恋时说的，之后他就没说起过了。我也不再问他。他在大家面前也从来不谈他的家庭。以前他跟我说，他的故事要从入读广州的高职那天说起，而他十八岁之前的那些记忆就被封起来了。

他读高职期间便开始追求摇滚音乐了，但是他第一次接触摇滚音乐还要追溯到十二岁那年。那时候，他很喜欢听黄家驹的歌，但是还不懂什么是摇滚音乐。入读高职后不久，他花了一百块钱的伙食费在越秀区的二手市场买了一把雅马哈吉他。他很激动，像抱着一个宝物似的小心翼翼回到学校宿舍，把吉他放在床头，不允许别人碰。他的偶像是黄家驹及其Beyond乐队，他熟悉Beyond乐队的每一首歌，还能熟背歌词。为了纪念自己的偶像，每年到了6月30日，他都会一个人静静地弹一遍《海阔天空》，他认为这是黄家驹最伟大的一首歌。我们还在白云山脚下住的那几年，每年到了那一天的上午，他都会焚香祈祷，沐浴更衣，西装革履，像是要去拜见一位非常重要的人物，然后背着吉他，一个人早早出门，往白云山上走去。大概十一点，你就会听到半山腰的某个凉亭里响起《海阔天空》的吉他声，就仿佛他跟偶像在单独聊天。

我想，在他心里，《海阔天空》已经不仅仅是一首歌了，还是一种信念。

我听李羽说过，黄家驹身上那种对理想的坚持与永不言弃的精神对他影响很大，他也深受鼓舞，慢慢地就成了他自己的信念。因为有了一种信念，他在不幸的年少往事里获得了一些慰藉，并且激励着他度过了无数煎熬的日子。他说他在读高职的三年时光里很孤单，只有一把吉他陪伴他熬了过来。他自学吉他教程，没有老师指点他，他也没钱到校外的培训班上课学习。每天下午，他就坐在校园的情人湖边上，对着岸边垂柳与湖里的鱼儿弹奏，每天坚持练习三个小时以上。来过情人湖谈恋爱的情侣们都认识他了，远远地听到那个吉他声就知道是他弹的了。整个大学期间，他就这样为他人弹奏，做嫁衣，而自己却还是单身。我跟李羽是出来工作后才认识的，一见如故。我相信，他所说的那种信念是具体的、可以触摸的、温暖而充满力量的存在。

前天晚上，熄灯之后，我们躺在床上迟迟没睡着，就聊了聊比赛的事情，这可能是决定我们未来还能走多远的一场音乐大赛。说着说着，他忽然说出了这样一番话："黄家驹去世时三十一岁，那时候他已经大红大紫，事业到达巅峰了。今年我也三十一岁了，却还没有经历大红大紫，事业也磕磕绊绊。"话音刚落，他就深深地叹了一口气，很疲惫的样子，好像在奋力抵抗着什么，又有点无能为力。有时候，他会流露出自卑消极的情绪，只不过他不会在别人面前流露出来，而只会在我这里不加掩饰地表达出来。记得有一次，我们躺着，盯着天花板，还聊了很多话，聊到童年的，聊到出来工作的，大概聊到某些事情刺激到了他的痛楚，他一时语塞，扑在我怀里哭了起来。

我慢慢地理解了他说不出来的心里的苦楚。在他的心里，往事并不如烟，往事没有随着时光的流逝而消失。那些悲伤的往事会像一粒邪恶种子在一个人的身体里，把他的血当成养分，吸足了就破壳而出，生根发芽，茁壮成长，开花结果。然而，他必须抵抗它，也必须遏制它，与此同时，他还必须接受它，必须跟它共存，分享自身的肉体与精神，这样才能相互抵消，相安无事。在这个抵抗的过程里，他一定会经受痛苦以及无尽的挣扎。他挣扎时那种令人惊恐的表情，至今还留在我的脑海里，那是顾顾与老贝永远都不想看到，也想象不到的画面。

那天晚上，当我看到他闷在卧室里不说话，陷入回忆时沉思的样子，真的让我非常担心。我担心他刺激内心的那粒邪恶种子，使它苏醒过来。我不想再看到他挣扎的样子。我不得不叫顾顾与老贝从天台上下来，回到二楼客厅里，一起坐坐，轻松地聊聊天、喝喝茶，分享乐队的让人开心的故事，转移他的注意力。幸好，一切都没事。洗澡前，他还跟我道了歉，说他不会再那样给我甩脸色了。

我比较后悔的是跟我妈说了李羽的事。那时候，我跟李羽交往不久，也就是羽毛乐队成立的那一年。我想在追求理想的道路上得到爸妈的支持，希望父母即便知道了李羽的家事之后也能理解我，支持我们之间的爱情。于是回家过春节的那几天，我就跟爸妈提起他了，把该说的与不该说的全说了。我妈是个精打细算的家庭主妇，脑海里早就理解不了年轻人的那套理想与生活方式了。我说过之后，我妈的心里就一直记着李羽，经常问起我们俩的感情进展，最近有什么事情啊之类的。我以为我妈接受李羽了，关心起他来了，但其实不是，她是在通过我的眼睛来监视他，了解他。当她听说我为了乐队而离职时，她难以理解，大为光火，认为是李羽逼我做的选择。我妈不听我的解释，打电话给李羽，冲他发了一顿脾气。我妈生气的时候从不留情面，几十年的烟火气把她熏出了一双势利眼，练就了一副尖牙利嘴。李羽怎么能招架得住我妈那副咄咄逼人的架势呢？

这时候，顾顾喊我下楼吃早餐了，他熬了我最喜欢的山药香菇瘦肉粥。今天的日程已经安排满了。上午排练，中午要打扫一下家里的卫生，下午要接待几个比较重要的朋友，他们从市区过来这里聚会，晚上一起聚餐。午饭之后，我就跟顾顾出去买食材、饮料与零食了，要备着下午和晚上待客。李羽和老贝收拾一楼的客厅，清理垃圾，各司其职，各就其位。

11. 李 羽

我已经把他从我的生活中驱赶出去了。他在我的世界里消失了。消失的东西你不要想着还能回来，回来的都是另一副面孔，是陌生人了。那天，我在卧室里做数学作业，听到他们在卧室里吵架，吵得很大声。我知道她消失了一个星期，又回来了；她一声不吭地离开，又一声不吭地回来。我停下手中的笔，轻轻地走到门口。我的卧室门总是关闭的，以前她要求我不要关着门，空气要流通。可是，我只有关着门，他们的吵架声才不会突然闯进来，打扰我的心情。我站在门边，侧着脑袋，耳朵贴近门板，听听隔壁卧室里的动静，一会儿传来拉衣柜的声音，一会儿传来推床头柜的声音，前者轰轰响，因为那个衣柜门的滑轮有点松动，只要轻轻一关都很大声；后者很尖锐，因为他们卧室的那个床头柜是从我的卧室里搬过去的。我的床头柜换新的了。那个床头柜被我弄坏了，掉了几个滑轮，两个螺丝帽露出来，推拉时容易与两边的铁框相互摩擦，发出尖锐的声音。我听到她冲他嚷道："离婚了你还有什么资格来教训我？"接着他也嚷道："家里的东西你一样也不能带走，都是我的。"她又说："我带走的是属于我的东西。"然后，说话声没了，接着是咣当咣当的声音。他的那个口盅掉地上了。口盅的壁上还印着"囍"字，那是他俩结婚时亲戚送的礼。据说，他俩没有结婚时她肚子里就有我了，因为我的存在她才嫁给他的。我的存在先于婚姻，现在婚姻破裂了，我是不是也会破裂呢？破裂的东西你不要想着还能重圆，重圆了也是裂痕累累，面目难看。（"李羽你睡着了吗，出来聊聊吧，顾顾与老贝都在呢。"）那时候我以为她收拾完衣服会冲进我的房间里把我带走。我不想跟她走，也不想跟谁走。我有太多东西不能搬走。要是非要搬走，我只想带着录音机，还有黄家驹的那些磁带。十二岁，他们觉得我还小，但在我眼里，我已经长大了。我自己可以决定跟谁过日子了。我不想跟他们任何一个人过日子。我不知道他们吵完之后，谁会先冲进我的房间里拖走我。我要有心理准备，于是我轻轻地把门锁上，谁都进不了屋。卧室的隔音不太好，外面稍有动静就能传进来。（珊珊在喊我，我把门锁了吗？我把门锁了，她进不来。她敲了两下，然后就没声了。她为什么要在我面前提起他呢？消失的东西你不要想着还能回来。）他们好像不吵了。水壶在烧水，咕噜噜地响。我听到杯子与杯子碰撞出来的叮当声。她还在收拾东西，有点像在翻箱倒柜。隔壁传进来的哪怕是一丁点儿声响都会让我心惊肉跳。我对这种声音特别敏感，听着就打寒战，毫毛竖起来。水沸了。他开始倒水，洗茶杯，拧开茶叶罐的盖子，抓一撮红茶放进茶壶里。装茶水与茶叶渣的那个小桶有两天没有清空了，茶水都黑了，积着水垢，上面还浮着茶叶、烟头、烟灰、牙签以及纸屑。他把茶几的垃圾都往那个小桶里倒。他是不会倒垃圾的，都是指使我下楼去倒。有一次，那个小桶被我磕到垃圾桶的边缘上，裂开一条缝。我怕被骂，回去之后悄悄用透明胶粘住裂缝。但是破裂的东西你是粘不了的，裂痕永远都在。茶水流出来了，流到地板上。他叫我出来拿拖把拖干净，他自己跷起脚来抽烟。那时候他失业了，无所事事。我在房间里听歌，听《海阔天空》《光辉岁月》《喜欢你》，沉浸在歌声里忘记屋外的事情。他推门进来，见我趴在书桌上拨弄着录音机，就叫我出去把垃圾倒了。他说我整天拿着那个破录音机干吗，不做作业，不搞卫生，饭也不煮，整个人都废掉了。于是他收走了我的录音机。（"李羽，出来商量一下明天接待客人的事情吧。现在知道的是，肖老板和他老婆确定来；虚荣酒吧的李老板不过来了，说是临时有事出差；莉莉不确定；还有青年作家郑真也要来，还是关于写羽毛乐队传记的事情。"）她离家半年之后，2001年3月的一天，他带了一个陌生女人回来。看起来那个女人三十多岁，身上散发着浓烈的劣质香水味，烫着一头大波浪卷，像一个发廊妹。她对我比较关心，给我买吃的，给我零花钱。后来我就用她给的零花钱又买了一个录音机，我偷偷地用，不再让他看见，不想再让他夺走我的理想。那时候我的理想是长大后做一名歌星，像黄家驹那样的。后来，那个女人频繁出现在我家，长期住在我家，就像住她家一样随意进入我的房间打扫卫生，给我洗衣服，给我们做饭，她把我家当自己家了。半年后，那个女人的肚子大了，怀孕了，她就跟他结婚了。（顾顾笑得很大声，他大笑的时候好像在张大嘴喘大气。珊珊在讲着老贝那些很糗的故事。我可以想象得出来，此时老贝的表情有多么尴尬。珊珊说的那个笑话是我说给她听的，说的是有一次老贝在挤地铁三号线上班途中牵错了女朋友的手，被人当众骂他耍流氓。"哈哈哈！"珊珊的笑声。）第二年，我妹妹出生了，家里的重心都在围着妹妹转。那个女人对我渐渐冷淡，爱理不理了。他的那张得意扬扬的嘴脸全在妹妹身上。恶心。我成了家里多余的孤独的人。哦，不。我还有黄家驹陪着，他死了也比活着的人有用多了。后来我搬去跟爷爷奶奶一起住了，也就转学了。我的爷爷奶奶很宠我，住在他们那里，我才感觉像有了一个家。从那之后，我再也没有回去过他家里了。我上高中那几年，每年春节他都会带着他老婆孩子一块过来，但每次都不会坐多久，吃个年夜饭，留下年货就离开。他跟爷爷奶奶之间的感情也很淡，没什么话说，不像父母与儿子的关系，他跟我也是一样的。也许在我与他之间，除了血缘，其他都没关系了。十八岁那年秋天，我在广州读高职。有一天，我接到奶奶的电话。奶奶哽咽着说："你爷爷走了。"我知道"走了"的意思就是去世了。奶奶年纪大了就很忌讳说诸如"死"这类词了。我背着吉他回到东莞虎门，在医院里见到了奶奶，还有爷爷的遗体。他没在，他带着他老婆孩子去厦门鼓浪屿旅游了。奶奶没有提到那个从生活中消失的儿子，她就对我说，爷爷走得很安静，没有留下只言片语。去世前几天，爷爷已经说不出话来了，到了那时，语言已经无能为力了。我坐到爷爷的身边，为他弹奏了一首《无声的告别》，可是爷爷再也听不到了，这是我为爷爷做的最后一件事了。（"小羽，你喜欢唱歌，想做歌手，就去做，就去努力实现梦想，我跟你奶奶都支持你。"爷爷生前经常这么鼓励我，让我去追求自己的理想。他是阻止不了我的，他再也不会出现在我的生活里。今晚珊珊说他会照顾奶奶，他没有那个良心，他自私得很，怎么可能照顾我奶奶呢？我不是生珊珊的气，而是一想到他的所作所为，就气愤。他再也不会出现在我的生活里了。消失的东西你不要想着还能回来。不可能的。）后来我回家，奶奶告诉我，办完爷爷的丧事之后，他带着老婆孩子来家里了，可是也没说上几句话，放下几盒补品，留了一些钱就走了。我无话可说，已经删除了他的一切。

12. 顾　顾

2015年4月，我们出版了第一张专辑《羽毛乐队》，十二首歌曲同时登上网易云、酷狗等多个音乐平台。当我们拿到CD时，那份高兴的样子就像天真的孩子抱着喜欢的布娃娃，是一种莫大的鼓励。自费出版第一张专辑花了不少钱，这些钱很大一部分是把词曲版权签给广州尤美音乐有限公司得到的版税。尤美音乐的老板叫郑尤美，她丈夫叫肖邦，除了音乐公司，他们在广州还有几家琴行。虽说尤美音乐是一家小公司，但在乐队困难时期，他们夫妻俩愿意与一支默默无闻的乐队签下词曲合约无疑帮我们解决了一个难题。

今天下午，肖老板与郑尤美也来我们家了，他们既是来跟朋友聚餐的，也是来商量签约新专辑的词曲合约事宜的。郑尤美还特意带来了一瓶威士忌，她说这是前几天一位香港酒商朋友来广州见他们时送来的。

"我不喜欢喝威士忌，今天就带来给大家分享。"郑尤美看了看肖老板，说道，"最近老肖的身体不太好，戒酒呢。"

"老肖哪里不舒服？"李羽问道。

"肝脏。"肖老板指着肝脏的位置说。

"老肖，那你暂时没口福了。"我说，其他人就笑起来。

我确实有点嘴馋，有一段时间没有喝威士忌了。我伸手出去，从郑尤美手中接过酒瓶，拧开瓶盖，给其他人倒酒。录音师莉莉没来。青年作家郑真来了，他跟方乙香坐在一起。我们家的凳子不够用，沙发不容易搬动，我就去方老师家里借了五个，还借了一张方桌用来拼搭，顺便把方老师也请来了。没料到，方老师与郑真是一对情侣，怪不得她不会觉得尴尬了。我往方老师的酒杯里倒了酒，然后说冰块自己加。冰块就放在桌子中间，用泡沫箱装着。她说半杯就够了，多了喝不完。郑真说自己不喝酒，他的杯子还装着茶，要以茶代酒。

两年前，我跟郑真在一场会议上认识。那段日子，我在为出版发行第二张专辑《重返路上》忙碌、焦急。会议参与者都是市里各个协会的代表，我代表的是市音乐家协会。会上讨论了一项扶持计划，各个协会可以申请一笔扶持资金，用来鼓励协会会员创作，这无疑是雪中送炭，让我看到了一些希望。我还破天荒地做了会议笔记。会后回去，我填了扶持申请表，盖了公章就拿去送审，最终通过了。那笔扶持资金为新专辑的出版发行助了一臂之力。那天会上，我跟郑真是邻座。今天下午，我们俩也是邻座。

"我们上次见面是在什么时候？"我问道。

"今年一月份。"郑真说。

"在哪里？"我又问，因为一下子想不起来了。

"珠江新城，你们进行大湾区四城巡演的第一个晚上。"他说。

"哦！对对对。"我惊讶道，想起来了，他还是我邀请来的嘉宾。那晚演唱会结束之后，他找我聊了一会儿，他第一次跟我提到想要写羽毛乐队的传记，这让我有点诧异——如果他说写Beyond、唐朝、黑豹的传记我不会有这种感觉。虽然我心里有疑惑，但记得当时并没有问他为什么。后来我才得知，他在撰写一个扶持项目稿件。今天他还是为了收集素材来参加聚会的，他想加入我们的圈子，看看我们在日常生活中、在音乐之余都在做什么，跟哪些人交流，都聊些什么话题。

肖老板与郑尤美还不认识他。我先跟他夫妻俩介绍了郑真，然后介绍邻居方乙香。之后，郑尤美拿起酒杯，伸到他俩前面，说了几句客套话，表达了想要认识一下两位年轻人的意思，便以酒相敬。方乙香比较爽快，她拿起酒杯碰了郑尤美的杯子说："很高兴认识你，尤美姐。"这时候，肖老板插话道："你把她叫年轻了。"话音刚落，大家都笑了。郑尤美的酒杯伸到郑真那里。此时他犹豫了一下，尴尬地拿起茶杯说："尤美姐，我不喝酒，就以茶代酒吧。"然后跟郑尤美的杯子碰了一下。"很少见不喝酒的年轻人了，我干了，你随意。"郑尤美豪迈地说，一饮而尽。

每次请朋友来聚会，我都要充当主持人，一来他们认为我是乐队的大当家，二来他们也认为我曾经经商，有智商，会说话，所以就把这个任务默认交给我。其实我觉得，他们只是看我平时话多，爱啰唆，才让我来说个够。我享受在众人面前表达的时刻，而且大多数时候没有让他们失望，我已经成了羽毛乐队的文化推广大使了。无论跟谁聚餐，在哪里聚餐，只要我发表讲话，我就一定借此机会宣传羽毛乐队，只有四五分好也要夸到八九分好，有时候还会穿插队友们的日常故事，这样一来便有了更多讲述的乐趣了。

每当我慷慨激昂地发表一通演说之后，除了自我满足、自我感动之外，我还会特别留意我的队友，想知道此时他们是怎么想的，我有没有说错什么。每次他们给我传达过来的眼神都差不多：珊珊的目光充满了激动，李羽的目光很平静但藏着自信，老贝的目光有点迷茫却流露出微光。今天下午，我还是依照以往聚餐的惯例，又发表了一通演说。这一次，我就比较注意非队友的表情了。郑真的脸上露出善意的微笑，他在笔记本上记录着什么，就像一个记者在写速记，把所见所闻随时写下来。方乙香肯定把我的话听进去了，她目不转睛地盯着我，投来钦佩的眼神，她肯定领会了我演讲中的要义以及我的幽默风趣，这对一个语文老师来说太容易理解了，就像做一道阅读理解题那样简单。而且，她每天跟学生讲课不就是在台上演讲吗？

然而，肖老板与郑尤美的表情就有点难以捉摸了，看不到共情的地方。忽略我是音乐人这个身份，我跟肖老板同为商人——我曾经是商人。商人就是做买卖的人，做买卖讲究有利可图，还得要务实，激情是不可靠的。他帮助过羽毛乐队，他也从乐队里赚了不少钱。如果乐队不能给他带来利润，那么他一开始就不会与我们签约。事实上，肖老板也做到了，他一开始投资我们四个人的理想也真的成了现实，赚了钱，而我们四个人到手的版税却少得可怜。

这一次，乐队是否将新专辑的词曲合约签在尤美音乐旗下，我们还没有确定。关于这个问题，我和李羽的意见稍有分歧，他想继续跟肖老板合作，因为前三张专辑词曲版权都在他那里。而我不建议这么做，因为如果这样，尤美音乐对羽毛乐队的控制就会更大，日后想要脱身就会更难。

"我们可以讨论一下签约的细节问题……"肖老板说。

我认为这是必要的。他夫妻俩此次来聚，也是为了这个。

这时候，肖老板私底下给我发了一条微信，问我要不要先让郑真与方乙香回避一下。在沉默的几秒钟里，我们相互对了一下眼神，我扭头看了郑真一眼，微笑里带着"暂且回避"的意思。他会意了，没有让我难堪。他起身离席，借口说去超市里买笔和纸，叫上方乙香陪他一起去。两人都离开了。

13. 老 贝

每次顾顾发表演讲，说到乐队的发展历史的时候，他都在讲同一个故事。过去这些年，他一直在讲同一个故事；他不腻，我都听得有点腻了。其实过去七年，羽毛乐队不是只有那个故事可讲，也不是只有励志故事可讲，还有很多失败的故事也可以讲。在他眼里，励志故事的结果一定是圆满的、成功的、催人奋进的，而失败的故事，顾名思义，结果就是不圆满的、挫败的、令人惋惜的。但是我觉得，真正阐释羽毛乐队顽强精神的并不是那些励志的故事，恰恰是那些失败的故事，因为那些失败的经历没有击垮我们，我们挺了过来，并将越走越远，这才是值得讲述的东西。我们越是扛得住失败的压力，就越强大，不是吗？

我们平常有阅读的习惯。珊珊酷爱《海子诗集》，她以前写过一首歌，名字就叫《海子》，她说这是为了纪念偶像而作。这首歌被收录在2017年出版的第二张专辑《重返路上》。顾顾的枕边书是《钢铁是怎样炼成的》，其实很多人不知道顾顾还是一名青年作家，小说、诗歌与散文都会写。他在创办自己的咖啡品牌之后，自费出版过一本随笔集，书名叫作《回顾——我的咖啡是怎么炼成的》。这是一本创业路上的经验之书，不过我不感兴趣。李羽则对《平凡的世界》爱不释手，每次到外地演出，他都会带上其中一册塞在行李箱的夹层里，他一定在路遥的小说世界里找到了自己，才会如此着迷。

说真的，我既不喜欢保尔·柯察金式的励志故事，也不喜欢《平凡的世界》这种励志小说，他们的理想主义与我对世界的理解有点差别。我唯独喜欢《老人与海》，即便写的是一个悲壮的失败者的故事——老人与大鱼搏斗了两天两夜并将其逮住，但最后大鱼被鲨鱼吃得只剩鱼骨架，老人两手空空归来——也让我着迷。

"不过人不是为失败而生的，"他说，"一个人可以被毁灭，但不能被打败。"我在心里常常默念着小说里的这句名言。老人失败了，一无所获，但他不屈不挠的拼搏精神令人敬佩，不是吗？海明威式的励志故事是由失败者去阐释的，这种故事不是更符合大多数人的人生经历吗？谁说励志故事就一定是那些成功的人来定义的呢？

言归正传，我对顾顾的演讲很少发表看法，我始终保留自己的想法。我想，他肯定看过不少俞敏洪的演讲视频，两者的风格太过相似。他确实适合干宣传这方面的事。他为羽毛乐队付出了比我们仨都要多的心血。我相信他说的都是心里话，都是为了羽毛乐队的未来。往往在那种场景中，我是比较沉默的——与颜值无关，只是不爱说话。我做不到像顾顾那样，随时站出来滔滔不绝地讲述一个激动人心的故事。我的故事有点闷，但是不反对李羽说我身上有一种精神层面上的光这个说法。

我们之间谁都不会否认这样一个事实：每个人的身上都有一种光，有的人的光在成功的时候发亮，有的人的光在失败的时候发亮。珊珊说我看起来比较忧郁，忧郁型的男生怎么身上有光呢？她说我是个信念坚定的男人。我问她从哪里看出来的，她说是在我看她的时候，目光里流露出来的——这是她跟我说过的第一句有暧昧意味的话。我喜欢珊珊，她是我的精神，她是我的光。

"好吧。你说有光就有光。"我说。

"你这样说很敷衍我。"珊珊说。

《羽毛乐队》出版发行之后，我们以为乐队的命运由此改变，可以大干一场了，然而等了将近半年，仍然没有迎来想要的结果，圈里圈外对这张专辑的反响很平淡，好像一块石头丢进大海里，只看见几朵小浪花，随后就沉寂了。你可能觉得，浪花与波涛之间就缺少一个"迷笛奖"。

那时候，没有一家唱片公司与我们签约，他们瞧不起我们，把我们寄过去的歌被退了回来，而且是原封不动地退回来。你也希望像摩登天空与痛仰乐队签约合作那样，有人尊重你们、认可你们，但残酷的现实却异常坚硬与冰冷，还会有人向你投掷石头，砸在你身上。你只有自己捂着伤口，忍气吞声，把一切委屈咽进肚子里，让那口气在肚子里消散。

穷则思变，那年底，我们开始接一些小商演，找熟人介绍，叫老友推荐，到酒吧里演出，做livehouse（音乐展演空间），从广州到东莞，再到深圳，把大湾区这几个大城市巡了一回。苦于没有名气，看演出的人很少，票房惨淡。在深圳最后一晚的演出，我们连两千块钱的场地费都没有赚到，还倒贴了八百块钱。只卖出二三十张专辑。这种经历只要一次就足够让人刻骨铭心。如果你真的遇到了这种衰运，你走在街头上都会感觉灯光灼人，空气令人窒息，就连蚊子、苍蝇都在嘲笑你是一个失败者。

墨菲定律说，如果你担心某种情况发生，那么它就更有可能发生。当时我最担心的是乐队会走向解散的命运。那时候，我们的士气真的太糟糕了，人人都无精打采。回到广州之后，我们没有再排练了，也不观摩研讨视频了。窦唯的新专辑《天真君公》也被顾顾扔到沙发上，他以前从不这样对待自己的偶像。我们似乎很有默契，自己想干什么就去干什么，好像忘记搞音乐这个事就对了。

后来，毛珊珊在天河区一家艺术培训机构找了份教师兼职，李羽在外面跑销售，顾顾回到他家里了，不知道他在忙什么，没在咖啡店帮忙。我呢？无所事事，我第一次感觉人生如此彷徨无措，就像一根风中羽毛，随风飘荡。

就这样，我们分开了几个月的时间，可以说默认乐队暂时解散了。除了我，其他人都有自己的工作要忙，都在赚钱，但都没住在一起了，只有我不知道还能干什么，回到以前那种无聊的生活吗？我每天坚持练习贝斯，即便他们不在，我还是保持着早上练习的习惯。不知不觉，我们已经拖欠了四个月的房租水电，从元旦前交租之后就没有交了。我在楼下的卷闸门上贴着出租一楼可用作商铺的广告。然而这个地方太偏僻，招租广告贴了两个月，没有一个人来咨询。

有一天早上，房东过来催租，他看我在练习贝斯，不知哪里惹恼了他，他撕掉门上的招租广告，气冲冲地走进来，一手扇在我的贝斯上。幸亏我拿得稳，没有让贝斯落地上。他的愤怒打断了我的练习。房东跟我说的是粤语，我听不懂，他就用蹩脚的普通话冲我吼，威胁我说，如果月底没有交完房租，他就把我们的乐器拿去卖了。我觉得他不是开玩笑的，人若是穷到没辙了，什么事都敢做。

架子鼓与吉他都积着灰尘。珊珊与李羽的吉他并排放在角落里。我每天都擦拭我的贝斯，一尘不染，却从没碰过他们的吉他与架子鼓。我没有想到的是，有一天音乐会从我们的生活中消失。看到积着灰尘的吉他与鼓，我觉得好不习惯，想要做些什么。我找来了一些棉棒、一根牙刷、清洁剂和一块擦拭布，先用棉棒给那两把吉他除尘，然后用擦拭布蘸上清洁剂给架子鼓清洗。广州的四月，梅雨纷纷，琴箱上面长出了点点霉斑，鼓面与镲面上也沾着水珠。我拍了两张照片发在乐队的微信群里，结果没人理我。

过了几天，房东又来了，这次他还带了一男一女来看一楼的商铺。那时候，我没在楼下练习，而是待在房间里剪辑视频。我听到一楼有声音才下去看看情况。大概没有谈妥，那两个人看了一会儿就离开了。房东问我："房租准备好了吗？什么时候付清？"我说会尽快。他投来一个轻蔑的眼神，说道："你们不是明星吗？怎么落魄到连房租都交不起呢？"说这话时，他那种嘲讽的语气令我至今难忘。他转身往外走去了，走到门口他又停下来，扭过头来，下了最后的通牒："你还有两天时间筹房租。"

我拿不出一万五千块钱交租，我也不可能让房东卖掉我们的乐器。卖掉乐器跟卖掉我们的梦想有什么区别呢？但是我能阻止那个人的野蛮行为吗？好像阻止不了，但我要誓死保护我们的梦想。到了他再来催租的那天，我就在五金店买回了一条三米长的不锈钢链条，把两把吉他、架子鼓、我的贝斯与我自己绑在一起，用一把锁头锁住，除了我，没人可以解开。我知道他要来，一定会来。大概早上十点半，我听到了他拉卷闸门的声音，我已经做好了迎战准备，在视频网站上接通直播了，看他能把我怎么样，也让大家看看他是怎么暴力对待租客的……

14. 郑　真

太阳临近落山，我跟方乙香坐在珠江岸边吹风，只有微风，吹在身上很凉爽。天晴转多云，没有那么热了。来岸边散步的人多了起来。我俩坐在草坪上，相互挨着，肩靠着肩。我没去买笔和纸，离开座位出来，带着她就来这里坐着。我跟她说过很多关于羽毛乐队的故事。她说她喜欢听羽毛乐队的故事，尤其喜欢听他们的八卦，这比听正儿八经的故事还要有趣。所以当我告诉她，我要写一部羽毛乐队的传记时，她感觉惊讶与激动。她知道的故事比我多，我写完的几个章节会给她看，让她补充或者提点修改的建议。我看着她，一抹余晖照在她的脸上，格外静美。她身上飘过来的阿道夫沐浴露的香味，还夹杂着草坪里溢出来的干草味。

"小香，你周六晚上还去看他们的演出吗？"我问。

"去啊，不是说好了一起去吗？"她扭过头来看着我。

"我不确定，看情况吧。"我说。

"这么重要的大赛，怎么能错过呢？"她说。

我还在一边收集故事、整理素材，一边慢慢地写，能不能顺利完成还是未知数。在此之前，我在微信视频上给他们做过两次采访。李羽和老贝不怎么重视这个事，李羽回答问题时比较敷衍，很简单，深入不了。老贝聊得比较生疏，话也不多，好像还有点排斥，不出现在视频前，对方的镜头一直对着天花板，只听到声音。顾顾与毛珊珊很配合我，回答问题很详细，也聊得开，全程有说有笑，非常轻松。那两次采访整理出来的资料我都是先给他俩看，也完善一下。

可能我跟顾顾比较熟，聊天比较顺畅。认识他之前，我就听朋友说过广州有一支叫作"羽毛"的摇滚乐队。那两年，羽毛乐队还是一支地下乐队，主要在广州各区的酒吧或者小小的livehouse演出，也许因为只能活跃在地下的乐队实在太多，让人应接不暇，所以听到朋友提到"羽毛乐队"这个比较陌生的名字时我并没有过多打听，后来也就忘记了。

我给乐队写传记的念头是在今年初冒出来的。那时候，我刚从顾顾那里得知，乐队拿到了今年摇滚音乐大赛的门票，而且他们是以广州赛区第一名获得资格的。第二、第三的名额落在流行歌手的手上。为了这张门票，他们从四年前就开始争取，前两次坚持到赛区十六强，第三次闯进八强，但在第一轮就被淘汰了。去年他们闯进广州赛区半决赛，志得意满，以为可以冲出重围，杀入大赛，但在关键时刻老贝的贝斯出现问题，最后以微弱的分数遗憾输给对手。那一个晚上，顾顾邀请我去现场看了那场晋级赛，可能因为失败了，所以被淘汰之后他们就从后台通道离场了，没有留下来接受采访之类的事情，也没有见我。

"真的是贝贝搞砸了那次比赛吗？"方乙香问道。

"我觉得只是他们运气不好，在关键时刻音响出现了问题，影响了他们发挥。解决问题之后，比赛已经结束了。"我说。

"真遗憾。"方乙香叹了一口气，她望着江水流淌的方向，把目光抛向遥远的天边。那里还逗留着一片余晖，蒙上了暮色，穿过云层，洒在河面上。

我给方乙香看了那天晚上他们比赛的视频，但是她的注意力却在下一个视频——老贝抵抗房东暴力催租。

"居然有这样的事情？"她惊讶地说，有点难以置信的样子。

"早几年的故事了。"我解释道。

那个视频时长不足一分钟，播放量已超百万。

"我居然不知道，你都没有跟我讲过这一段故事。"她说。

关于那段故事，我知道得不是很详细，能了解到的故事都已经在视频里了。老贝的金口比较难开，大概这段故事的细节也就只有他一个人知道，其他人都不清楚。那时候，乐队处在解散边缘，都在各自忙着个人生活，搁置下了音乐，所以老贝奋不顾身保护理想让其他人感觉心里有愧。生活终究大于音乐——但是这在老贝那里是相反的，他坚持着音乐大于生活，甚至大于一切。顾顾与毛珊珊都这么认为，老贝是乐队的精神所在。从这件事来说，老贝拯救了乐队。所以，当我了解到，羽毛乐队处于一段低迷的日子时，老贝还在独自坚守着心中的信念，守护队友的理想，等待他们归来，就觉得令人佩服。

晚餐是顾顾亲手做的，毛珊珊在一旁帮忙，这些天他们离开市区回到南沙区这个小镇，过着农家乐的生活，想必是趁此机会回忆一下过去几年走过来的道路。这条路不是一帆风顺的，而是充满了荆棘。他们认为今晚是私人聚餐，没打算去餐厅人多的地方，而且用餐气氛也很欢乐，聊起往事也感觉轻松。晚餐之后，李羽、老贝、毛珊珊与肖老板夫妇就上天台聊天了。我私下找到顾顾，单独聊了几句，聊完后我跟方乙香打算先走。但顾顾让我们留下了，他提议一起上天台去坐坐，大家一起畅聊。

如今，羽毛乐队已经不同于两年前了。两年前他们还在自我怀疑，还在为新专辑出版发行到处筹款借钱，生活难以维系。一场自伤之后，乐队需要重回追逐音乐理想的轨道，再度出发。回归后，他们出版发行了专辑《重返路上》，这让歌迷们看到了他们的决心。那一年，他们比过去几年都要勤奋，接商演，找合作，做广告宣传，给《通俗歌曲》杂志写专栏，在音乐网站写评论，年底还去厦门参加了一个国际音乐节的比赛，拿了最佳乐队新人奖。回来广州后，报社记者给他们进行了一次专访，发了一整个版面的报道。这也是羽毛乐队第一次被官方媒体公开报道，把他们乐得截图在微博上转发。

第二张专辑的录制还是莉莉做的。我之前通过顾顾的介绍认识了她，想从一个录音师那里听一些羽毛乐队的不一样的故事，还有她对他们的看法。可是莉莉说，她与他们之间除了工作上有需要才接触之外，其余时间都互不联系，也不熟悉。莉莉帮羽毛乐队找到的唱片公司在大湾区里算是有名气、有地位的，公司的总监制以前在新艺宝唱片工作过，还为陈奕迅做过音乐制作。经费问题上，顾顾没有跟我具体透露多少，他就说除了词曲版税以及申请扶持资金之外，其余的费用被肖老板夫妇填补了。《重返路上》如期出版发行，双方都比较满意，圈内外都有积极的反响。出乎意料的是，销量比第一张卖得还多，还超过了第三张的总销量，这是一张叫座又叫卖的唱片，所以最终他们赚钱了。接下来他们一鼓作气，在2017年12月，羽毛乐队在广州大学城体育馆自费举办了一场演唱会。

他们在天台上闲聊的时候就聊到了那场自费的演唱会。现在回顾一下，那场演唱会的确改变了乐队的命运。当你在经历它的过程中，你完全想不到这场演唱会的重要性，究竟是福是祸，是在烧钱还是在赚钱，这更像是一场博弈，赌注是乐队的命运和他们的星途。说到这件事，顾顾显得若有所思，他当时反对自费办演唱会，而其他三人都同意自费，他在用一个商人的直觉来衡量自费这件事的利弊，因为一旦失败，他们将会比以往失去更多，很可能直接宣布解散了。

"我很担忧，因为我们倾注在上面的东西太多了。当时做出决定时的心态就是，不成功便成仁，已经看作是最后一搏。"顾顾说道，他抬起头，望着浩渺的夜空，深呼一口气，"幸好我们成功了，不是吗？"他转过脸来看着我和方乙香，观察着我俩，一会儿之后才露出轻松的微笑。

对羽毛乐队来说，七年时间不算长，他们过去经历的坎坷、质疑、分与合都加速了乐队的成长。任何人踏上新时代这趟高速列车，都会欣赏到途中不一样的风景，有的人失去，有的人获得。有人批评他们已经失去了摇滚音乐的独立精神，因为与羊城唱片签约就意味着要走向另一条路，一切都会变得商业化，就会受到很多限制，尤其是金钱的限制。当初他们是如何做出这个决定的，我至今没有听到任何人说过，不过可以猜到的是，艰苦的经历促使他们看清现实并与现实共存，这是他们成长的代价，也是乐队成长的代价。顾顾与毛珊珊在说到乐队的某些时间段的故事时也不想详细聊，比如他们处于解散边缘的那段时间究竟在想什么，他们回归后又商量了什么事，还有他们与唱片公司签约时的想法等，他们好像有意在隐瞒一些东西，好像在保护着什么。

"你听了他们的故事之后，如果你来写乐队的传记，会取什么书名呢？"晚上回去之后我在微信上问方乙香。

"你现在就要定书名吗？"她回复道。

"有了书名，就像人有了眼睛。"我说。

"那我好好想想。"她说。

15. 顾　顾

昨晚喝得有点多，早上还没有起床就接到老婆的电话，我很诧异，很久没有接到她打来的电话了，有事都是微信上聊。我问了一下咖啡店的近况，大概问得有点客套，她就随便应付了两句，然后她说儿子的暑假作业还没完成，但即将开学了。她说儿子开学之前要去参加学校组织的黄埔军校夏令营，时间是下个星期一至星期五，需要家长陪同，问我怎么安排。我说把我的名字先报上，等星期六的音乐大赛结束之后，我就给自己放个假，陪儿子去参加夏令营。以前我没有陪儿子去参加过什么活动，他就对我不满意。老婆关心的却是儿子的学业，而不是什么夏令营，她说完就挂掉电话了。现在我们之间一句情话都没有了，聊天就说重点，很高效。我看了看通话记录，昨晚十二点多我给她拨打了两次，我一脸疑惑，想不起来为什么打她电话，不记得跟她说过什么了。昨晚我并没有喝醉。

不过，她最近关心起我来了，有时候会主动问一问我的近况，问一问我的队友还有我们在唱片公司的事情。我跟队友已经不住在一起了，自从签约羊城唱片公司之后，就各自分开住了。李羽与毛珊珊住在越秀，老贝住在天河，我还是回家住。我住在家里也跟老婆聊天比较少，各忙各的事情，她一天到晚都在店铺里。平日里我们都去公司里排练，那里有专门的场地。慢慢地，我感觉有一些东西在束缚着我们，以前我们自己写歌词，自己谱曲，最终定稿也是我们自己做。现在不一样了，唱片公司会在每个环节插一手，提出很多建议，完全往商业方面考虑，而压制我们一些个性化的想法。有时候，你像被人摁在水里难以呼吸。音乐大赛开始之前，我们搬出去排练，这是我们一起做的决定，我们想要一个舒适的空间。我们说，在公司里排练太憋闷了。我觉得跟唱片公司捆绑太多并不是一件好事。绑得越多，束缚越大。

不过话说回来，我跟家人之间的关系慢慢得以修复却是一件好事，因为家人看到羽毛乐队签约了唱片公司，就不是那种随便玩玩的地下乐队了，好像找到了一份体面的工作似的。我不像李羽、毛珊珊与老贝那样没有结婚成家，没有那么多家庭压力。这些年，我跟乐队一起熬过来，收获到了酸甜苦辣、不一样的人生体验，得以体现我的生命价值。不幸的是，我也失去了一些东西，失去了陪伴家人的时间，有的失去永不可逆转。去年，我弟弟因为开车来看我们在深圳福田的巡回演出而发生车祸，导致右脚残疾，走路一瘸一拐了。他来深圳是去见一个老板谈合作的，我就顺便邀请他来笔架山下的体育馆看演出，没想到发生了那件令我愧疚一生的事故。

我们做地下音乐的那一两年，无人问津，还到处借钱找人录音、制作、出唱片、做商演，但是我们挺过来了，直到现在，与唱片公司签约、开演唱会、参加音乐比赛……一路追逐梦想的经历，在别人眼里觉得很刺激、很有趣，我们已经成功了，已经可以坐下来跟别人分享我们自己的故事了。可是我们是歌者，擅长的是让歌声响彻大街小巷，传遍千家万户，而不擅长坐下来讲闻鸡起舞、凿壁偷光的故事。他们仨说，我是个例外，我很会讲故事，善于宣传。朋友们与歌迷们也都听我讲了很多羽毛乐队的故事，说我是一个会讲故事的歌手。然而，他们也应该明白一个道理：言多必失。

有人在我的微博评论区留言，鸡蛋里挑骨头，批评我只会耍嘴皮子，不懂音乐。其中就有我的大学同学。那些批评声多是骂我把独立性很强的摇滚乐包装成商业化了，拉低了摇滚乐的地位。以前我认识的一个摇滚朋友，他在我们对外宣布签约羊城唱片的那天发微博说与我绝交，划清界限。他把我之前发的微博全部批评了一遍，以此宣泄不满。

自从羽毛乐队签约唱片公司之后，从地下走到地上，登上大众舞台，同行的批评声就没有停过，面对各种质疑与声讨，我们已经习以为常。

昨晚，我或许又在队友与客人面前重复讲述了羽毛乐队的故事。但是，谁会有耐心听一个中年男人的絮絮叨叨呢？讲故事这种事应该交给郑真，他在给羽毛乐队写传记，那么故事必不可少。方乙香呢？她愿意听吗？估计没有人想听，他们是客人，尊重我的一切。但是听多了就索然无味了。有一次老贝说，我们只需要把最动听的歌声带给歌迷，带给身边的人就好了，其余时间要学会闭嘴。

到了晚上，到了分享故事的那个时刻，我就很难闭嘴，我总想着要为乐队做些音乐之外的事情。老贝在网站分享贝斯的教程，吸引了很多观众。李羽与毛珊珊则习惯在微博上与粉丝们互动，分享日常，保持活跃。他俩从来不秀恩爱。我也找到了自己的分享方式，就是抖音直播。晚上八点，我在直播间跟歌迷们共同分享我与羽毛乐队的快乐的故事——我只分享快乐的故事，效果很好，氛围很轻松，很多人留言，给乐队送祝福，这也是我想要的效果。但是现在，我需要保留一些故事，卖个关子，等星期六的音乐比赛结束之后，再来直播间继续分享。

今天早上我们都起床有点迟了，昨晚分享完故事有点晚。郑真与方乙香九点多就回去了。肖老板夫妇回市区时都快十二点了。肖老板没喝酒，他开车，来的路上是郑尤美开车，晚上她喝了不少，有点醉，是肖老板扶着她进车的。肖老板说，他们明天要去香港见几个合作伙伴，可能周六看不到我们的比赛了。我说，网上可以看回放。他就哈哈大笑起来，笑得太厉害了，开始咳嗽起来。他捂着胸口，强忍着平复下来，拧开保温杯，喝了一口茶，跟我挥手告别，发动引擎，驱车离开。

我们都没有吃早餐，也没有排练。我最后一个起床，因为昨晚喝酒喝得最多，没有收住。我不做早餐就没人会做的，他们都在做自己的事情。毛珊珊说，李羽不知道去哪里了，手机还在客厅沙发上，老贝出门晨跑了。前两天，老贝忽然觉得珠江边的风景很美，适合晨跑，于是今天很早起来，穿着运动服就出门了。

"他不是不喜欢跑步吗？"我说。

"老贝是看到方老师在晨跑，所以跟着去的。"毛珊珊说。

发行第三张专辑《在珠江河畔》之后，唱片公司就为我们拍了MV。拍摄那首《回归》时，有一个十秒的镜头，拍的就是老贝在珠江边迎着太阳跑步的场景。原本主角是李羽，因为《回归》这首歌词是他写的，但是那天上午在拍摄一个"飞跃"的镜头时，李羽不慎扭伤了左脚脚踝，跑不动了，所以临时改为老贝。老贝想要拒绝，就问导演能不能找其他替身，他不喜欢跑步。有时候我觉得老贝的脑回路很清奇，你永远猜不到他下一句会说出什么令人费解的话。那位导演是山西晋中人，他参加完电影节就被公司邀请来了广州。路途遥远，他也想要尽快完成拍摄，早点收工。

导演就对老贝说："只拍你的背影，不拍正面。"老贝犹豫再三才答应下来。

这时候，我看到方乙香一个人出现在珠江边，她穿着短袖T恤、运动长裤与白色跑鞋，扎着马尾辫。她扭过头来看到了我，微笑着招手，但她没有停下来，马尾辫随着跑动的步伐上下跳动，她的右手腕上缠着一条蓝色的毛巾，她擦了一下额头上的汗，继续往前跑。我也朝她挥手，但我的注意力却不在她身上，而是她的左右两边。我瞄了一会儿都没有见着老贝的影子。

"他肯定中途放弃了。"我说。

"别低估了老贝，他比我们都有耐心，肯定会坚持下去的。"毛珊珊说。

"可是我只见到方乙香，没见到老贝啊。"我说，"他应该不是去跑步了。"

此时方乙香已经从我的视野中消失，她跑到很远的地方了。

十一点钟的太阳像在喷火，我的眼前出现一层层的热浪，热浪包围住的人与树好像被点燃了，烧得歪歪扭扭。八月下旬，这种炽热的天气正在减少，但偶尔会有那么一两天出现反常，高温不散，让人感觉很烦躁，不想走出家门。我想要转身回屋里去吹空调——昨天请人在一楼安装了空调——再涂点防晒霜，不然真的会晒黑。

就在这时，我看到老贝从热浪里走出来，远远地看过去，他整个人被热浪包裹，好像一个正在燃烧的人。他拎着白色的购物袋，走路慢吞吞的，一边走，一边喝着饮料。他看到我，朝我招手。

"你看，我就说他不是去跑步吧。"我对毛珊珊说。

"你看到李羽了吗？"毛珊珊看到老贝一进屋就拦住他，问道。

16. 李 羽

今天早上，我的脑海里一直出现一个声音："冠军！冠军！冠军！"没完没了，忽大忽小，几乎要把我的脑子弄晕。明天晚上就要参加音乐大赛了，我可不希望在关键时刻被一个幻想出来的"冠军"扰乱状态。有时候幻想是一种极其危险的行为，如镜花水月。我不想做那个在井边捞月的猴子。昨晚珊珊说："忘记冠军，才能赢得冠军。"我觉得她说得有道理。她是唯一懂我的女人。为了心静一下，我一大早就出来珠江边散步，出门时没带手机，不想被打扰，尤其是公司里的一些人，那些人就会在你的歌词上挑毛病，指手画脚。天气比较热，我不在乎，走在岸边，摸着石栏杆，石头都是烫手的。有那么一个时刻，我只想天地之间只有我自己，吹着江风，迎着阳光，忘记音乐，忘记冠军，唯有一个精神饱满的人。

我看到方乙香在绿道上跑步，她在我的对面，跟我朝着同一个方向。她戴着蓝牙耳机，专心地跑。我们之间隔着一条马路，中间还有绿化带，挡住了一点点视线，但是我一眼就认出她来了，她没有看到我。昨晚顾顾向她发出邀请，请她明天晚上来看音乐大赛。我们还有三张友情票，于是给了她一张，还了那位青年作家一张——这一张是方乙香帮他拿的，他好像不想来看比赛，不知道他在想什么，想写羽毛乐队的传记，却有点漫不经心的样子。有一次，他在微信上视频采访我，我就不想回答他的问题。

我不太想回忆过去的事情，但有时候抑制不住——这并不代表我就一定要把那些往事一五一十地讲述出来，让他记录，变成文字，最后公之于世。我不想跟不熟悉的人透露我的心声。几年前，我在做销售的时候，就有一种感受，当你离开职场，又迫不得已重返职场时，就得承受很大的心理压力。你可能觉得同事们都认识你，毕竟你是个歌手，在一般人的眼里会有点光鲜——曾经光鲜。然而，我很快就打消了那种顾虑，同事们都不认识我。我还私底下问过三个同事，问他们喜不喜欢去现场看演唱会，有一个说喜欢但是没时间，有两个说完全不去看，不关注那种圈子。我说我喜欢听摇滚音乐，那个同事就表现得很惊讶，随口说出了黄家驹的名字，还唱了几句《喜欢你》。他是陕西人，不会说粤语，唱出来就很别扭。那两个同事则显得完全无所谓。

我在同事们的眼里就是一个职场新人，没有销售经验，没有口才。同事给我一沓传单，我就上街，在太阳底下发传单，一副渴望每个路人都是你的客户的表情。签单才是硬道理，签单了才能在同事那里站直了说话，至于摇滚、看演唱会这些就显得有点浪漫化与理想化了。我没在他们面前谈起过羽毛乐队与我是歌手的身份，不是羞于启齿，而是没必要。那一段至暗的日子，我就是在坚持与放弃之间摇摆着熬过来的。

我不打算告诉他，我曾经有过放弃音乐的念头。心里话只能藏在心里，不然怎么叫心里话？心里话只讲给自己听，写出来的心里话，公之于世的心里话就不叫心里话了。虽然现在，我们已经成了公众人物，但隐私还是隐私，我不能把骂同事是傻瓜的话告诉他，不能把在销售岗位上弄虚作假的事情说出来。今年初巡演的时候，顾顾建议我们邀请几位摇滚大佬来撑场面，我拒绝了，我说我想邀请的摇滚大佬已经不在人世。这句话有点伤人，也很傲慢，但有必要告诉他，让他写下来吗？

我听顾顾说，他写出来的东西都会给方乙香看，她是他的第一个读者。他俩在谈恋爱，肯定顺便谈过不少我们的秘密。但我不想打听他俩的隐私，也不想他来打听我的隐私，尤其是我的家庭。我不确定，他到底收集了多少我们的八卦。我看过很多自媒体上的文章，那些无聊的写作者一天到晚不留余力地搜寻别人的八卦，越劲爆越来劲，爆料的"瓜"越大越兴奋。他是抱着这种目的来采访、来了解乐队、来写传记的吗？我猜测，他关心的不是乐队的成长历程，而是我们四人的八卦与隐私罢了。就是找噱头，博人眼球，靠这种手段来卖书吗？珊珊给我看过他的写稿目录与计划，猜不到目录背后有哪些内容。我们被人网暴过，就因为有些自媒体作者为了流量，为了吸粉，写文章歪曲事实，引导网友来批评。

现在想起来，我还有点生气，原本我们在一部暑期档电影里客串出演，可是因为舆论施加的压力，我们那部分就被导演剪掉了，剪到一个镜头都没了。我跟导演解释过，但是没用。没想到，老贝比我还生气，他去找了制片人。不知道他们具体聊了什么，老贝回来的时候，脸色很差，他也不告诉我们发生了什么。后来听说，他在制片人办公室闹了一番，还把人家茶桌上的烟灰缸摔出了一个缺口。这下好了，没人找我们拍电影了。

回到门口，我又遇见了方乙香。她已经换掉了运动服，穿着白色T恤、天蓝色牛仔裤、一双板鞋，拎着一个酒红色的摩登手提包，从家里走出来。她的头发还有点濡湿。

"您好，李羽老师。"她迎上来打招呼。

我照样回应"你好，方老师"，但没说在路上见过她，看样子她要去约会。她身上飘来一股淡淡的香水味。她拉开包包的拉链，埋头找着里面的东西，先是拿出手机，再拿出一小夹夹住的A4纸——看似稿子。她掏出一把雨伞，摁一下把手上的按钮，伞开了，她理了理褶皱的伞边。

我感觉站在那里不说话有点尴尬，就问她要去哪里。她其实可以随便找个理由敷衍我，或者模糊地回答，然而她没有。她说要去市区，跟作家约好了见面，讨论稿子的事情。

"是写那部传记的吗？"我问。

"是的。"她说，"不过，我答应他这稿子不能给谁看，不好意思。"

"我没说要看。"我说，然后不屑地笑了一声。

她撑着伞匆匆地离开了。

17. 毛珊珊

顾顾下午回市区了，他说回去看看老婆孩子，下个星期要陪儿子参加夏令营，明天早上再回来一块儿整理东西，然后回公司。他接了个电话，大概五点钟就开车走了。可问题是，周六的音乐大赛结束后，从下个星期一到星期五，我们还有很多事情要做，比如筹备了几个月的"真爱你"厦门演唱会，还有九月上旬的北京与上海双城巡演。演唱会的事已经安排好了，我们会提前一天先去彩排，但是巡演的具体行程还没有定，好像唱片公司跟上海那边的人商谈时发生了一点分歧。

"他变了。"顾顾离开后，李羽这样说道。

我理解顾顾这么做的理由，他带着我们一起实现了音乐梦想，一起创造出了今天的羽毛乐队。回归家庭是他最终的期盼，也是归宿。他一直把我当妹妹看待与照顾，他说他以前有个妹妹，但在她五岁那年七月，她为了捡一只掉进水坑里的鞋溺亡了。他几乎不提起他妹妹，那次说起是因为他在新专辑里写的一首歌《沙砾》。在我的追问之下，他最终跟我们讲述了背后的故事。

"跟门罗小说里面的场景一模一样。"他说，有点哽咽。

我们不知该怎么安慰他。他妹妹要捡的那只鞋就是他的。她不会游泳。

"看了那篇小说之后，我感觉很震惊，也想写一首歌词出来。"他说。之后，我们没再提起他那段再次封存起来的往事。

现在，他跟老婆孩子的关系好很多了，不像以前那样冷漠了，有时候他会跟父母开微信视频聊天。有一次，他跟我们分享家庭故事的时候，想到过去几年没有怎么陪伴家人，就感到很自责。现在他不需要自责了。此时此刻，我想，顾顾一定陪着老婆孩子坐在沙发上，分享我们的日常故事，讲述他过去七年的追梦历程。

"又到了分享故事的时间。"老贝学着顾顾的语气说道。

最近，老贝的感情有了新目标，看起来他的精神状态不错，换了个人似的，好像之前的阴郁的表情都是假装出来的。他好像找回了过去的信心与勇气。他不肯透露女方的名字，只说是大学校友，大他一届的师姐，在事业单位上班，没具体说哪个单位。我们知道太多老贝以前的秘密了，但是现在，他不再提起前任及其往事。正在相处的对象，他也守口如瓶，晚上约会前也不会跟我们说，就悄悄地出去，然后神不知鬼不觉地回来。我觉得，签约唱片公司之后，有些东西正在限制着我们，并在我们身上发生着改变，有人变得谨慎起来，比如老贝。私人感情成了不可轻易公开的秘密，个性的表达换成了只可意会不可言传的眼神，这些在老贝身上得到很明显的体现。

有时候，我会这样认为：我们并不是什么明星，不是什么公众人物——但现在我开始怀疑是我的错觉。当聚光灯照在我们身上，台下响起雷鸣般的掌声时，我还觉得自己不是明星、不是公众人物吗？

如果我们已经是明星了，那我们还能有个人的秘密与故事吗？其实我也不确定了。唯一能确定的是：乐队度过了最艰难的日子，我们熬到头了，找回自己了。

还有一些东西，我无法确定是否找回来了，比如亲情，还是它一直没有离开？

下午五点多时，我的内心忽然聚集了一种强有力的感受，它驱使着我，很快就占据了我的心头。这时候，我拨打了我爸的手机，结果是我妈接了。我只想跟我爸说说话，不想跟我妈多聊一句。我以为她会先把我指责一顿，再把手机给我爸。可是她没有。她接起电话就问我什么时候回家，中秋节回不回。这个提问太突兀了，我竟然一时语塞，不知道怎么回复她。

我支支吾吾地说："最近比较忙。"然后戛然而止。

我妈说我不是一个恋家的人，她说她在我这个年纪的时候，我都念小学了。但她问我的那一刻，我其实想到的就是回家。我妈说，现在老家的人都在表扬我。路上遇见熟人就会说起我，说我是个歌星了，上电视了，然后表扬我——没错，我妈一连说出四五个"表扬"，就好像小学时期，我拿了期末考试一等奖的奖状回家，她把奖状贴在墙上，跟每一个来我家的人都说一遍"珊珊今年又拿了一等奖"，然后享受着他们的表扬。她有很强的虚荣心，敏感又脆弱。

以前，她从来不跟人提我辞掉教师工作去搞乐队的事，她觉得丢脸，加上我大龄未婚这个事实，更加让她难以启齿，还说过我是最自私的人。所以这几年，我们的关系处得比较僵硬。现在，她在我耳边突然讲起我的故事，令我感觉非常陌生，好像在听别人的故事似的。

然而有些事情的确在发生着改变，心里的隔阂在慢慢解除，微妙但有力量。

今晚，我们打算把冰箱里的啤酒、面包、饼干等东西都解决掉，明天早上就不用多此一举通通卷走。老贝准备了一个大袋子，如果东西没吃完他就带回去。我跟李羽的行李比较多，不想增加其他负担，把半箱没喝完的维他奶送给了老贝。他还跟我客套一番，说不太喜欢喝，但最后还是拿走了。顾顾开的是商务车，车厢空间大，但也塞不进四个人的行李。我说，装不下的行李暂时先存放在这里，有时间再来拿。顾顾说，我们一走，这栋房子就要出租，不能留任何东西。我们只能通通打包。

还剩下五六罐生啤、两盒饼干、三包瓜子，老贝估计喝不完也吃不完了，李羽不喝，我也不想吃，他得找个人来帮忙。他发微信叫方乙香一起上天台来喝啤酒。她从家里带了一包用红色纸包裹着的绿豆饼，她说是老家特产，带给我们尝尝。我们围着小桌子，头上吊着一盏灯。她坐在我的右侧，跟李羽斜对面。

我听李羽说了他上午在门口遇见她的事。她看过郑真写出来的部分稿件了。她中午去见了他。其实，李羽想知道他写了乐队的哪些故事，写到哪个时间段了，把他写成什么样的人了。他没有问她书稿的情况，却还表现出一副漠不关心的样子。我也没有问她他的写作进度，那晚他也没有多聊，也许问了她也不会告诉我们。我知道李羽担心的是什么。我没有跟作者讲过他的任何家事。

不过，有些事情确实发生改变了。下午的时候，我看到李羽在门口的龙眼树下打电话。我站在门口听到了他说的话。他在跟奶奶聊天。今天是奶奶生日。他问奶奶有没有收到他寄的生日礼物。他回头看了我一眼，脸上露出一个轻松快乐的笑容，这是我以前极少看到的一幕。

"你家的绿豆饼味道很好。"我拿起一块吃了一小口，看着方乙香说道。

"我奶奶做的，她最擅长做的就是绿豆饼。"刚说完她就转移话题，"明天晚上我会去看你们的比赛。"她的目光扫过每个人，有点羞涩的样子，最后回落在手里的啤酒罐上。

"不影响你去约会吧？"老贝忽然说道。

"约会？"她诧异道，过了几秒才领悟过来，摇摇头说，"不影响不影响，他也跟我一块去。"

"你看过他写的那些稿子了吗？"老贝接着问道。

"是的，看过了。"她说。

"跟我们说一说，他写了什么？"老贝的好奇心上来了。

"可是……"她犹豫道，"我答应过他，暂时不能跟谁讲。"

"书名有了吗？书名可以讲吧？"老贝问道。

方乙香迟疑了片刻说，这个可以讲，她说书名是她取的。

"噢，是吗？"我惊讶道，好像有一道弧光划过脑际，让我回想起七年前跟李羽绞尽脑汁取乐队名字的那一个场景。从那时候起，我们四人有了一段与众不同的经历，不仅每天不再虚度光阴，而且发现了生活中爱的意义。"叫什么？"

"《风中羽毛》。"方乙香说。

我　空

　　当我深感人生将在恍惚中虚度时，我碰见了十年未见的老同学许珊珊。那天下午，我去了一家电商公司谈业务，在直播间里看到她在直播带货。我惊讶地发现，他们给我推荐的主播名单里就有她。

　　"许珊珊，真的是你。还记得我吗？陈善吉。"

　　等她直播结束离开公司，我已在楼下门口等候多时，拦住了她。她停下来，打量了我几秒钟。我拎着黑色公文包，西装革履，冲锋式发型，一本正经的模样。她最终认出我了，忽然脸上露出笑容。

　　"好久不见。"

　　"好久不见。"

　　十年未见，与班级照片里的那个她比起来，没怎么变化，美丽的脸部轮廓还是一样清晰可辨，特别柔和，只是眼角的那一道浅浅的鱼尾纹出卖了她，不知不觉地显露出了岁月风霜刻下的痕迹。

　　我们坐在楼下那个河湾公园的凳子上聊了起来。刚聊的时候，我们都有点拘谨，毕竟隔着十年没有交集的陌生光景。我先聊起了学生时代，那是我们仅有的共同记忆。在我的印象里，许珊珊是个乖乖女，沉默寡言，比较害羞，一天到晚只会闷头做题，成绩却上不去，很普通。十年后再见，她还是话少，这点没变。

"你还是跟以前一样，话少。"我说道。

"是吗？我还以为我以前是个很啰唆的人呢！"她有点惊讶。

"你都忘了，你以前就是很沉默的，特别淑女。"

我说到的一些往事她也没有什么印象了。

"高一的时候，我经常给你买早餐，你喜欢吃学校门口那家店的肠粉。然后，你一下子给了我一个学期的早餐钱，叫我长期负责你的早饭。还记得吗？"

"还有这样的事情啊？"她似乎不敢相信。

"还有很多……"

往事的闸口正在缓缓地打开，忽然她的手机就响了。"我接个电话。"她从稻草人包包里拿出手机，走到离我五六米远的地方接听。我闻不到她身上的香味了，但能模糊地听到她说什么稿子、节目之类的话。聊完电话，她走回来跟我告辞："我有事先走了，有空来我家坐坐。"

我们互相留了电话号码，加了微信，就各自离开。

等电梯时，我又遇见了邻居家的母子俩。小男孩看到我，就举起他手上的红色马克笔对我指指画画。果然如此，小男孩又在我家的白色铁门上胡乱涂鸦了，他不止一次惹怒我。有一次，我找他母亲投诉。他母亲当着我的面教训了他，但他跟我有仇似的，知道我不在家就胡作非为。小男孩画的都是人体简笔画，有的像花朵，有的像鸟儿，有的像眼睛……

　　读高一时，我跟父亲说过以后考广州美术学院，将来做个画家。那应该是我有过的唯一的理想。父亲一票否决了。他是一个很顽固的人，对某些东西，自始至终执迷不悟。他有很严重的"体制情结"。他说我将来要么考公务员，要么考教师，其他都不用考虑，因为只有傻瓜才会放弃铁饭碗去做随时丢掉饭碗的蠢事。那时候我就明白了——也就是父亲永远都不会承认的——他才是最要命的体制。

　　结果我落榜了。

　　那个晚上，父亲喝了两瓶烧酒，醉后大发雷霆，他不停地羞辱我，骂我是摊烂泥。我不敢还嘴，垂头丧气地站着，但心里却愤愤不平。骂完后，父亲坐在沙发上抱头痛哭，吓到我跑进卫生间。

　　那是六月的一个晚上，天气燠热，满天星星闪耀着光辉，我站在马桶盖上推开窗户，眺望远处泛着银光的河面。不远处的火车站传来悠长的鸣笛声。时间好像定格在了成绩公布的那一刻。那晚半夜，父亲突发脑出血，倒在客厅不省人事。第二天早晨，当母亲发现时，他的身体已经僵了。

　　如今，我年少时要当画家的理想早已经灰飞烟灭。父亲在我身上倾注的血汗随着他的去世一并付诸东流，烟消云散。多年来，我仅剩一副空壳在暗淡的房间里机械般地发呆、移动、沉睡，与外界若即若离。

　　拧开门走进去，站在玄关里，我给许珊珊发了一条微信："这个周六你有空吗？约你来科技馆参观机器人展览。"

　　开灯，脱鞋，把衣服裤子都丢在地上，光着身体走进冲凉房。那天我很疲惫，跟电商公司谈了半天也没达成合作意愿，他们认为我公司的产品不够生活化。热水流淌过全身，每寸肌肤都在缓缓地放松，真让人享受这一时刻。那一晚，洗完澡，我赤身裸体走到落地镜前，呆呆地站着。这是一个无意识的行为。恰在此时，月光刚好照进屋里，落在镜子前。我忽然喜欢上了这副被我嫌弃过的身体。在月光下，它很干净、鲜艳、明亮，就像一个刚刚被制造出来的机器人。

我在一家科技公司做推销员，负责推销各种类型的机器人，广州的市场我已经跑遍了。我看好公司的发展前景，未来三年有望打开深圳、香港等粤港澳大湾区的各大市场，进而推向全国，乃至世界。这两年，广州一些大医院、疗养院与养老院都有在订购我们的服务机器人。新冠病毒大流行之后，我们的订单不仅没减，还增了几成，现在的一些小商店也有了我公司的产品，未来还会走进普通家庭。

"是《机械姬》那样的机器人吗？"许珊珊回复道。

"不是。要是真那样就太可怕了。"我说道。

我以前做过一个梦，梦到跟女主角艾娃那样的女机器人拥抱在一起。她扭腰摆臀，与我缠绵，彼此享受着无尽的欢乐。我用专业的眼光欣赏着她那干净、鲜艳、明亮的身体。我以为她是我的现实，直到她发出女人的呻吟声，吓得我从床上跌下来，额头磕在地板上，惊叫一声才清醒过来。

"你喜欢那部电影吗？"我问她。

"不喜欢。不是我喜欢的风格。即便换了皮囊，还是会有一种被囚禁的感觉。"

"你把自己代入剧情人物了吧。"我说道。

周六的展览她如约而来，看完之后我提议送她回家，她没有拒绝。我们在科技馆北门坐上出租车，一路上我们有一搭没一搭地聊着参观的体验。二十分钟后，车停在她住的小区门口。这是一个比较旧的小区，墙皮是灰暗的，瓷片有些剥落，防盗网也锈迹斑斑。院子里全是无精打采的紫荆树。花瓣落满地面。

我说这次先送她到门口。她说既然到了就上楼喝杯茶。我手扶车门，犹豫了会说这次不行，回去还有事情要忙，估计要忙到十一点多。她说那行，下次约。

我说："改天再约。"坐进车里，与她挥手告别。

其实，我早有约她的计划。星期三下午，我们在河湾公园的轮滑场再次见面。

"你知道吗？"我抬起右脚顿了两下地面说道，"十几年前，这里就留下了我的气味。"

"在哪儿？"她问。

"就在这泥土里，在这些花花草草里，还有在树里。"我扭了一下屁股，做出撒尿的动作。

"你施肥呢？"她扑哧一声笑了，接着我们相视大笑起来。

早在二十世纪五十年代，这地方有个罐头厂，是中苏经济合作的项目之一。二十世纪八十年代末，我父亲在厂里做了半年员工就被裁掉。后来工厂转型失败，倒闭了，留下几栋破败的红砖房。读小学时，我跟同学们经常来红砖房里玩捉迷藏、打扑克牌，还玩过撒尿比赛，谁滋得最远就谁赢，我是那个"常胜将军"。后来旧城改造，红砖房被推倒，罐头厂的遗迹从地面上消失，最后有了这个娱乐休闲公园。

我租来两双轮滑鞋，问许珊珊要不要下场较量一下。我的语气有点嚣张，但很快就吃到了教训。她是个玩轮滑的高手，在场里就像一只飞燕，无人能敌。反观我自己，摇摇晃晃，像只企鹅，姿势非常笨拙。我想追到她，张开手摆来摆去，但是小翅膀的企鹅怎么可能追得上羽翼轻盈的飞燕呢？我摔了好几次，最后一次摔得最惨，双膝跪地滑出两米多远，牛仔裤擦烂了，膝盖也擦破了，流出细密的血。面子都丢尽了。

夜幕降临，她说去她家里帮我包扎一下。河湾公园距离她家才四个公交站。我坐在石凳上，捂着伤口说："可以啊，趁此机会去喝喝茶。"

去到她家，她用清水帮我清洗了一下火辣辣的伤口，然后贴了两片创可贴。

"以后不要太逞能了。"

她带着责备的语气，像在教训一个因不听话吃了亏的孩子。她把擦过伤口的棉花棒扔进废纸篓。

"小伤而已，我差点就追赶上你了。"我得意地说道。

"别不当是教训。"

聊多了几句，她站起来说道："你先坐一会。我出了好多汗，先去洗个澡。"

许珊珊给我端了一杯温开水，转身走回玄关，脱掉鞋，走进冲凉房，关上玻璃门。哗啦啦的水声从里面传到客厅里。

阳台上长着几株我叫不出名字的茂盛的植被，把半边窗户遮住了。白天里，阳光照不进屋，到了晚上，屋子里弥散着阴气。电视柜上面的香薰机在喷出一缕缕薰衣草香味的雾气。

靠近电视柜角落里的小书架塞满了书籍，显然空间太小，有的书叠着书，摸上去还有灰尘与蜘蛛网。地上堆着一沓过期的杂志，最上面那本是两年前的《嘉人》。那一期的封面人物是时尚界的宠儿舒淇，她戴着黑色棒球帽，穿着红色宽肩套裙，看起来特别性感。

冲凉房的玻璃门是虚掩的，我站在外面，透过门缝，看到了许珊珊，她的裸体被热气团团包围，她仰着脑袋，闭着眼睛，伸长着脖子。她在享受着热水抚摸脸颊时的温柔与舒适，看起来很放松的样子。她的大腿、臀部和乳房都在冒着层层的热气，就像冬日里从冒着雾的湖里长出来的芙蓉，澄澈明净。我屏息凝气，悄悄地走回客厅，坐下来，轻轻地放下杯子。我浑身都发热了。

后面的两个月，我经常去许珊珊家里，每次去都拎些葡萄、香蕉、巧克力等，还会送一些花。有一次她说："其实我不爱吃这些东西，你就不要破费了，还有，家里的花够多了，你再送就真成花园了。"但每次去我都不会空着手。她经常下厨，缠着碎花头巾，围着卡其色围裙，拿着铲子，一边跟我说话一边炒菜的样子真像个家庭主妇。我惦记着她做的饭菜的味道，就经常厚着脸皮来蹭饭吃。

农历十月十五日是她的生日，那天下午两点多，她发微信来告诉我，邀请我去她家吃晚饭。我惊讶地说："这么重要的日子应该提早告诉我，好准备一份礼物。"她说："心领了，我也是临时告诉你的。"后来我才知道，她原想那天离开广州去汕头，车票都订好了，出发前一晚却改变了主意。她没说去汕头干什么，我也没问，这个话题就跳过去了。六点下班后，我赶过去赴约，途中经过一家酒坊，进去买了一瓶三百九十八块的红酒，又在小区楼下花店里买了九朵红玫瑰。

我被小区的保安拦在门外，因为扫场所码时，我的健康码显示着黄色，所以保安不让我进去。我跟他解释，下午才做完"七天三检"，健康码还没有变绿，但解释没用。我只好打电话让许珊珊下来接我。一会之后，她下来了，跟保安在保安室里说了一些我没听到的话。她出来，保安也走了出来。他让我在出入记录簿上做了详细登记：姓名、住址、电话号码、身份证号、已注射第二针新冠疫苗。填完后他才放我进去。

等电梯时，我问她："你跟他说了什么？"

她说："我说做你的担保人啊。"

她做了一桌丰盛的晚餐，那是我这几年吃过的最美味的一顿家庭晚餐。席间，我不胜酒力，酒过三巡，脸与脖子都通红，眼睛干涩，肚子里翻搅着一团热流。但我没有醉，意识还是清醒的。许珊珊的酒量比我大多了，半瓶过后，脸色一点没变。没有怎么吃饭菜，酒就喝完了。我一时兴起，拿起筷子敲着碗沿说："为你唱一首生日歌。"但一开口就跑调了，把她逗得大笑起来。没有生日蛋糕，没有拉花彩带，唯有红酒与插在瓶子里的九朵玫瑰衬托出浪漫的气氛。

我们相互凝视，沉默不语。

我发现，不管何时何地，以什么角度注视她的眼睛，无论她是笑，还是发呆，她的眼神总让人感觉有一种难以言说的忧郁，这是她让我产生距离感的地方，也是她吸引我的地方。此时此刻，就像电影里的桥段，我先站了起来，她也跟着站起来，含情脉脉，走向对方，然后拥抱在一起。我的脖子有点热，她的脸没红，可是她的脖子也是热的。我闻到了她身上的薰衣草香味，心跳加速了。我们躺到卧室床上，拥抱着。我认为我足够绅士，保持着应有的克制，小心翼翼。我们长时间地注视着对方的眼睛，像在注视着对方的灵魂。一会之后，她的目光柔软下来，我的影子在她的眼珠里渐渐消散，溶进眼角的泪水里。

我们很快就疲惫了。

许珊珊赤着身体走下床，说道："我去洗身子。一身酒味。"

她走过客厅，拉开冲凉房的玻璃门就进去了。我伸了个懒腰，把头埋进被窝里，一股混杂着酒味与花香味的热气扑鼻而来。我支起身，背靠床头板，凝视着窗台上被黑夜抽走的一丝丝月光。

回到家已经十点多了。邻居还在看电视，声音很大，传到走廊里，那是《猫和老鼠》的配乐。两天前，我在电梯里单独碰见了小男孩，我给他下了最后的警告："再被我逮着乱涂乱画，我就割了你的小鸡鸡丢去小区门口喂那条流浪狗。"小男孩终于被吓到了，目瞪口呆。那一招很管用，他再也不敢乱画了。

拧开客厅角落里的落地灯，暖色的灯光亮了，落在沙发上，我仰面靠着沙发，灯光照着我的脑袋。我也一身酒气，一身汗味，像刚从下水道里爬上来，浑身发臭。我摁下茶桌上的电钮，电茶壶里的水很快沸腾，壶嘴喷出热气。我泡了一壶高山绿茶，对着淡淡的孤影自饮起来。

父亲生前就有饭后饮茶的习惯。家里的茶桌还是他生前使用过的，桌上的茶垢我从来没有清理过，像铁锈一样。父亲懂茶，二十多岁时在广州火车站的广场上卖过茶叶，做过街头小贩，钱没有赚到，还被人连抢带骗全亏了。我从小到大也喜欢喝茶，不过不是遗传，而是自觉养成的习惯。然而，我没有坐下来跟父亲面对面喝过一次，不敢想象那种如坐针毡的场景。如今，当坐在茶桌旁的时候，我感觉他就坐在对面注视着我，摆着一张郁郁寡欢、终生不得志的脸，好像全世界的人都亏欠他。

年少的时候，我便学会了隐忍，人也渐渐变得麻木。看到父母因小事争吵打架，我就当个旁观者，一声不吭地倚靠着墙，哪一边都不帮。有一天傍晚，我从学校回来，看到客厅里一片狼藉。暖水瓶碎在地上。母亲趴在地上捂着头抽抽搭搭地哭泣。见到那个场景，我的双脚仿佛灌了铅，动都动不了。吵完之后，父亲又若无其事似的，孤零零地坐着喝茶。那一刻，他孤立无援，你感觉他很悲哀。

父亲脑出血去世那天，我的情绪也是麻木的，没有悲伤，没有怜悯，连一滴泪都没有，好像去世的人与我非亲非故。只记得父亲被抬下楼时，母亲跪在地上，仰天大笑，想必那一刻，她获得了前所未有的解脱，又或许领悟了某个佛祖菩萨的旨意，激动得过头了。

母亲奉佛，客厅里、卧室里，都有她从南华寺取回来的佛家典籍，《心经》《坛经》《金刚经》都是她的枕边书。从记事起，我就知道母亲喜欢栽各种花，窗台上、阳台上都是她的小花园。她在阳台的花盆之下垫了个蒲团，早起念经，做完早课才出门上班。有一天周六上午，她在看《佛陀十大弟子传》。那时我六岁，刚上小学，还很调皮、好玩。我蹲在花盆前挖泥土，拾起掉在地上的枯果子，埋进土里。

母亲观察了我一会儿，就问道："你为什么要把果子埋进土里？"

我一边刨一边说："这样它就能长出来，开花结果啊。"

母亲又说："你看这花，它开了，又落了，你种下它的果子，最后又长出来了。人呢，出生了，长大了，变老了，最后也会像这果子一样，入土为安。"

在我的记忆中，那天早上，母亲跟我讲了须菩提虚心求学、了悟空妙的故事，她举的就是花开花落的例子，不知为什么她要跟六岁的我说那些高深的佛理。

我问母亲："那人会在土里长出来吗？"

母亲笑了："花开花落，生老病死，皆是因缘，皆是空。"

我茫然地看着她。

母亲接着说："等你长大就会明白。我给你取名'善吉'，跟须菩提的名字是一样的。"

原来母亲的用心在我身上。我即是空，空即是我。

高考落榜后，我就出来混社会了，做了一名人寿保险的推销员，开始安于现状。在我二十二岁那年，母亲决定回老家定居，顺便把家里的佛经都打包回去。临走前，她嘱咐我把那些花都扔掉，没用了。我嗯了一声，把行李塞进表叔的轿车的后备厢。

但其实，我没有遵照母亲的话把那些花扔掉，而是完好无损地保留下来。

再去找许珊珊，我给她送了一盆处于花期的仙人掌。一朵朵的小花瓣生机勃勃，开得很灿烂。她叫我把仙人掌放在卧室的窗台上。

"我的人生就像那盆仙人掌一样，长满刺。"躺在床上，她看向窗台说道。

"你是说你是优雅的仙人掌吗？"我打趣说。

她扭过头，拧了一下我的胳膊："你有没有用心在听我讲呢？"

"你知道吗？你变了，变得很会讲故事了。"我说道。

她哼了一声，以示生气，不想理我。她从床上下来，走出卧室，到客厅装了一杯温开水再回来，拉开床头柜的抽屉，找出一个黄色药瓶，倒出一粒胶囊，仰头吞下去。

"避孕药吗？"我问。

"不是。抗抑郁的药。"她说道。

"吃多久了？"

"五年了吧，结婚前就开始吃，吃到离婚，吃到现在。"

我开玩笑地说："你这是把它当饭吃啊？没见你胖。"

"以前胖过，又瘦回来了。"她把药放回抽屉里，爬上床，钻进被窝，"吃饭是为了让肉体苟活着，吃药是为了让精神好好死去。"

她的脸贴着我的胸脯。我说："要是我妈听到你这么说，她会很喜欢你的。"

她抬起头看着我，露出笑容："是吗？看来女人有些想法是共通的。但不管活着还是死去，其实都不重要。"

"你这句话听起来更像我妈了，很佛系。你是什么时候有这种想法的？"

"问题不是'什么时候有的'，而是'如何有的'。"

"那如何有的？"

她没有理会我的问题了。她好像听出了我提问时带着的敷衍的语气。

沉默了片刻，我又问她："我们俩现在是什么身份、什么关系呢？"

我不确定我们是否存在男女之间的爱、喜欢之类的情感。我以前所交往过的女人里，无一例外都不是出于爱。她们不理解，像疯了一样，骂我欺骗她们的感情。爱，带来过美好，也破坏了美好。破坏，让一切变得支离破碎，而无爱，就没有破坏。我问许珊珊这个问题，是出于好奇与试探。我担心一旦爱上她，或者我们之间一旦存在爱，很可能会破坏现在的美好。

她伸了个懒腰说："这个重要吗？我不想因为身份的关系束缚了我们各自的生活。"

她的回答让我有点意外，但我很满意。我捋着她额上的头发问道："你认为像爱之类的情感会让人与人之间的关系更加牢固吗？"

她思忖了一会，反问我："那你认为有血缘的人，他们的关系牢固吗？"

听到这种问题的人，大概都会做出肯定的回答："是的。因为他们是血亲。"

她却不以为然，轻蔑一笑："我并不觉得。血缘关系也是很脆弱的，有时候，它更像是罪与罚的关系。"

"你是什么时候有这种想法的？"

"又来了，问题不是'什么时候有的'，而是'如何有的'。"

说完之后，没等我问她"如何有的"，她就挪开被子，走下床，走进冲凉房。十分钟后她走回来，穿着乳白色的衬衫，黑色内裤，再爬到床上，靠着床头板让身体慢慢舒缓下来。她很容易陷入疲倦，有点身体吃不消的样子，呆呆的目光投向窗外的虚空。

我们又陷入沉默。

"是人变恶了，还是人性本恶？"她的语气很平静，像是有感而发。

"善恶都是人的产物吧。"我说。

我们同时看着对方，四目相对。她的眼神里有点迷惘，不知是赞同我还是否定我。她抿嘴一笑，好像心里早有答案，然后她就说起了她的"如何有的"故事来。

"我十七岁那年，爸妈就离婚了。我跟着我妈过日子，跟我爸不再联系。那时候，我跟我妈靠着那间早餐店维持生活，每天起得很早，忙里忙外。我妈是个性格强势的妇女，嗓门大，吵架没有输过。她的心脏有毛病，吃了好多年的药，效果都不好。爸妈离婚后，我妈就习惯了在我面前骂我爸，说我爸的坏话。她是把我当作出气筒了。我不在的时候，她就对着空气骂，对着家里的小猫骂。她把生活的艰辛与不幸都归咎于我爸的无能与背叛……"

"你爸做了什么背叛你妈的事，是外面有情人吗？"我打断她的话。

"不是。我爸没有能力赚钱，他也没钱在外面养情人。他是被生活的压力压垮了，对生活失去希望了。那几年，店里的生意不好，每到年末算账，总是亏本的。我妈的病医不好，就得常年吃药。家里欠了十几万外债。我妈又经常责怪我爸没能力。最终我爸不堪重负，不忍受辱，他提出了离婚。"

"生活把一个男人打垮了，但他怎么忍心把你抛弃呢？"我见缝插针。

她忽然盯着我，我以为自己说错话了，连忙道歉。

　　她说："不用道歉，你没说错。我爸早就对这个家死心了，对我们也死心了，抛弃我也不足为怪，即便是亲爸是血亲，又能怎么样呢？他们说离就离，也不考虑我。所以我说，即便两人有血缘关系，他们的关系也不一定是牢固的。"

　　她停了几秒，做了个长长的深呼吸，缓和了一下心情，接着说道："后来，我妈就不让我继续读高三了，她说家里没钱，缴不起学费了。她还有一身病，家里一屁股债，已经很难维系这个家了。"

　　"所以你想到了去打工，到外面去赚钱，养活自己？"

　　"不是！我首先想到的是……自杀。"

　　我的心为之一颤。我以前觉得许珊珊是一个文弱又胆小的女生，绝对想不到她会做出什么令人惊讶的事情，但她就迈出了那一步，让人感到意外，甚至震惊。

　　那是八月的某个黄昏，她穿着黑色碎花长裙，白色T恤，翻过栏杆，从两米高的岸边咕咚一声扎进河里。她像一根还长着枝叶的树木，在河里起起伏伏，扑打着水面。她不会游泳，在混浊的水中挣扎着，眼睛睁不开，张口喊救命，肮脏的河水就灌进嘴里。

　　后来，两个钓鱼的中年男人把她救上岸。她狼狈不堪，就像一只失足掉入水里的雏鸡，坐在地上瑟瑟发抖，咳嗽，呕吐。路人给她递面巾纸与矿泉水，她瞅都不瞅，撑着地面站起来，一声感谢都没有就走开了。

　　"跳下河里的那一刻，我特别害怕，第一次感受到了死亡的恐惧，孤立无援，不知所措。"她说道。

　　我看着她，无言以对。

她失落地走回家，轻轻开门，想要快速闪过客厅，跑进卧室里换掉湿漉漉的衣服以免遭骂。但在这时，她看到了蜷缩在客厅沙发旁边、捂着胸口、浑身颤抖的母亲。母亲的心脏病又发作了，而且最近几次心绞痛的程度更严重了。以前许珊珊害怕看到母亲倒下去抽搐的情形，如今她能泰然处之了。

许珊珊从抽屉里找出救心丸，倒了水，给母亲服下，松开她的衣领，揉着她的胸脯，让她平静下来。母亲有点肥胖，这给心脏增加了不少负担，父亲长得高高瘦瘦，而许珊珊天生一副小体格。看着墙上挂着唯一的家庭合照，她与父母的差异之大，让人觉得他们之间不像有血缘关系。

吃完药，母亲就睡着了。她静静地守在身边。母亲的呼吸逐渐平缓下来。有一会儿，她感觉不到母亲的心跳，好像停止了。她脑海里忽然蹦出一个声音：母亲死了吗？这个声音刺激着她，像电流一样流遍全身，可是她并不紧张，显得很冷静，可以说那一刻她是麻木的。她伸出食指放在母亲的鼻尖试探。气息还在。她犹豫着缩回手，感觉有一丝失望……

她停下来不说了，抱着我，像小鸟一样蹭在我怀里。我能感受到她放在我胸口上的右手在颤抖。我抓住了她的手，移到嘴边，轻轻地吻了一下手背。

"小心我手上的刺哟。"她说道。

之后我去了上海、武汉等地出差，与许珊珊的联系少了。出差回到广州，我也只想一个人待着，因为太疲劳了。现在想想，我没去找她还有另一个原因：我不懂爱是什么，我的生命里一直缺乏这个奇怪的东西，所以没有任何内驱动力让我非要去找她。

没有身份关系的约束，没有喜欢、爱等情感的累赘，我跟许珊珊之间的一切就显得轻松自在，既纯粹又干净。她已经无可代替——她的气味、眼神、声音都在我的骨子里刻下了记忆。

但是我们之间不存在爱。

有一天晚上，我忙完工作回到酒店，疲惫地躺在床上刷手机。我看到许珊珊在朋友圈里分享了一个链接，点击进去，跳出了一段抖音视频。她上电视了，那是一档叫作《静听有你》的情感节目。电视里她是一名情感作家，留着披肩短发，穿着黑色休闲西装，坐在嘉宾席上。她的精神状态很好。她像一位经验丰富的人生导师，给台下戴着口罩的观众传道、授业、解惑。

那些年，她在几家情感杂志上开设了专栏，每周更新一篇，与读者频繁来信，互动交流。她还为一些情感类公众号撰写文章，是好几个自媒体大号的签约作者，有时候还被请去做直播带货。那个时候我才知道，她过去几年的收入都来自稿费与直播带货。从武汉回广州的高铁路上，我在网上搜索了有关她的视频，就在不久前的一次访谈里，她说到了她的家庭、前夫以及那段失败的婚姻。

出了广州南站，我拨通了她的电话。

"好久没见了。"她说道。语气中带着一丝慵懒。

"三个月还是四个月？"我说道，推着行李，有点喘气。

"不记得了，挺长时间了。"

"我去找你。"挂掉电话，我坐上出租车直奔她的家里。

许珊珊看起来消瘦了，憔悴了。舟车劳顿十个小时后，我感到疲惫不堪，进屋放下行李，我们就拥抱在一起，好像失散多年，终于重逢。我们躺在床上相互偎依，什么都没做，静静地发了一会呆。

"我看了你的访谈，知道了你跟前夫的那些事……"

"被你看到了。"她打断我的话。

"你想要瞒着我吗？"我有点不满。

她侧过身去，离开我的怀抱，仰面看着天花板，思忖了一会，撑起身体，靠着床头板，一副放松的样子，像是酝酿好怎么回答我了。

"我喜欢现在的状态，身心放松，没有拘束，自由自在。"她说道，"过去的我是一场悲剧。"

她停下来，瞅了我一眼，见我没做反应，就接着说道："我在二十四岁那年结了婚，老公是汕头人，我们在他老家摆的酒席。那时候，我妈已经过世。我爸也不知道我结婚，就算他知道，我也不想他参加我的婚礼。我的生活里已经不再有他的影子……"

"对了，后来你爸过得怎么样了？"我插话道。

"不知道。他离开后的第二年，我听亲戚提过他，说他在广西找了个当地的女人，也是离异的。他跟一些老家的亲戚还有联系，跟我没联系了，怕联系上要他还债。我妈去世后他也没有回来。那时家里还有债，一直到我出去打工第三年才还清。不过，我已经不关心他的事了……唉，不提他了。他在我的生活里已经消失了，讨论一个消失的人没有意义。"

"那就不提他了。"我顺着她的思路说道，"那说说你的婚姻，说说你在新家庭里的故事，这个可以聊吗？"

"看不出来你那么八卦啊？"她笑了，缓解了一点气氛。

"不然呢？你要跟我聊文学吗？那太无聊了。聊感情方面吗？这是你的专长，但也饶了我吧。我不懂。我不想被那些奇怪的词囚禁了我的自由与幸福。"

"幸福的家庭家家相似，不幸的家庭个个不同。"她说道，"我以为在新家庭里，我的一切都可以重新开始。可惜我想得太天真了。嫁人之后，我就跟老公——应该叫前夫了——从广州搬回到汕头定居。他家经营着一个小作坊，用来做牛肉丸的，他祖父两代都是做牛肉丸生意。他爷爷很早就去世了，他爸爸那些年身体不好，有糖尿病，还有高血压。他还有三个姐姐，都嫁人了。他爸爸一直想他回去继承家业。回到汕头第一个月，他就完全接管了小作坊的生意。我不懂小作坊，只帮忙网上接单。回去半年后，我就意外怀孕了。"

她再次停下来，离开床，从梳妆台上的烟盒里取出一根烟，拿了打火机走到窗边，拉开半边窗，点燃烟，对着半轮月亮抽起烟来。看得出来，她满肚子的惆怅，需要借助烟将它们吐出来。

"你是不是不想生孩子？"我问道。

"我跟前夫婚前商量好的，不想那么早要孩子。他爸妈想早点抱孙子，经常催他，也催我。他是故意让我怀孕的。儿子出生三个月后，小作坊的生意陷入了麻烦。有人到派出所举报，说我家的肉丸是用发臭的死牛肉做的。前夫把我骗了，他低价从别人的手里收购了一些死牛，偷偷运回来放在别处冷藏起来。他也瞒着他爸妈，做着黑生意，直到纸包不住火了。那个举报人就是被他辞退的员工。"

她把没有抽完的烟插在玻璃杯里。

"因为他骗了你，做了不干净的生意，你就提出离婚了吗？"我追问道。

"人非圣贤，孰能无过。"她说，转身走了回来，爬到床上，靠着床头板，"谎言破了，小作坊被封了，生意没了。家里赔了很多钱，也被罚了很多钱，家底都败光了。他爸妈到处借钱补窟窿，勉强维系着一家人的日子。前夫一蹶不振，开始"摆烂"，什么都不做。我跟他还有他爸妈之间的矛盾也开始激化，因为生活琐事经常吵架。家庭陷入困境，欠下一堆外债。回过头想一想，这不就是以前我家的生活写照吗？绕了一圈，我又成了原来的模样。就这样，我做出了与我爸当年相同的决定。"

她终于停下来了，双手搭在被褥上面，眼睛看着窗外，凝视着虚空的夜晚，目光异常冷峻，眸子里没有任何温存的情感，就像一个冷酷的杀手。

我出差的时间又推迟了三个星期。我跟公司提出半个月的休假申请，甘愿放弃当月的补贴与奖金。我的申请很快就获得批准。其实，我没有任何计划该怎么度过那半个月，工作这么多年从来没有过连续半个月的休假时间。

我回了一趟十多年都不曾回去过的老家。母亲左眼有眼疾，需要住院做手术。幸好手术顺利，母亲很快就出院了，被接回家里休养。在老家的那几年，母亲虽然独居，但还是得到了住在同村的表叔表婶的悉心照顾。

"都是一家人，我们不管谁管？"表叔说道，他说话的语气怪怪的，有点责备我的意思。母亲说，表叔说话就是有一种逼问人的感觉，但他的心是善的，不要怪，习惯就好。

"我一时半会还死不了。你不用待在家里了，回去上班吧。"母亲催道。她的左眼还蒙着乳白色的纱布，看起来右眼就有点孤独与单调了。

当母亲说到"死"字时，表叔表婶感到很震惊，好像母亲触犯了什么禁忌，立马劝她别说那些不吉利的话。然而，在我的印象里，母亲从来不忌讳谈论死。在她那里，死并不全是悲观的、绝望的，它与生一样，有着激情、期盼、豁然，也都拥有生的慈悲；生也不是十全十美、至高无上，它同样有着无可摆脱的痛苦、孤独、卑微，与死一样，与人痛苦地纠缠，难分难解。母亲的心态比较豁达，这让我感到很欣慰。在过去的那些年里，我不曾替她考虑来世的问题，倒是"如何让她完整地过完一生"困扰了我很长时间。

闲聊的时候，我无意间提到家里的那些花。我说我一直在照顾着它们，经常浇水、施肥、除草，一年四季看着它们花开花落。我原以为迎合了母亲的想法，她会很欣慰。没想到，她的脸沉下来，扭过头去看着阳光灿烂的窗外，不理我了，半天都没说话。最后她责怪我了，说我没有听她的吩咐丢掉那些花。

我说："我照顾着它们，就是想要记住您的话。小时候听您讲须菩提的故事，您说这花跟人一样，有花开，有花落……"

"花开花落都在这里，"母亲伸出手指着我的心，"我让你丢掉它们，是让你不要对那些东西有牵挂、有执着，对人也是这样。这一切是生是灭，皆为因缘。你爸爸的离开也是有这因缘……"

她忽然提到父亲，我有点震惊，像触电一样，从椅子上站起来。那是父亲去世多年后我第一次听到有人提起他。我的反应如此大，把母亲吓得愣住了。

"我要回去睡了。"我说道，转身就离开了。母亲也没有劝我留下。

那晚聊完，母亲就没有跟我说过话了。第二天上午，我收拾了回广州的行李。离开前，我转了一万块钱到母亲的银行卡里，又在微信上给表叔转了两千块红包，感谢他们对母亲的照顾。我以"回去出差"为由与他们告别了。

回到广州第二天，我出差的事情临时取消。我被客户投诉了，这是两个月以来第三次。客户投诉我的服务态度很差，很冷漠，十几天都不接她的电话。我感觉很无奈，因为粗心大意，回老家时忘记带上工作用的手机。客户提出取消订单的要求，语气很强硬。幸运的是，在部门主管的出面下，最终保住了那笔数额过百万的订单。事后我受到了惩罚，又被记下一大过，留职停薪，在家里反思。

我不是一个喜欢发牢骚的人，不会因为经历了一件不如意的事情就大吐苦水，尤其在女人面前更不会，那样会让女人觉得我很矫情，婆婆妈妈。我很少跟人倾诉，如果非要那样做，我会使用销售的技巧来掩饰内心真实的想法，不惜加以粉饰。

居家反思的那些日子，我没有闲着，经常往许珊珊家里跑，还替她整理房间，把那些零乱的书籍摆好位置，往她家里送些盆栽做点缀。有时候我一连几天留在她家里过夜，我买菜，她做饭，像夫妻一样生活。有时候，我们晚上出去看电影，逛街，去酒吧听"羽毛乐队"的歌，回到家还会聊很多话才睡觉。

有一天晚上，我提到了她的母亲，究竟是怎么提到的我记不太清楚了。那时候，我们洗完澡，躺在床上无事可做。我凝视着窗外，她的脑袋压着我的胸口。我抚摸着她的头发，意识处于轻松自由的状态。可能是在这种放松的状态下，我就说到了她去世的母亲。话音刚落，我便意识到犯错了。

"对不起，我没有其他意思。"

"不必道歉，想说就说吧。"她显得很善解人意。

她直起身，抬手扭亮床头灯。灯光是暖色调的，很柔和。

我换了一种轻松的语调说："我记得，那年九月一日，我们刚上初三的那天，我第一次吃到了你家的包子。你说你不喜欢包子，喜欢肠粉，你家的店不卖肠粉，所以你很少在家里吃早餐，就叫我帮你买肠粉拿到教室里。我印象中你妈妈的说话声很大，包子做得好吃，人也很有精神。"

我说着有点兴奋，沉浸其中，接着我的语气就换成了一声叹息："唉！可惜了，她就这么突然离开了。"

我停了下来，扭头看了她一眼。她的左脸没有被灯光照到，有些阴暗。她很平静，没什么反应，像是在聆听一个熟悉的故事。

当我想要继续往下说时，她忽然说："是我杀死了我妈。"

我脸上的肌肉忽然抽了一下，僵住了，不知道接下去说什么。

她转过头来心平气和地看着我，眼神里没有悲伤，没有冷峻，好像两个巨大的黑洞凝视着一颗荒芜的心，我顿时觉得有一种被吸入、被吞噬的恐惧感，浑身生起鸡皮疙瘩。

"不提你妈妈的事情了……"

"你怕了吗？"

我怔住，也听出来了，她没有在开玩笑。我的眼珠开始发热、灼烧，快要流出泪来。我不得不移开视线，呆呆地看向窗外。天相当沉闷，将要下雨了。

她说："那天晚上，我妈骂我之后说了一些话，她说当年把我生出来后，因为不是男孩，她想把我送给别人养，她想要生个男孩。我妈有很深的重男轻女的思想。我爸不同意，才把我留了下来。他们不敢超生，怕罚钱，所以一直以来家里只有我一个小孩。只是没想到，我妈当时对我那么狠心。"

她停了几秒钟，做了个深呼吸，抑制着情绪。

接着她往下说："吵完架后，她的心脏病就发作了。她倒在地上抽搐。我被她骂到躲在角落里，都不敢出来。我就在那里静静地坐着，凝视着她，她也凝视着我。我读懂了她求救的眼神，可我感觉被什么捆绑住了双脚，封住了嘴巴，走不动，也说不了话。我的内心在挣扎，目光被钉在她的身上。我相信她也读懂了我的眼神。"

她停了几秒。

"见死不救，跟杀人有什么区别？"

说完后，我们又陷入了漫长的沉默中。外面吹着晚风，窗帘摆来摆去。她觉得她的故事讲完了，她从床上下来，走到书桌旁，坐在靠椅上，打开笔记本电脑，输入开机密码，叮的一声开机了，桌面壁纸是一张她的高清大头像——她留着波波头，笑容若有若无，因为戴着隐形眼镜，所以瞳孔显得特别大，看起来像是一双能洞穿整个宇宙奥秘的上帝之眼。

"我先忙一会。"她背对着我说道。

她点开邮箱，逐个查阅读者来信。与读者互动，有偿解答他们的情感疑惑，这也是她吸粉与获得经济收入的一种方式。我掀开被子，坐在床边抽了一根中华。烟雾在我眼前升起、散开，缭绕着往窗边飘去。屋子里很安静，有时听到她敲键盘的啪啪声，有时听到她咯咯的偷笑声，仿佛刚才的一切没有发生过。语言无能为力，故事随风而逝。等我抽完一根烟，她已经在专心写作了。

那晚我没有留下来过夜。

回到小区楼下已经九点钟，楼道口停了一辆救护车。四个穿着防护服的医护人员从昏暗的楼道里推着担架车匆匆跑出来。车上躺着一个口鼻上扣着氧气罩、两鬓斑白的老人，已经奄奄一息。医护人员把老人推进车厢，咣当一声关上门。

救护车鸣着笛离开了。

"心脏病又发作了。"有人说道。

天空响起今年以来的第一声春雷，悠长的余音在一片楼房上空袅袅回荡，就像一个弥留之际的巨人发出一声长长的叹息，六七秒钟之后才消失。

"生死皆有因缘。"我编辑出这句话发给她。很长时间她那边毫无动静。

接着我又补充道："跟你说个事，跟你一样，是我杀死了我爸。"

我放下手机，靠着沙发，盯着阳台上的那一盆开着红色花瓣的茶花。花色艳丽，但缺乏生机，看起来像是它生命里的最后一次绽放。我忽然想起来，好多天没有给它浇水了，要不要放到阳台外面接受春雨的滋润呢？

雨，迟迟不下。

我把手机丢在沙发上，走回卧室，取了更换的衣服就去冲凉了。

那晚，父亲倒地后的情形我已经渐渐模糊，很难再拼出完整的记忆，即使回忆起那些细节，也免不了有想象的成分，如今只剩一个生硬的轮廓，与许珊珊描述她母亲的场景差不多。父亲的脸色很苍白，就像被大雨洗过的雕塑一样。母亲睡觉的打鼾声从卧室传到过道里，盖住了父亲的呻吟声。看得出来，他的样子很痛苦，蜷缩的姿势宛如刚出世的婴儿，在做无能为力的挣扎。父亲的手机落在我的脚下，好几年都没有换过新膜的屏幕被刮花了，反射出来的光也是散的、碎的。

打电话叫救护车还来得及吗？我有这样想过吗？我希望有过，这可以减轻我的罪过。但已不再重要了。父亲已经去世了，这就是事实。

洗完澡出来，我看到了许珊珊发来的微信："人性本恶。"

我问她："那你觉得我们俩死后会下地狱吗？"

"你看过地狱长什么样吗？"

"做梦都不敢看。难道你看过吗？"

"我看过。"

"什么样的？"

"都是混浊的水，很黑的水，臭气熏天。"

她大概是想起了那次跳河的经历。之后我们就不说话了。那也是我们互发的最后一条信息，因为之后许珊珊不见了。

大半年过去了，我再没见过她。时序已经入秋，夏天的炎热却还在折磨着我。此时，仍然没有她的一点消息。我打过电话给电视台，那边的人回应说双方已经结束合作，再无关系。我也留意到她在杂志上的专栏停更了，而且她的微博、朋友圈里的最后一条消息也停在半年前。

　　夜幕降临，完成了一天的工作之后，我感觉身心放松，自由自在。天下起了入秋后的第一场凉雨，朦胧的水雾弥散在小区。我拉开客厅的落地窗，走出阳台，蹲在那盆茶花旁边。最后一次去找许珊珊，我就送了她一盆茶花与一盆茉莉，她高兴地收下了，还在微博里分享过几张照片。晚风徐徐，清爽宜人，几片枯叶飘进客厅里。我拿起小铲子，给那盆茶花松土、浇水。我看着那些花儿的种子入土、发芽、长苗、开花、结果，四季循环，由生至死，由死复生，最终又成了它们原来的模样。

弃　物

　　突然有个电话打过来，我一阵恍惚。是珊珊妈妈。她叫我九点再到家里，因为他们有事。她没说什么事，也不可能具体说什么事。那时候我已经从小区的东门走进来了，就站在那片树林的入口处，停留了片刻。我化了淡妆，拎上了新买的稻草人包包。

　　我说没关系，让珊珊在家里准备课本和练习册。她说待会见，就挂了电话。

　　当初她面试我的时候便提出过一个要求：不要迟到。她说不喜欢我们这种私教老师迟到，她是做护肤品销售的，平时上班很忙，没空等别人。我说没问题，一定准时。她指我是"这种私教老师"，想必以前为珊珊请过很多私教，花了不少钱，变得精明了，懂行了。我做过很多年的私教老师，接触过的家长中，她算得上是最精明的一个。

　　走到六栋楼下，时间已到八点四十分。我在凉亭里坐了一会。围栏新刷了油漆，弥散着聚丙烯的味道，身后有一条环小区的水渠，水草摇曳，鱼儿悠闲。我听到一条金色的大鱼打了个喷嚏，回头一看，有一串水泡冒出来。鱼就掉头走了。

　　这时，我看到珊珊爸爸走了过来。

　　"你先上楼吧。"她爸爸说。他彬彬有礼，是华南理工大学的高材生，从事计算机行业，在珠江新城某公司任高管，一米八的身高让人觉得有点高冷。

我点头说："那我先上去。"拎着包包起身。

他带着僵硬的笑容从我前面走过去，留下了淡淡的古龙水香味。

门开了。是珊珊开的。"方老师好。"珊珊说。"你好。"我说。她剪了头发，与肩膀齐平，穿一条碎花睡衣裙，裙摆垂到脚踝上。她妈妈在厨房里搞卫生。

"你带她进屋吧。"她妈妈说。"那我们进去吧。"我说。

她牵着我的手，着急地拉我进她的卧室，哐当一声关上门。她的卧室里有一股淡淡的婴儿香，很好闻。她让我坐在已经挪好位置的椅子上。书桌上准备好了语、数、英课本还有练习册。她放开我的手，朝窗边小跑着过去。她的裙摆在脚踝边上舞动起来。

珊珊九岁，读四年级，不清楚她在学校的表现如何，但在家里，她就像个小演员，卧室里与卧室外判若两人。卧室里，她充满活力，精力旺盛，看我的时候，眼睛水灵灵的，清澈无比。她乐意跟我分享零食与漫画，以及女生的一些小秘密。她说小秘密时悄声细语，生怕被爸妈听见。走出卧室，她就安静了，像一个乖乖女，不敢乱动，习惯沉默，在爸妈面前小声说话，还有点拘谨，尤其在她妈妈面前，言听计从，不敢违抗。

她站在小凳子上，抓着窗帘一角，哗啦一声，拉开窗帘。白光瞬间涌进来，太突兀，太刺眼，与屋里的氛围有点格格不入。

"亮吗？"她笑着回过头问我。

我们每次都不着急进入辅导时间，而是会说些心里话，拉近一下感情。

"亮。"我说。

她跳下小凳子，走到那个贴着卡通贴纸的柜子前面，从粉色的书包里掏出一盒奶油夹心饼干。

"外公给的，老师你也吃一块。"她递到我面前。

我吃了一块，太甜，吃不惯。她叫我再拿一块。我说先放着，待会再吃。她嘻嘻地笑，露出参差不齐的小牙齿，自己拿着一块饼干又塞进嘴里。她故意做出细嚼慢咽的动作。但平时，她在我面前吃东西都没有拘束。她说妈妈不允许她扒饭，吃饭就慢慢嚼。

客厅里有声音，她妈妈在拖地，拖地机嗡嗡响。她快手快脚收好饼干盒子，把书包放回柜子下，踮着脚尖回到座位上，翻开课本。她的一连串动作做得很顺，都是平时训练成的，这让我不禁偷笑起来。

"老师，你有男朋友吗？"她忽然问。

她在做英语翻译试题。我以为有这道题，凑近去看。原来不是。

"干吗问这个？"我说，"你懂男女朋友吗？"

"我懂，我已经长大了。"她凑近我耳边，悄声地说，"我有男朋友。"

"哦？"我假装很诧异，"哪个男生？"

"张浩成，我同桌。"她得意地露出笑脸，拿起铅笔在练习册上写出"张浩成"三个字。我看了一眼，"成"字写少了最后一点。她拿起橡皮就擦掉了。有时候她妈妈会突击检查她的练习册。

　　我以为她只是一语带过，还没来得及转移话题，就听到她说起了同桌。他爸妈有开一间小超市，他经常给她带巧克力、泡泡糖和饼干，还给她抄数学作业。就这样，她答应做了他的女朋友。他们住在同一个小区。

　　"那你知道男女朋友最重要的是什么吗？"我延伸了一下话题。

　　她摇摇头，目光里迫切想知道答案。

　　"是什么？"她忍不住问了。

　　"可以告诉你，不过说了之后你就开始认真做题。"

　　她开心地点头答应。

　　"爱与忠诚。"我说。当说这句话时，我似乎没有把她当作小孩子了。

　　我猜到她不会懂的，于是打了个比方，说："就像当初你爸妈相识，相爱，相互信任，然后结婚，生下你。"

　　她还是一脸迷惑，却也遵守承诺，埋头开始做练习。十几分钟后，她做完了我安排的英语题目。我叫她休息十分钟，准备语文课本与练习册。我批改作业。她妈妈周末没去上班，在家里忙来忙去。卧室外面一会儿响起拖地机的声音，一会儿传来洗衣机的轰隆声。

　　批改作业时，珊珊不会打搅我，她安静地看漫画书。不过，屋外稍有不同的声音她就会离开书桌，悄悄走到门边，耳朵贴着门，仔细听着，就像一个小侦察员。起初我以为她只是注意力不集中、好奇，后来看出来了，她这个反应不受我在场的影响，而更像出于对某些东西做出的条件反射，比如声音。

　　那个声音究竟有什么不同？只有她自己清楚。

是敲门声。我问她是不是听到爸爸回来了？她没回答，似乎没听到我的话。

"是我爸爸。"她走回来，坐到椅子上，有点失望。

"你以为是谁？"我说。

"我妈妈的男朋友呀！"她毫不掩饰地说。

"你妈妈的……"这回我的诧异不是假装的。我顿时打住，生怕隔墙有耳。

珊珊说，爸爸出差，妈妈就会带男朋友来家里，他还给她带好吃的。她说妈妈的男朋友像她的数学老师，高高瘦瘦的，戴着眼镜。她不喜欢数学老师。如果妈妈的男朋友来了，妈妈就会叫她回卧室，不允许她出来，也不允许她告诉爸爸。她不敢说，她就用耳朵贴门上、墙上，听他们说话。他们有时候在客厅里，有时候在卧室里。

为了示范给我看，她又轻悄悄地走到墙边，隔壁就是她爸妈的卧室，她侧着头，把耳朵贴着墙，笑眯眯地看着我。"就这样听。"她说。

这一次，我下了一个命令，让她赶快回来坐下。她就轻手轻脚地跑回来，坐回座位上。她趴在桌子上，扭过头来看着我，还对我笑嘻嘻的。我叫她继续做练习。她听我的话，抓起笔就做练习了。但此时，我的思路有点被打乱了。

"城"字写错了，我指着那个字说道，左边是讠的那个诚，不是提土旁的城。

她用橡皮把"城"字擦掉，吹掉橡皮屑，提笔几秒也没想出来。我叫她拿字典查，先查到讠，再查六画，找到诚字，翻页，找组词。她会查，很快就找到了。

"忠诚，你是说这个吗？"她指着那两个字问道。

"对。"我说。

她在田字格上一笔一画，工工整整地写下"忠诚"。

客厅里响起一声刺耳的脆响，像是玻璃杯被砸碎了。这是一个强烈的信号，让人心惊，毫毛都竖起来了。她立马放下笔，跳下椅子，跑到门边，耳朵贴着门。

十几秒过后，她爸妈的吵架声从隔壁卧室传过来了。她即刻转移地方，走到那一面墙边，耳朵贴着一张卡纸，上面画满了小红花。

我没有阻止她，目光跟着她的走动而转移。

坐回来后，她说爸妈在卧室里吵架与在客厅里吵架是不一样的。

"有什么不一样？"我问。

她说，在客厅吵，错在爸爸；在卧室吵，错在妈妈。停了几秒，接着她又说，吵架的声音也不同：在客厅里吵，声音很大；在卧室里吵，声音很小。她说每次听爸妈在卧室里吵架她就听得不清楚。她揉了揉自己的耳朵说："但我有顺风耳。"

她在计算一道三位数乘两位数的题目，一时分心，结果错了。

我问她："知道哪里算错了吗？"她检查了一遍，发现没有进一个十位数。

"老师，你这么厉害，为什么还没有男朋友？"她又问道。

我一点都不诧异了："你怎么知道我没有男朋友呢？"

我不想再提那个话，就问她周六是不是要去外公家。

她摇摇头说不知道。"好像爸爸不喜欢去外公家。"

隔壁卧室没有声音了。我看了看手机上的时间，还有十分钟到十一点半，辅导时间快结束了。我收拾好教案、课本与铅笔盒，她也做完了我布置的作业，我也批改完并解析完了。

这时候，她妈妈来敲门了："方老师，可以了吗？想跟你说几句话。"

两年前，他——我男朋友——得急性淋巴细胞白血病去世了，从住院到逝世，熬了十个月。后天是他的忌日，我还没准备好怎么纪念。我不想跟珊珊说他的事情。他已经走了。她还不能理解"走了"意味着什么。她妈妈告诉我，明天是我最后一天辅导珊珊，三天后他们将要离开广州。

"你的课程还剩多少？"她妈妈问。

"已经学完三十个课时，还剩下六个了。"我说。

"明天可以结束吗？明天晚上就结算你这个月的课时费。"

她妈妈给我算的课时费向来都是分毫不差的。不会像有的家长，多给或少算。

"没问题。"我说。

明天拿到这笔课时费，我就可以支付爸爸下个月的治疗费用了。爸爸脑出血昏迷了两个月，还在住院。这两个月里，我花光了工作八年所有的积蓄。我把雪佛兰便宜卖了，成交价相当于一堆废铁价。车是我跟男朋友一起凑钱买的，四六分，他出六成。那时候我们上下班用得着，星期一、三、五、日我开，星期二、四、六他开。男朋友生前是个中学物理老师，斯斯文文，比我高半个脑袋。我也在学校教过一年书，后来才单独出来找私教。他劝我不要冲动，在学校工作稳定，但我还是坚持离开令我感觉压抑的那所小学。

上个星期六上午，我辅导完珊珊，准备回去时，她爸爸忽然叫住我，说："方老师，坐一会吧。"我们很少聊天，都是跟她妈妈对接有关珊珊的事，她爸爸很少管她的学习。我们在客厅坐了一会。他知道我以前在学校上班，就问我当初为什么选择离开学校。

我说："也许在学校压力太大了，薪水又低，没有激情，也没有自由。"

他翘了一下嘴角，有点轻蔑的意思，又问我现在获得自由了吗。

"与当初那个离开的感受不同了。"我停下来，思忖了一下，"自由？"

自由！我轻轻地苦笑一声。

当初爸爸特别反对我从学校离职，说我亲手砸了自己的铁饭碗。但我去意已决，谁都决定不了我的人生之路，谁都不能决定我手里端什么饭碗。如今，他躺在病床上，依然决定不了我的什么，却让我寸步难行。

下课之后，我在小区西门口坐145路公交去了医院。我又去问爸爸的主治医生："我爸什么时候醒来？会不会再也醒不来了？"那个男医生说，不确定，也要看爸爸的意志，就算醒来了，可能也是个植物人。他安慰我保持积极心态，不要放弃希望。他每次都说："不要放弃希望。"但是希望一直都没有降临。

有一次我很生气，对他怒吼道："别他妈的跟我说这句话了。"

他心平气和，不仅没生我的气，还说理解我的心情。

记得二十年前，妈妈就是冲着爸爸一声怒吼之后离家出走的，三天后她回来收拾行李，办了离婚手续。那年我九岁。往后再无妈妈的消息，她在我的记忆里逐渐消失。我跟着爸爸相依为命，但自妈妈走了之后，我没有再叫过他一声"爸"。十四岁那年，我知道了爸爸有个情妇——她是一名护士，一直没结婚，跟爸爸是老相识。爸爸从来不承认他有情妇，但身边很多人都知晓他那些令人羞耻的事，是他逼走了妈妈，毁了这个家。我不清楚妈妈是怎么知道他那些龌龊事的，又是怎样痛下决心，捅破那层窗户纸的，直到不可挽回的地步。

此时，我就坐在爸爸的病榻前，面对着他，想问问他，但又无话可说。他脸色惨白，像是泡过福尔马林。颧骨比七天前凸了，眼窝比七天前更深了。他就像一件加速腐朽的弃物。

就像我跟珊珊一起埋了那只英短蓝猫一样的弃物。那只猫是被主人丢弃在楼下花坛里的。有一天上午，珊珊在花坛背后那扇雕刻着牡丹花的墙下发现了它。她跟爸爸出去买早餐，路过时看到它匍匐着，发出痛苦的呻吟声。她没有告诉爸爸，而是等到我去辅导作业时才告诉我。

"我们去看看它吧。"我提议道。

她盯着它看，一点儿都不害怕。它蜷缩在茶树下，像个残缺的圆，嘴角还有血迹，死去不到一个小时。它死去的样子很可爱，让人不觉得悲伤。她伸手想去抱起它。我阻止她，说道："会弄脏你的衣服。"她立马缩回手，站在那里不动了。我叫她不要碰它。我去门口保安室借了一把小铲子，在垃圾桶旁边捡了一个小纸箱。我拎着它的脚，将其放进纸箱里，用绳子绑好，双手捧起来，她帮我拿小铲子，我们一起走向小区东北角的那片树林。

打开卧室窗户，她就可以见到那片树林了。说是树林，其实也就只有一百二十三棵松树，据说这是入住小区的前一百二十三户人家栽种下去的。一生二，二生三，三生万物，"一二三"寓意着生生不息——我是这样理解的。我们把猫埋在了代表珊珊家的第99号的那棵松树下。她在小坟堆上插了一朵野菊。

"老师，你说那只猫会不会从地里钻出来？"珊珊拉开窗帘，望着树林问道。

下过雨，树林里水雾朦胧。

最后一天，课程提前半小时结束。她爸妈在我到来之后就出门了。她妈妈说要中午一点钟才回家，叫我等他们办完事回来再离开。我说可以，多陪珊珊一会。下午五点我还要去医院看爸爸。

昨天中午她妈妈说："我不会带走珊珊，她跟着我没有前途。"

珊珊爸爸获得了抚养权，但父女俩不会留在广州了。

"家家有本难念的经，同为女人，你应该理解我的苦。"她妈妈说。

她想要得到我的同情与理解。

"谁能理解珊珊呢？"我说。

"你是她老师，她跟你玩得来，你帮我安慰一下她，她会理解你说的。"她妈妈说。

"理解你出轨吗？"我心里想道。

当年妈妈是否理解过我呢？没有人告诉我答案。爸爸病倒后，我没有想过妈妈能回来，倒是想过他的情妇可以来看他。可是谁都没来，一个联系的电话都没有。四年前，我在爸爸的手机里偷看到了他跟情妇的聊天记录，都是一些日常闲聊，拉拉家常。后来，她被调去了武汉，第二年，疫情暴发，他们就没有联系了。

珊珊说想去树林里看看那只猫。我说猫已经走了，看不到了。她问走去哪里了，我说："走了就是死了。"她不理解"走了"，但是知道什么是"死了"，然后就不再问了。那真是一个令人闻之色变的词。她的目光从我身上收回去，又望了一会窗外，才坐回来写作业。

中午一点十分，她爸妈回来了。我跟珊珊坐在客厅里看电视。她妈妈回来什么话也没有说，径直往卧室里走去。她爸爸一脸疲倦，慢悠悠地坐在沙发上，一声不吭。气氛相当冷漠。

我想该走了，拎起包包，起身跟珊珊说："我要走了，以后要努力学习。"

珊珊好像意识到了什么，从沙发上跳下来，一把搂住我。"我不要你走。"她哭了，使出了浑身的劲儿，紧紧地抱着我。她可能以为我要死了。我笑了，解释说："我不是死了，只是回家而已。你要是不松手，老师会被你勒死了。"

她爸爸靠着沙发，脸朝上，盯着天花板，疲惫地说："珊珊，不要这样。"

这时珊珊才轻轻地松开手，抹掉眼泪，转身跑回卧室，拉开抽屉，拿出一盒饼干，跑出来递给我，悄声说："张浩成送给我的，现在送给你。"

　　我又笑了，心里酸着，收了她的礼物，摸摸她的头，说道："谢谢你，再见。"

　　等电梯时，她爸爸跟着出来了，我们相视一笑，他好像有话说，但欲言又止。我发现他常常独自坐在客厅里看电视，不停地摁着遥控器，像在寻找着能让他停下来的频道。现在看来，他的生活频道已经乱掉了。

　　"方老师，我送你下去吧。"他说。

　　回到家里，我躺在沙发上睡着了，忽然有一个电话打了过来，模模糊糊地听到一个声音说："方老师，快来医院，你爸醒了。"我还没来得及问对方是谁，电话就挂掉了。我仿佛还在梦里，缓过神来后才知道怎么回事。已经过了六点。我走去卫生间漱了一下口，洗了一把脸，出来喝了一口橙汁，没有拎包包，拿着手机就出门了。

　　我在微信上叫了出租车。路上有点堵。在医院门口下车时，天已经擦黑。

　　走进医院，我感觉一下子清醒过来了，直奔爸爸的病房。那是一间双人病房，但是只有爸爸一个病人。然而他没醒，静悄悄的，连眼皮都没有动一下。

　　"方小姐，你可能弄错了，我没有给你打电话。"那个男医生说。

　　"你明明打来了，这里还有通话记录。"我说。

　　我打开手机通话记录，找到刚才那个号码。

　　"这不是我的号码。"他指着那个号码说道，"也不是医院的。"

那是一个固定电话。拨回去，没人接。这时候，我恍然回忆起来，打电话的是个女人，带着一点男音。那个女人叫我"方老师"，而不是"方小姐"。看着这个号码有点熟悉，难道是信用卡中心打来的吗？我的还款日还有三天到期，不应该提前催款，也许是哪个无聊的人搞的恶作剧？

"最近是不是压力太大了？"男医生问道，关心起我来了。

"他是不是不可能醒来了？"我追问道，"是不是医再久也醒不来了？"

"你别急，请听我说，我认识一个业务能力很强的心理医生，我可以推荐你去他那里，也许可以帮到你。"他说。

"没人能帮我。"我说，转身就走了。

妈妈走后，我就很少流泪了。如果忍不住要流泪，我就一个人躲在墙角，流完了再离开。流泪而不是哭。有一次，我给珊珊讲了一个我童年时期的真实故事，她不知道故事里的那个小女孩就是我。听完后她说，那个小女孩太可怜了，这么小，妈妈就走了。

"她还这么小，就要与妈妈分开了。"她爸爸送我到楼下时，我这样说。

"珊珊很乖，也很坚强，相信她可以面对一些事情。"他自信地说。

"她才九岁。"我说，"她怎么面对大人的事情呢？"

他没有直接回答我的问题，转而说道："明天我就带她回厦门了。"

"这么急？"

"事情都办妥了，留在这里没有意义了。本来三天前就该告诉你不用再来的，但她妈妈说，让你再辅导她两天。刚好这两天你在。我们就把最后一件事办完了。"说话时，他很沉得住气，即便他主动说起老婆出轨这件事，还是心平气和，好像看透了什么，令他无所畏惧，也无所谓得失。

他说："珊珊很喜欢厦门，回到老家，那里会是她的另一个世界。"

我的另一个世界早已枯竭。

我回到爸爸的病房，慢慢地走近他，就像走近那个枯竭的世界。妈妈离开后，爸爸再也没有说过爱我的话。他还爱我吗？这么多年了，我一直住在家里，实际上，我跟爸爸过着各自的生活，互不打扰。十八岁之后，我跟他形同陌生人了。他的后半辈子都在孤零零中度过，除了妈妈，没见过第二个女人来家里睡过。他那个护士情妇也从未有过。我只记得小时候见过她两次，都是在路上碰见。第二次见她，她给我送了一份礼物，是一对耳环。爸爸跟她说，那天我过生日。她随手拉开手提包，从里面取出一对金色的耳环，环上吊着两朵金花，放在手掌上，递给我。如今，那对耳环已经被我弄丢了。我也早已不记得她的样子了。

那天，爸爸是为了给我做生日晚餐才摔倒在厨房里的。

"你还在装睡吗？"我语气冰冷地说，"有人说你醒了。你到底睁开眼啊。"

爸爸仍旧一动不动，像被丢在荒原上，孤立无援。夜晚，医院很静。楼底下有猫叫声。病房门关着，灯也熄了，灯光从窗外斜斜地闯进来。走廊里响起了橐橐声。我的胸口好像被什么堵住了，不吐不快。

"你睁开眼啊，看看你把我折腾成什么样了。"我忽然失声，大吼起来。

我终于流泪了。流泪而不是哭。哭是小女孩的天性，流泪不是。泪从心生，流泪是洗净心上的尘物——这是我在大佛古寺静拜时，一位住持跟我说的话。

男医生听到我的吼叫声就推门进来了，摁亮灯，看到我泪流满面，便问我发生了什么事。

我望着虚空的角落说："他走了。"

男医生快步地走向爸爸，先是检查了一下他的眼睛，又探了探他的脉搏，再看了看治疗仪。机器正常工作。短短十秒，他从平静变得异常紧张，确认一切正常之后，他绷紧的脸才慢慢松弛下来。他叹了一口气，转过身来说："我哪里得罪你了，非要开这种玩笑？"

我知道他为何这么紧张。以前听他说过几起发生在医院里的人性泯灭的案例，有的子女会因为家庭经济困难而狠心放弃病床上的父母。拔掉呼吸机的管子，或者往输液管里注射什么液体，就这样把父母"送走了"。

他的额头出汗了。他在盯着我，我没机会拔掉爸爸的呼吸机管子了。

这时候，我的手机响了。是珊珊爸爸打来的。

"方老师，珊珊不见了。她有去找你吗？"

他在喘气，像在爬一座很高的山头。我的注意力一下子从爸爸身上抽了出来。

"她没有找我。"我一边说一边跑出令人窒息的病房，"你现在在哪里？"

"我在小区楼下。她说下楼买铅笔，已经四个小时了，现在还没有回来。"

九岁那年，我迷过一次路。真实情况是，我不想回家。放学后，我绕过小区门口，从旁边的小路走进后面的山林。山上杂树丛生，藤蔓纠缠。我当时不知道哪来的勇气，竟然敢一个人走进山林里。记得之前我跟妈妈进去过几次，她说那里的山泉水很好喝。我想她应该躲在山林里了。

我在山泉眼旁边待了一个晚上。妈妈没有来，却来了怒气冲冲的爸爸。他扯着我的手腕，怒喝我为什么不回家，躲在这里想干什么。我说在等妈妈来装泉水。他就冲我嚷道："她走了，不会来了。"那是我第一次听到如此残忍的话。

珊珊妈妈不在楼下，只有她爸爸在等我。他说他们在分头找，她妈妈去了小区外面，找找珊珊以前去过的文具店、超市与饮料店。他回来拿手机，想到我，以为珊珊来找我，就给我打了电话。

"我们分头找吧。"我说，"你在班级家长群问问，她是不是去同学家了。"

他好像还不知道有家长群。他打开微信，快速往下滑。手机屏幕被各种信息群占满了，未读信息的红点点就像珊珊卧室墙上的小红花，密密麻麻。原来他把家长群屏蔽了。我说我就在小区里找吧。然后我跟他分开了。他往小区西门而去，我往东门方向，走向小区的另一头。

这个小区有点大，有树林，有小山，有人工湖，还有游乐场。树林与小山都黑漆漆的，没有灯，没有围栏，随便进出。人工湖上有彩色灯光，湖边有人在散步，气氛融洽。游乐场上传来一阵阵欢乐的嬉笑声。我沿着湖边走向游乐场，在那里转了一圈，没见到她。我问了几个带着孩子的家长，他们都说没见到她。

这时候，一个跟珊珊年纪差不多的男孩从后面走过来，他拉了一下我的衣服，说道："你是方老师吗？"

我转过身来说道："是的。"

男孩子抱着一只猫，穿着条纹T恤，黑色五分裤，光着脚，仰起头看着我。

他说："我听珊珊说过你。我见过你。不过你没有见过我。"

我思忖了几秒，问道："你是张浩成同学吗？"

他点了点头。

"我听珊珊说，你是她男朋友。"我蹲下来说道，"珊珊不见了。她爸妈在找她，我也在找她。你看到她了吗？"

"没看到。"他说，"今天下午我们分手了。"

我愣愣地看着他，听到"分手"两个字，想笑又笑不出来。这时男孩的妈妈走过来把他带走了。

爸爸把我从山林里带回去之后，我还去过山泉眼旁边等了好几次妈妈，但是妈妈一直没来。往后我就再也不去了。我跟珊珊说过一个我小时候被抛弃的故事，但她还是不会想到那是我的故事。在她眼里，我是她最好的伙伴，就像亲姐姐一样；同样地，她也不会想到，她正在经历的故事便是我所经历过的故事。

想到这里，我开始紧张起来了，迫切想快点找到她，好像不见的那个人不是她，而是我自己。我碰见路人就问有没有见到一个大概九岁的女孩，同小区的。我描述着珊珊的穿着、相貌、发型还有她说话的声音。路人都摇头……发现我不见了，爸爸或许也为我紧张过，拼了命地寻找过，跟每个路人打听我的去向，也会心灰意冷，直到有人指着小区背后告诉他，我往山林里进去了。

就在此时，我站在了树林的入口处。手机又响了，没有备注谁的名字，还是那个看着熟悉的号码。

我摁下接听键。"喂，你是谁？"

对方的声音如此熟悉，好像从遥远的时空里，艰难跋涉，颤颤巍巍而来。我感到一阵战栗，好像天灵盖上被什么敲击了一下，身上有什么东西正在流逝。我原本打算明天买一束菊花，去纪念男朋友，写在了手机备忘录里，可现在一片空白。父亲住院的账单，也记在手机日历表上，却也看不到了。有一股时光倒流的力量拽着我。我想起了那个住持说的话：心上的尘物，需要泪水才能洗干净。

"你在流泪吗？"对方问我。

"你是谁？"在消耗完最后一丝气力之前，我冲她吼道。

现在我明白了，我那天独自走进山林里的勇气究竟从何而来了，不是从现在的过去，而是过去的现在。

"我是你。"她说。

羁　绊

　　离开超市收银员岗位后，钱珊珊又失业了，她没有想到会下岗，但是被老板炒掉了。有一个女顾客投诉她在收银时多收了钱。以前有过案例，本来可以私底下解决，只要她站出来道个歉，退回多收的钱，这个事就过去了。钱珊珊坚持自己没多收，是女顾客自己搞错了，拒不道歉。于是，这事被闹上了新闻热搜。老板很生气，没法解决网上舆论，就把引起舆论的钱珊珊辞掉了。

　　失业后，她有过回到原来的工作岗位上的想法，但只是想想罢了。

　　她不从事助产的工作已有十几年。大学毕业后，她被安排进了市医院做了助产士。这份工作考验腰力，她也是在那期间落下了腰病，平日里，腰用力太大就会隐隐作痛。她想要报瑜伽班，费腰；想要报普拉提班，也费腰。这腰落下病之后，凡是用到腰力的事，她都谨慎。她之所以离开助产岗位，却不是因为腰病，是因为有一次在给孕妇接生时，操作不当，导致那男婴死在了她的手里。那次致命的错误在她的心里烙下太深的伤痕。辞职多年后，她都不敢回忆那个场景。

　　钱珊珊已经四十一岁了，脸上皮肤看不出松弛的迹象，皱纹也隐藏了，美丽犹在。见过她的人都禁不住夸她是个美人，尤其是小区里的阿姨们。有的阿姨说，她们是看着她从少女长成大美人的。那些阿姨们跟她母亲经常在小区广场上练太极拳，跳广场舞，还一起参加过小区的新年晚会，彼此交情都不错。一群老太太围在一起，除了分享养生延寿秘诀，还总爱聊些家里长短，儿子的工资啊，女婿的房产啊，孙子孙女的兴趣班啊，等等。很快，钱珊珊已离婚、至今仍单身的家事就传遍了整个小区。阿姨们的嗅觉很灵敏，把儿女们的婚变都当成是家门不幸。

后来，她家里又发生了一件不幸的事情，母亲洗澡时失足打滑，摔倒在冲凉房里，摔成了偏瘫，终身只得坐轮椅。事故发生之后，母亲的身心受到极大打击，人也变得郁郁寡欢，跟小区的阿姨们交流少了，大部分时间都待在家里看电视。有时候，钱珊珊会叫女儿推着轮椅上的母亲下楼去散步；有时候，她自己推着母亲下楼去逛逛，晒晒太阳。

有一次散完步，钱珊珊把母亲推回家就出去菜市场买菜，回来时遇见了小区的一位阿姨。这位阿姨的年纪跟母亲差不多，六十多岁。在她的印象里，这位阿姨喜欢给小区里的单身男女们牵红线。阿姨叫住了钱珊珊，开门见山地问："要不要介绍对象呢？"这几乎成了小区的阿姨与她唯一可以聊的话题了。阿姨是个直爽的人，话都是挑重点的来讲。阿姨说，这次介绍的男人是自家的亲侄子，四十岁，有房有车，离异两年了，八岁的儿子跟着妈妈回福建了，前几天他才从上海回到广州，现在一个人住着两套房。

"你放心，他不需要抚养儿子。"阿姨笑眯眯地说道。

在广州，这样的条件听起来很诱人，相当于家里已经有两座金矿了。

以前，钱珊珊比较反感别人插手她的私事，尤其是感情上的事，不管是家人还是外人，不经她同意而先斩后奏的，都会被她视为越界，被冒犯。母亲把她离婚的事情传得家喻户晓，这已经冒犯到了她的底线，让她生气了一阵子，还与母亲吵了一架。在搬回母亲家将近两年时间里，她已经遇到了六七个热心肠的阿姨来介绍了十四五个男人。有的阿姨是主动来上门的，有的阿姨是在半路拦截的，有的阿姨是打电话来的。她没有照单全收，去面见过十个左右，高矮胖瘦，各行各业，有的是教师，有的是医生，有的是公务员，还有销售、外卖员等。总体情况真是一言难尽。就个体而言，就说钱珊珊本人，她没有强烈的相亲意愿，但还是去见男方了，大多情况是见过一面或者两三面就失去了进一步发展的欲望。要么生活方式不兼容，要么价值观念互相矛盾。但有时候，她并不拒绝跟他们中的任何一个人约会吃饭，她纯粹只是享受有男人陪伴的时刻。后来慢慢地，她就不想回复他们的琐碎的信息了，觉得与他们的隔阂越来越大，总聊不到心里去，索然无味，渐渐就失联了。

那时候，她的家庭还没有发生变故，母亲没有摔成偏瘫，身体还是硬朗的。她也还没有失业，加上离婚的阴影还在生活里弥漫，所以她不想着急走进一段新的婚姻，组建新的家庭。而且，她还有一个十五岁、在读初三的女儿。她的生活重心一半都在女儿身上，重组家庭也不会落下女儿。然而，处于青春期的女儿没让她省过心，在学校里老是惹麻烦，不是迟到，就是早退，每个星期至少接到一次班主任的投诉电话。起初，班主任一副恨铁不成钢的样子，细心教导女儿，后来慢慢地，班主任就失去耐心了，只要女儿惹祸了，班主任就一通电话打到她那里，然后一顿批评。她都习惯了。有时候她有点不想管女儿的事了。她去相亲，考虑再婚这件事，以前她还问女儿有什么想法。不过，女儿似乎就不想管妈妈的事情，爱咋整就咋整，不要妨碍到自己，大家都相安无事。

她去见相亲对象也是比较随性的，并没有什么周详的计划，不刻意，不盛装打扮，更说不上抱多大的期待。她想，到了她这个年纪的女人，已经不太注重表面的浮夸了，加上离异，又带女儿，很多条件好的男人都不会把她当作首选。她拥有美貌，这是她很快就进入男人眼中的通行证。男人都是视觉动物，同时她也明白，美貌不会让她一直不败，一旦失去了美，她将被男人嫌弃，直至败得彻彻底底。这些她都懂，人之常情。她认为自己有点精神洁癖，跟一些粗俗的、心机深的、不干净的男人完全处不来。见面之前，她也把话说得很直白，让男方自我衡量之后再考虑见面。第一次见面都是在小区门口的那家星巴克，她不走远。平日里，那家星巴克的客人不多，比较安静，气氛刚好。她去得频繁了，服务员都认识她了，知道她哪一次是来喝咖啡的，哪一次是来相亲的。

照顾偏瘫的母亲半年多的时间里，钱珊珊有辛酸，有无奈，想过逃离这个家。以前母亲就是一个说话直来直去的人，虽然嘴巴刻薄，但是心存善意。谁能料到呢？一场意外夺走了母亲退休生活的自由，身上仅存的善意好像随之消逝了，对钱珊珊的照料各种挑剔，各种抱怨，好几次把钱珊珊骂得躲进卧室里哭了。每当这时候，她的脑海里就会冒出一个想法：再婚，组建新家庭。也许这是一个最合理、最有效的逃离方法。

她回复道："阿姨，我回去跟女儿、跟我妈商量一下再联系你吧。"

其实这一次，她没有跟母亲商量，没有问女儿的想法。她认为自己终究手握着一切主动权。那天晚上，她就回复了那位阿姨，要了男方的电话号码，加上微信，然后约了他周三下午五点半在星巴克见面。

周三上午十点，钱珊珊忽然接到面试通知就出去了。她去应聘家政或者护工。先后转3号、5号、21号地铁线，再坐17路公交，她花了一个多小时到达那家家政公司。那是增城区的一个小镇，位置有些偏僻。她后悔没有自己开车去，来往一趟很折腾，而且她还有点密集恐惧症，地铁与公交里面永远都是摩肩接踵。

招聘官是个三十岁左右的年轻人，他装模作样地看着她的简历，目光时不时地在她身上打量着。正式交谈前，他起身出去了一会儿，回来时端了一杯茶水，放到她的前面。她回了声感谢，就看着杯里上下沉浮的茶叶。

"您能接受月子护理这一岗位吗？"招聘官问道。

这时候，她的目光忽然抬起来看着他。接着，他解释说，目前市场上对月嫂的需求大，公司正缺这方面的专业人才，想要她来组建团队，培养员工。他停顿了会儿，看她有没有反应，他又瞄了一眼台上的简历，转而夸她说："你积累了十几年的经验，又有学历，完全可以胜任这个很有前景的行业。"

"工资待遇，我们现在可以当面谈。"停了一会儿，他补充道。

她其实有点下头了。她不敢说自己有经验。招聘官看到的简历上的经验有真有假。真的那部分还是十几年前在医院积累的，假的那部分是她自己故意编的，她把之前做过导购员、收银员等几份工作的经历都省略了，写了与应聘岗位相符合的工作经历，真把招聘官骗到了。

"家教或者护工这两个岗位呢？"她的眼神转向那张简历，问道。

"今天上午我们已经确定人选了，不好意思。其实工资待遇都是一样的。"

她感觉被人家下套了，是被他骗过来的。她以前也遇见过这种情况，有一次她去一家物流公司面试也是种情形，招聘网上写着招会计，到面试现场却说招配送员。她向招聘平台投诉过好几家放虚位、引人上钩的公司，但都没有收到任何反馈。她以为她有足够的经验能辨别出哪些信息是真，哪些是假，但还是掉坑里了。

又是一个卑鄙的伎俩，她想道，难怪公司的装潢那么简陋，屋内的光线还不好，招不到人，赚不到钱，可能是一家没有营业执照的公司，说不定这栋三层的楼房也是违规建筑呢。她越是这样想，就越担心会不会又是一场骗局。

"我回去考虑一下吧。"她说道，然后拿起包包，走出办公室，匆忙地离开。

坐进星巴克，已经是下午五点二十分了，下班时间又到了，路上开始堵起来。

她没点饮料，她跟服务员说在等人，人到了再一起点单。她没有接到相亲男的电话，她给他发微信说，到了就打她电话。他在微信上聊天比较客气，没发过什么挑逗性的文字，也没开过越界、冒犯之类的黄腔。她的初步印象是，他比较绅士。在等人的间隙，她也不玩手机游戏，无聊的时候，她就浏览娱乐新闻，或者看看招聘软件上的信息，看到合适的岗位立马在线投简历。她在某购物平台上把接下来要买的红枣、枸杞等食材一次性下单，打包买回来了。完成这些事，她就把手机放在桌面上，底下垫一块面巾纸，安静地等人。

她想起今晚家里要炖淮山猪骨汤。她在公交站对面那个菜市场买的猪骨、淮山等食材。那个菜市场的食材比其他的便宜又新鲜。她给女儿发信息，吩咐女儿放学后马上回家给外婆做晚饭，否则都得挨骂。汤要怎么炖，大火炖多久，小火炖多久，她都写下详细的步骤，发给女儿。女儿没回复她。

男人迟到了二十分钟。要是以前，她早就离开了，她不喜欢约会迟到、没有时间观念的男人——后来，她把这条约会原则放弃了，到现在感觉无关紧要了。要是你在别人的生命里不是不可或缺，那么迟到与早到都不重要了。

男人坐下来立马解释说："很抱歉，下班高峰，路上塞车了。"

他扭过身去，指着外面说道："我的车停在了菜市场对面那家医院门口。"

她没有责怪他，知道他没有说谎。每到这个时间，前面那条马路就会堵，堵到惨不忍睹，堵到你脾气都没了。她在心里算了算，如果他把车开到咖啡店旁边的停车场，那他肯定迟到半小时以上。

她问："那里的停车费比较贵。你第一次来这里吗？"

他说："很多年前来过，那时候还没有菜市场，没有这间星巴克，这里原来是一家潮汕人开的餐饮店，在这里吃过一碗牛肉丸汤饭。"

这个男人的身高跟她的差不多，大概一米七，但要是她穿高跟鞋，大概会比他高出三厘米。他还显瘦，头顶不秃，眼神迷离，颧骨凸起，脸颊有点凹，脸色显得苍白，看起来有种病态感。

她想问他，他的富裕的生活是用身体熬出来的吗？但最终没问，感觉冒犯了。

男人很健谈，电影、明星、教培、股票、足球等，很多话题聊得开。他自己做些小生意，名下有一家餐饮店、两间便利店、两套房产。店铺都在天河区体育中心，房子的位置他没透露，趁机卖了个关子，说有机会去他家里做客。他平时忙于事业，大部分时间与精力都用在工作上，整年下来忙到一身焦虑。

"忙着忙着把老婆孩子都忙没了。"他说道，语气怪幽默的，朝她嘿嘿一笑。她也没忍住，扑哧笑了出来。

她只是笑了，可是内心毫无波澜，好像他身上缺少些什么，一时说不上来。

她少言寡语，看着他，静静地聆听，然后记起来什么，朝服务员招手。

他要了一杯卡布奇诺，她点了一杯热牛奶。她晚上喝咖啡很容易失眠，有时候不喝咖啡她也会失眠。她觉得女人到了四十多的年纪，加上离婚、失业，还有一堆家庭琐事要操心，压力就很大，常常感到焦虑，伴随着无尽的失眠。聊到快六点半了，他的手机忽然响了，接通后说："工作电话，出去接一下。"她"嗯"了一声，看着他往门口走去。他的肩胛骨、他的腰、他的臀，都显得好瘦，看起来连背影都是瘦削的。她喜欢自己显瘦，可是不喜欢显瘦的男人。

男人回来后，他们再聊几句就打算撤了。男人主动埋单，不是扫码支付，而是刷卡。女店员说，抱歉啊！刷卡机坏了。他默默地摇头，露出一个冷笑，然后掏出黑色钱包，取出一张百元现金，递过去。她琢磨着他为什么对女店员冷笑。

"等会儿我用微信把牛奶钱转给你。"她说道。

"不用。"他说，走出星巴克，站在台阶上，又说道，"下次一起吃饭吧，这次时间有点仓促了。"

她把包包带子从手臂上放到肩膀上，说道："看时间安排吧。你也挺忙的。"

他们就在门口告别了。此时，天已经擦黑，没有月光，看不到星星，天闷，快要下雨了，车还堵在路上，排成一条长龙，看不到尾。一缕缕的尾气从管子里无力地吐出来，飘散在焦黄色的路灯下，就像发光发亮的细珠子。

男人穿过马路，停在对面那间面包店的橱窗旁，回头望过来。她已经不见了。

她拧开门，走过玄关，看到母亲在客厅里看电视。母亲的脑袋歪向轮椅的左边，右手还抓着一个早饭吃剩的包子。现在，电视几乎成了母亲唯一的朋友。这时候，母亲手中的包子滚落到地板上，撞到了电视柜的边上。钱珊珊走过去，弯下腰拾起包子。已经被啃过一口了，冷了。她连忙说道："我这就去做饭。"

母亲一声不吭，保持着僵硬的表情，没问她去哪里了，干了什么。钱珊珊以为母亲会因为误了吃饭时间而骂她，但这次没有。

女儿没在家，又一次一声不吭地没按时回家了。钱珊珊放下挎包，拨了女儿的电话，没接通，发信息也没回。她走进厨房，拉开冰箱，拿出上午买的铁棍淮山与猪排骨等食材，就开始忙起来。上个星期才请人把抽油烟机修好，没几天就又犯老毛病了，发出轰轰轰的噪声，真把人轰得有点晕了。

锅里的水沸腾了。她转过头来瞥了一眼客厅，感觉今晚的气氛不太对劲，因为母亲太安静了，安静到让她有些不适应。记得有一次，女儿留校写作业，钱珊珊加班到七点才回家，过了六点还没有做饭吃，母亲大发雷霆，把桌上的苹果、橘子丢到地上，用轮椅碾压，故意把客厅弄得一片狼藉，以此泄愤。母亲有很多气人的招数，譬如把抹布扔进马桶里堵了；再譬如故意不关厨房里的水龙头，水溢进客厅里，地全湿了……上个星期，钱珊珊才跟母亲因为做菜一事吵过一次架，那也是半年来吵得最狠的一次。母亲不喜欢吃蒜头，钱珊珊那天心神恍惚，做菜时就忘了这事，把一勺蒜蓉浇到清炒菜心上了。

母亲一气之下抓起饭桌上的辣椒酱就倒进那盘蒜蓉菜心里。一盘菜就毁了。

钱珊珊忍不住了，推开椅子怒吼道："为什么全世界就你最挑剔？你是女王吗？我伺候了你那么久。你害得我不够苦、不够累吗？"那一次，她冲着母亲嚷得很大声，把邻座的女儿吓得跳了起来，因为女儿看到钱珊珊的手里正抓着那把长柄汤勺，高高地举起来，似乎要砸向轮椅上的外婆。

"这是我家，我的房子，我爱怎么撒气就怎么撒气，看不惯就搬出去啊，到外面租房子去，别像条癞皮狗一样赖在我家里。"母亲每次回击钱珊珊的话都差不多,就是下达从没有实现过的驱逐令。嫁出去的女儿,泼出去的水,母亲以前跟阿姨们聊天就是这样说的。每当钱珊珊跟母亲闹矛盾,母亲就用这种宣示主权的语气来打击她。

"我真后悔把你生出来后没把你扔进垃圾桶。"这句话,母亲说过不止一次。

十五岁前,钱珊珊一直被寄养在乡下的表舅家里。表舅无儿无女,待她如己出。

母亲只盼望着生一胎,而且一定要生个男孩。全家人都是这么想的。但事与愿违,头胎就生了钱珊珊。母亲狠下心,把襁褓中的钱珊珊送去表舅家了。一年半之后,母亲偷偷生出了妹妹。天仍不遂其愿。不过,妹妹比她幸运多了,没有被送养,没有被抛弃,而是被留下来当作男孩抚养了。父亲给妹妹取名钱男楠。男楠二字,大概是为了弥补他们没有生出儿子的虚荣心吧。大家叫妹妹"楠楠"。

后来表舅家搬走了,钱珊珊就回到了原生家庭,这时候她才认识这个妹妹。姐妹俩长得就像双胞胎,杏仁眼、小嘴唇,一对美人坯子。看着这个妹妹,姐姐心里涌出无限的滋味,既有爱,又有恨:爱是因为她想有个亲妹妹,恨是因为妹妹的存在让她成了被计划掉的人。

她还记得对妹妹说的第一句话是:"你的出生是我的牺牲换来的。"她命令妹妹要牢牢记住她的这句话,因为这是事实,多少年都不会变。

长大后,妹妹嫁给了一个英国人,不久就移民去了英国。妹夫是伦敦一家汽车销售公司的高管。上次姐妹俩见面,还是两年前父亲因脑卒中去世的时候，妹妹一个人回国奔丧，姐姐开车去白云机场接。多年未见，虽然姐妹俩在网上偶尔联系，但还是感觉疏离了许多。在车上，她想着要说些什么，聊国内的吧，一地鸡毛；聊国外的吧，完全陌生，不知从何说起。最后还是妹妹挑起了话题，分享了近些年在英国生活的情况。

将近十年未见，妹妹的普通话口音都变了，变得生硬了，一句普通话里面会夹带着一两个英语单词，听起来有些别扭。她问妹妹是不是在英国生活久了，就会淡忘掉母语。妹妹想了想说："Maybe.（也许吧。）"她听不惯那种别扭的口音，她也听不懂英文，但就是受不了那种中英混杂的调子。

她又问妹妹："你会教你的孩子讲中文吗？"

妹妹看着后视镜，看到了姐姐冷淡的脸庞，说："基本的问候还是会教的。但毕竟，he is a British（他是个英国人）。就算在伦敦遇见中国人，还是讲英语。"

"都是中国人，讲英语不觉得别扭吗？"

"事实上讲中文才别扭。你在讲英文的国家讲中文是很奇怪的。"

每次妹妹跟母亲在用微信视频通话时，钱珊珊都有意避开，尽量不出现在她们的镜头里。有时候，女儿会跟小姨、英国姨父还有小表弟互动几句，加入妹妹管这叫作"远程家庭聚会"的聊天中。她从不参与，悄悄地走回卧室，关上门。以前，每到春节，妹妹就会从英国寄回来一些礼物，有给女儿的衣服、玩具等，也有给她的，比如香水、口红，还有包包。她叫妹妹不要再寄了，因为邮局取件太麻烦了，广州不缺这些。几年前，妹妹寄回来的那件黑色西装外套码有点小，那时候，她的身体中年发福，穿不上以前码数的衣服了，也就将西装搁置在衣柜里。直到父亲去世，她才取出来穿上，但感觉后背还是有点紧，勒得有点不舒服。

办完父亲的丧事，妹妹在家陪母亲住了一个星期，然后就回英国了，说是回去家里和工作上还有很多事情要忙，妹夫因为忙到走不开才没跟着回来，他们的儿子忙着上课。妹妹的儿子叫詹姆斯，长着一头棕色的卷发。她没见过詹姆斯，也没有见过英国妹夫本人。妹夫来过中国，在家里住过，但那时她还没有离婚，没有搬回来，也很少回这个家。她只是在妹妹的结婚照里看过他一眼，也是卷发、棕色的瞳孔，长得有点像英国演员基特·哈灵顿，看着很绅士。

上飞机之前，妹妹抱了抱姐姐，说道："姐，以后妈就交给你照顾了。妈的脾气你也知道，你就多体谅一下她老人家。"

她想说："难道过去我还不够体谅她吗？"但是话到嘴边又咽下去了。

母亲偏瘫之后，开始深居简出，除了跟其他楼栋的几个比较熟的阿姨碰见会说说话之外，基本很少跟别人聊了，也不出小区了，也不联系以前的老朋友了。母亲的那些老朋友也到了随时离去的年纪。想到撒手人寰这种事，母亲也会焦虑、恐惧、失眠，跟身在异国的妹妹诉苦，但却不会跟身边的她倾诉一个字。

这些年，妹妹比较少过问家里的事了，每年孝顺母亲的钱却一分不少。母亲摔伤住院的费用也是妹妹支付的。另外，妹妹还给姐姐的账上转过一笔钱，说是给家里日常用的，叫她多给母亲炖些补的、好吃的，有空带母亲出去外面玩玩，见见世面。老人家一辈子窝在一个地方，也怪不容易的。只是，她没有那个心思带母亲出去，事故前没有去，事故后就更不便去了，她只想在一个屋檐下大家相安无事即可。

她找了个借口对妹妹说："新冠病毒疫情还在流行呢，哪儿都不敢去啊！"

忽然，妹妹转变了语气，说："辛苦你了，姐，你以前的牺牲我没有忘记。"

妹妹的这话太过突兀，她听了一阵战栗，好像消失在某个角落的记忆，以及遥远的回声，忽然又都回来了。不过，看着那一笔数目可观的钱，钱珊珊也就没多想了，心里既感到惊讶，又有充实的慰藉。

做完晚饭，钱珊珊没在家吃，就去参加大学同学的酒席了。回到家时已经差不多十二点，此时母亲睡了，女儿也回来了，正躺在沙发上看电视。

她的同学是二婚，第一次结婚时还是十三年前的事，她抱着女儿去过。一眨眼的工夫，她的好几个同学也都二婚了。她自己也几次面临着走进二婚的生活。而这一次，同学没有大摆筵席，没有张扬，只是邀请了昔日的舍友，还能联系上的五六个知己，在家里低调地庆祝了一番。

她把包包挂在钩上，问女儿晚上去了哪里，电话不接，信息不回，作业做完了没有。女儿毫无反应，假装没听到她的话似的。就在昨天晚上，她跟女儿才吵过一架，女儿还在气头上哩——没错，是因为学校班主任打来的投诉电话。班主任说，女儿带着两个女同学在厕所里抽烟，严重违反了校规校纪……

女儿下个月就要中考了，她发觉女儿的心越来越野了，考重点高中是没希望了。

她回卧室取了衣服，走进冲凉房。她从洗衣机里翻出女儿换下的校服，闻了闻，有股潮湿的汗味，没有烟味，但有一点血腥味。她看到女儿的白色内裤上有一块鲜红的血迹。她躬下身来，拉开洗脸槽下面的柜子，已经没有卫生棉了。女儿第一次来潮之后，她带她去超市买过两次卫生棉，之后就女儿自己去买了。她没有教过女儿月经知识，只是给女儿买过一本叫作《青春期女孩手册》的书。她告诉女儿，长大了就要学着独立了，不要什么事情都指望别人。后来，她跟女儿说："叫你独立不是跟我搞对立啊！"

钱珊珊的青春时期也没有从母亲那里学过月经知识，舅妈也没有教过她，好像她们都羞于启齿。那时，她对自己的身体知之甚少，每次来月经都既紧张又惊恐。后来，她从同龄人那里认识到了自身，甚至比从老师与教科书那里认识的要深刻、有用得多，也是同学陪着她去买卫生巾的。她上医学院的志愿是父亲要求填的。父亲说，要么选老师，要么去学医。但她对两者都没有兴趣，父亲否定了她选会计专业的意见，说那不是铁饭碗。毕业四年后，她就跟前夫奉子成婚了。

钱珊珊有偷看女儿的手机的习惯，她很清楚女儿手机里的聊天记录、相册、备忘录都有什么。有一次，她知道了女儿在跟一个男生互发暧昧信息。她大发雷霆，质问女儿那个男生是谁，要女儿把男生的家庭住址告诉她，她要找男生的家长好好谈谈。女儿很生气，死活不给，结果又大闹了一场。她一气之下把女儿的华为手机摔成两半。现在，女儿用的小米手机是前夫买给她的生日礼物。钱珊珊不知道开机密码，但她知道女儿仍在跟那个男生暧昧着。

有时候，她不知道该怎么回复那个相亲男的信息。他早中晚都给她发微信，总爱问她在干什么，问她怎么不发朋友圈。她觉得他有很强的窥探欲。他一天发十几条朋友圈，有时还会把她选为"提醒谁看"。有一次，她忙完网上刷单任务后，无意间点开了他的朋友圈，不禁大吃一惊。他除了骂日本人没文化之外，就喜欢作些古诗词，类似"老干部体"。他一会儿像是在体现他是"战狼"男性，一会儿像在感慨他万年难飞、怀才不遇。她觉得有点可笑，他的那一套逻辑很像她父亲年轻时的。

"睡了吗？周日晚上有空一起吃饭吗？"是那个相亲男。

他提议去他家里吃，他想为她亲自下厨。他夸自己的厨艺不输给酒店大厨。

"我已经做好准备了。"他说。

他的珊瑚红的雪佛兰车子停在小区门口，他西装革履，穿得很绅士，站着迎接她，为她打开车门，让她坐上副驾驶座位。她的车是黑色的桑塔纳。半年前的一个晚上，她发现自己的眼睛有散光，去医院检查后诊断出那是一种眼病。医生建议她矫正期间最好不要开车，因为光线会干扰到她对路况的判断，容易发生事故。所以她很久没开车了，车就放在停车场里，都快积满灰尘了。

那晚，她穿着宽松的格子长袖衬衫、牛仔裤、白色的滑板鞋，拎着一个棕色小挎包，像平常出门一样。她化了淡妆，不喜欢画眼线，双眼皮上有眼线显得老气，可还是难掩忧伤的脸色，一路上心不在焉，目光在窗外毫无目的地游离。在车上，她接到家政公司招聘官的电话，问她上次面试完之后，考虑得怎么样了。不做月嫂的话，还可以考虑其他的，待遇薪资都很丰厚……招聘官的声音温文尔雅，像是在跟亲密的人说话。她有点反感那种语调。

她冷淡地回答道："不用考虑了。你们是想套我进去的。"然后挂掉电话了。

他的车里有股淡淡的松香。她眯了一会儿眼，窗外的灯光不停地打在她的脸颊上，等到睁开眼，就到楼下了。

他的厨艺确实让她感到惊讶。他自夸时，她以为他只是随便说说，没想到他还真的身怀绝技。她看他在厨房里忙忙碌碌，就走过去问他要不要帮忙，洗菜切姜都可以做。他系着天蓝色围裙说，不用帮忙，坐着等吃就好。很快，他就做了一桌子香喷喷的菜，红烧排骨、土豆牛肉、糖醋炒海虾等，看那架势，这排场，他以前认真学过，而且非常专业。他笑着说，这些都是很简单的，他二十几岁时在广州东方酒店做过五六年的厨师。

"不过现在下厨的次数少了，独自生活的日子就追求简单快捷，把时间留在有趣又有意义的事情上。"他一边说一边给她夹菜。

其实，她没有什么胃口，就喝了一碗乌鸡汤，看着满桌子的菜，有些菜式她以前没有做过，样样色泽诱人，但她浅尝辄止。他的兴致有点高，也很有热情，目光盯在她身上一刻不离，还问她喜不喜欢、习不习惯吃之类的关心话。

客厅里播放着柔和的钢琴曲，她听出了其中一首非常应景的《献给爱丽丝》。她跟前夫谈恋爱约会那会儿，就经常在餐厅里听到这首曲子，印象太深刻了。多年之后听到曲子的旋律，好像又回到了那个纯真的年代。而且，他家的电视机柜里还放着一些碟片，钢琴曲就是从那个索尼牌影碟机里播放出来的，看着那个色泽有点暗的机子，好像有些年头了。她有些好奇，现在还藏着碟片，用影碟机播放音乐的人，一定很怀旧吧。

"人到了一定年纪，就会喜欢有年代感的东西。"他说。

"是吗？"她应道，"你也还没有到那个年纪吧。"

男人笑了笑，问她："要不要来杯酒？"

她有些拘谨，想说不喝了，不习惯喝酒。但没等她说出口，他就弯腰下去，像变魔术一样，从脚下变出了一瓶红酒。他早就准备好了，连开瓶器都插在木塞上了，他嘭的一声拔掉木塞，轻轻地摇了两下，走过来往她的杯里倒上半杯。

"这酒是朋友从法国带回来的，一直没机会喝。"他说。

"其实……我不喜欢喝酒……"她有些尴尬地说。

"没心情喝吗？"他注视着她，"还是因为刚才那个电话？"

她摇了摇头。她说她以前跟那些相亲男约会也不喝酒，可是无一例外的，他们都给她准备酒，为她斟酒。酒是欲念之物，人也是欲念之物。

这时候，她看着他，他的目光就像那浓浓的红酒，充满了饥渴与欲念。

他家在三楼，客厅很宽敞，墙上挂着几幅油画，窗户右边的木质书架上摆满书籍，书架上还有盆栽与相框，对面就是一套很文艺的北欧布艺沙发。家具不多，客厅看起来很大，显示出了屋主是个追求极简生活的人。小区的路灯灯光打在木棉树上，树影投进屋里，落在沙发上，摇曳不已。

她想，这应该是他的第二个家，用来招待像她这种单身女性的，因为这里一点都不像有过老婆孩子的家庭，毫无家的感觉。她觉得，在他们这个年纪里，两个人都是离异，对她来说，要重新走进一段亲密关系是比较难的。她的叛逆的女儿、她的偏瘫的母亲，还有她的过去的旧生活，无不与她有着各种连接与缠绕。

她对他没有抱多少希望，之所以答应来赴约，或许因为有那么一刻，她幻想过另一种新的生活，仅此而已。但是此时，她所抱的那点幻想正在消失。她认为眼前这个一直对她献殷勤的男人也不是那么特别，他要的也不是爱情，不是想给她新的生活，而是图她的身体，想要一夜情。她觉得他的心机太深了，他早就为今晚做好了一切准备，只需请君入瓮，然后推倒她，将她占有。

她像被电击了似的，把他的手从她身上甩掉，再将他推开，从沙发上迅速地跳起来。男人一屁股坐在地板上，一脸茫然，还不知道发生了什么事。

"我以为你准备好了……"他说道，有点尴尬的样子。

"你怎么可以……这样……"她有点不知所措，生气了。因为做了一番挣扎，她的头发看起来有点乱，衬衫纽扣都解开了，露出了白色的乳罩。

"我要回家了。"

她脸色煞白，像刚才做过什么亏心事似的。她慌慌张张地系上纽扣，穿上鞋，拿包包的时候，他走过来挽留她，抓着她的手腕说："你就想这样走吗？"他抱住她的腰，强吻她，但还是被她挣脱开了。她一把拉开门，像一只逃出狼窝的绵羊，匆忙地跑下楼了。

回到家已经十一点半，母亲与女儿都已经入睡。男人打来几个电话她没接，微信上的信息她也不想回。她坐出租车回来的路上又眯了一会儿眼，精神有点疲乏。她没有喝酒，一滴都没碰，她衣服上的酒气是那个男人的。他的身体贴着她的时候，她闻到了一种复杂的气味，不仅有酒味，还有老男人的体味，一股脑儿扑鼻而来。她记得在大学上专业课时老师讲过，老年人的身体会分泌出一种叫作壬烯醛的物质，这就是老人味，闻起来就像臭掉的鸡蛋。

"如果他稍微注意个人卫生，这种老人味就不会那么容易让人闻到了。他就是一个不讲个人卫生的猥琐男。"她走进冲凉房，对着空气自言自语。

拧开花洒，雨水淌过她柔软的身体，整个人都松懈下来了。她喜欢闻薰衣草味，她买的精油、香囊还有沐浴露都是薰衣草味的，这个味道让她兴奋。她挤出一坨沐浴露，涂在身体上，慢慢地揉搓，从上往下，轻轻地抚摸着、游走着，她享受这种放松的感觉，直至到达某一处才停下来，然后沉浸在一阵持续的兴奋与舒畅的幻想之中。

从闹离婚开始至今，过去的两年里她没有了夫妻生活。往事之中，她也嚼不出值得回味的东西，偶尔幻想一下以前被前夫抚摸的场景就满足了。那种兴奋感很短暂，随着年纪的增加越来越短暂，次数越多也就变得索然无味了。她也不讨厌继续过清心寡欲、自给自足的日子，不过那种日子过起来孤立无援、遥遥无期，太难受了，好像被人抛弃在一座孤岛上，与世隔绝。

睡前她给他回了一条微信："我们不合适，就做普通朋友吧。"等了一会儿，男人也没有回复她的信息，于是她就关机睡觉了。

她去见相亲男的事情，其实母亲与女儿都知道，只是她们不把这话拿出来聊而已。在家里，女儿从来不问她相亲的那些事，知而不语，习以为常。然而在学校里，女儿喜欢跟几个要好的同学在私底下议论她，说她是一个非常挑剔的妈妈，私生活比较乱，相过很多个男人，但没有一个看上眼的。

"她喜欢去男人家里约会，但又从不过夜。"女儿一副疑惑又厌恶的表情，接着又对同学说道，"我不想有后爸。后爸都是很猥琐的老男人，一身臭烘烘的，像猪屎一样。"

钱珊珊没有参加过女儿学校的家长会。女儿也不邀请同学来家里玩，生日那天女儿也不请同学来聚会，说要是同学见到自己那个私生活混乱的妈妈，会觉得很没面子。相反，女儿更乐意在同学面前说小姨与外婆的好话，外婆给她零花钱，小姨给她寄衣服。最重要的是，她跟妈妈闹矛盾时，外婆总是站在她那一边。

"她也不小了，跟男同学发信息认识一下，你生什么气，至于大声嚷嚷吗？"当钱珊珊要求女儿交出那个发暧昧信息的男生的电话号码以及家庭住址时，母亲站出来替女儿说话了。

"她就是被你纵容成这样的。"钱珊珊对母亲说道。

有一天下午，女儿推着轮椅，跟母亲在小区里散步，恰巧遇见了那位阿姨。阿姨拎着一条白色环保袋，里面装着芥菜、洋葱与鲵鱼，看到母亲与女儿就停下来。她们相互打量着，阿姨用怪异的眼神瞅着女儿，欲言又止，但阿姨肯定有话要说，最后憋不住了，用怪里怪气的语气说道："没想到你家钱珊珊是这样不检点的女人！也别怪我家侄子没看上。"

阿姨肯定收到了什么风声，才说出那些冒犯的话，说完很神气地走了，走出五六步又回过头来补充了一句："长得漂亮有什么用，还不就是一只破鞋，被人扔来扔去，没人要。"

　　燠热的六月，感觉快令人窒息了，这是广州的雨季，大地潮湿，万物发霉，人的心情时时刻刻在发生躁动，人的脾气在酝酿着，随时可能爆发。

　　星期六的中午，家里唯一的一台空调忽然坏掉，不会制冷了。屋子里很快就成了一口大焖锅。钱珊珊叫女儿推母亲到楼下的星巴克蹭空调去，她叫人来维修。她从物业办公室那里要到了维修师傅的电话号码。物业的人说，这位师傅专门负责小区电器的维修，口碑信誉都很好，所以让她放心吧。很快地，师傅拎着装备过来了，不到半个小时就把空调修好，他还帮忙清洗了网格里积满的灰尘。

　　没想到，因为她叫陌生人来过家里，母亲就与她吵了起来。母亲放在电视桌上面的翡翠手镯不翼而飞，那是父亲送母亲的订婚礼物。母亲有轻微的健忘症，尤其偏瘫之后，这种症状更加明显了，隔三岔五就落东西。上个月，母亲把手机落在了床底下，一时间没有找着，她也怪那个来修厨房的抽油烟机的师傅，嚷着要报警把人家抓起来。女儿钻进床底找到了手机，母亲又说是有人故意藏起来的。

　　母亲责怪钱珊珊说："你怎么可以随随便便带陌生男人来我家里呢？你想勾引人家吗？你真是别人说的破鞋吗？"

　　母亲伸出枯瘦的左手，右手指着左手腕说道："不然手镯怎么会被偷呢？"

　　她记得，师傅修空调时，她全程在场，没有看到桌上有什么手镯。她说她认识那位维修师傅，她相信师傅是善良的、无辜的。那一次,她反驳了母亲,打击了母亲的傲慢,驳斥了母亲对她的偏见、不公,最后把母亲说得哑口无言。

宣泄完不满,她感觉积压在心里的怨气终于得以释放,身心舒畅多了。这么多年来,她认为自己生活在母亲的精神桎梏里面,并且在母亲的阴影下忍受了很多的窝囊气,抬不起头来。她终于找到了机会洗刷耻辱,扬眉吐气。在厨房里,她一边切菜,一边扬扬得意,像是打了一场胜仗,那心情比六月的天气还要炽热。不过冷静下来之后,她又觉得自己的情绪过激了。她又一次失控了。最近她的情绪起伏很大,容易发脾气。当她对母亲吼出那句"要不是小时候被你抛弃过,长大后你还看不起我,我也不会这么恨你"时,她觉得自己就像当年的母亲,残忍、绝情、令人厌恶。她特别讨厌那样的母亲,也特别讨厌那样的自己。

至于母亲的手镯是被盗还是自己弄丢了,后来成了未解之谜,总之手镯再也没有出现过。她后来还怀疑过,这可能又是母亲故意制造出来的失窃事故,想要借题发挥,其实根本不存在什么手镯被盗的事,纯属子虚乌有。她就是这样想的。想到以前忍受过母亲的很多气人的招数,她就学会吃一堑长一智了。

几天之后,小区里很多人在议论钱珊珊是"没人要的破鞋"的话。传出这句话的人并不是母亲,而是那个阿姨。那个阿姨又是从侄子——那个相亲男——那里听到的。那场约会之后,钱珊珊还拒绝了三次那个男人的邀约。他继续给她发信息,她冷处理,他渐渐感觉得到机会渺茫了,于是说话变得傲慢起来,言语里飘着荤腥,终于说出了下流无耻的话。一气之下,他就把她的微信删除了,把她的电话拉黑了。钱珊珊全然不知,以为等他气消了还能继续做普通朋友。当那阿姨向侄子打探他俩的进展情况时,他正在家里喝闷酒，于是冲着电话发了一通牢骚，开口一句"骚女"，闭口一句"破鞋"，把那阿姨说得面红耳赤，无地自容，觉得丢人丢到家了。

"以后不要再给我介绍这种没人要的破鞋了。"男人愤愤地吼道。

钱珊珊从小区的人嘴里听说了那些话，觉得既生气又困惑不已，为何一段普通的相亲经历最终演变成了一个对她进行人身攻击的造谣事件呢？她越想越觉得很后悔跟他分享了以前与那些相亲男约会的故事，导致被他利用，借题发挥，中伤她。她忽然回想起了与他第一次见面时，她观察着他，觉得他身上缺少的那一样东西。她现在知道是什么了，那就是真诚。他约她，为她做的那些都是浮于表面的事，都是虚伪，都是做作，他不过是为了想在肉体上得到她罢了。最后她没有让他的欲念得逞，所以他愤怒，要实施报复。

她想，过去她相亲过的十个男人里，无一例外，都是打着谈婚论嫁的幌子来想得到她的身体。他们做出各种承诺，譬如说，他们完全接受她的现状，以及现在与过去的家庭。但其实，她很少提及过去的家庭，而现在的家庭，见面前双方都有过一些了解。"谁的家里没有一段难以启齿的往事呢？"有个男人这样说道，"我们互不嫌弃吧。新家庭有新家庭的模样。"

她一次次地重申，不想再怀孕了，一个都不想生，让男方有心理准备。她说到第一次婚姻，说到女儿的出生其实是她的错误，所以现在她要承受错误的后果。接着她又说到自己的经历，说自己的出生也是个错误，让她现在不得不背负那个错误带来的创伤。最后，她提到再婚之后的日子，说有必要大大限制夫妻间的性生活。她说她受不了有些肮脏与丑陋的东西。很快地，她与男人的谈话就崩了，关系也崩了。有的男人认为受到了她的羞辱，就对她恶语相向、人身攻击。最后就这样玩完了，相互删得一干二净，她已经见怪不怪了。觉得在当下的相亲市场里，在那些她相亲过的男人们的眼里——她，一个失业的中年女人，一个年过四十、照顾着偏瘫的母亲和独自抚养十五岁的女儿的家庭主妇，多个身份叠加在一起，无疑是一种惨淡人生的真实写照。他们认为她没有后半生的选择权。

但无论多少标签贴在她的身上，她也没有轻视自己，也没有自命清高，坦然而平静地继续生活着。可是在别人眼里，她就是清高的、孤傲的，所以与女儿的代沟才会越来越深，与母亲的隔阂才会越来越大，与他人的交流才会越来越困难，与这个社会越来越格格不入。她深知被什么东西束缚住了手脚，令她挣脱不得。

她想去问问那个男人，制造谣言，诋毁他人，究竟乐趣何在。然而，他早已把她删得干干净净了，就像她没有存在过一样。她去找了小区的那位阿姨，阿姨也不敢把侄子的其他联系方式告诉她了。

"你就不要再来找我了，也不要去找他了。"最后阿姨说道。

连续第五天下雨了，淅淅沥沥、没完没了的样子，屋里屋外湿气很重，仿佛肉眼可以看到水分子飘浮在空气里。心无法平静下来，人就在房间里焦虑地踱步。离中考还有一个星期了，女儿却一点都不紧张，还有心思想着玩。钱珊珊站在女儿的卧室门前，偷听屋里的动静。女儿又在跟那个暧昧男生讲电话了，她的声音细柔细柔的，充满了矫情，那是一种钱珊珊从未听到过的肉麻的腔调，令人不禁生起鸡皮疙瘩。女儿长大了，已经过了十五岁的生日，亭亭玉立，遗传了她的美貌。女儿在电话里约那个男生明天晚上一起去看电影，然后去吃夜宵，然后……她回想起以前跟前夫去看电影去吃夜宵的情形，记忆犹新，就是那晚在宾馆开房做的那一次意外怀上了女儿。

就在他们聊得投入时，钱珊珊突然推门而入……

很多年了，她没有再跟女儿有过真心话交流。她想过找个机会跟女儿促膝长谈，在生活上、精神上达成某些和解，可惜一次都没有实现。很多年了，她都没有再抱过女儿，女儿也不像以前那样总爱抱抱，腻着她。婚变之后，她更是很少触碰女儿了，女儿也排斥她的触碰。她俩的性格很相似，有点倔强、固执，好像两块同极的磁铁，互相排斥，谁也靠近不了谁。这样的情况同样出现在她与母亲之间，那更像是筑起了难以跨越的铜墙铁壁，几十年来牢不可破。

母亲与女儿的身上似乎天生自带一种专门用来隔离钱珊珊的防护墙。那种墙她也有，从十五岁那年回归原生家庭开始就长在身上，如影随形。她想，倘若看得见又摸得着，它会像一道长满刺的荆棘篱笆，每一根刺都向外生长，剑拔弩张，气势逼人。以前她觉得，她与前夫吵吵闹闹，矛盾不断，就是因为他抱着她太紧了，才把他刺伤了，伤口很深，无法愈合。她走不进前夫、女儿的内心，他们也不了解她的内心。她觉得是她身上的刺太满、太锋利了，一伸手就把人扎伤。

如今，她已经渐渐习惯了与母亲、女儿之间的摩擦与对立，有时候就会演变成不可调和的公开战争。

女儿的卧室门一夜没关。女儿离家出走时只拿了手机，还穿着粉色的睡衣睡裤，穿着拖鞋，连雨伞都没有带，就这样哭着冲进雨中。她没有追下去把女儿拽回来。她又失控了，对着女儿大骂道："你是不是也想做破鞋？你是破鞋吗？"这个声音一直在屋子里回荡，直至淹没在雨声里。

母亲住院了。前段日子，母亲的身体出现了偏瘫带来的并发症，右腿出现轻微肿胀，还有退休前就查出了冠心病。一个星期前，母亲感觉身体不适，被连夜送进区第二人民医院了。钱珊珊看了看手机，晚上八点半，时间还早，她还得去一趟医院，把母亲要的衣服送过去，顺便炖了乌鸡汤。她本想让女儿送去的，这个情况下只得自己去了。疫情防控期间，她的探视时间只有半个小时，她想这也足够了，甚至不用，前几次去探视也没有坐够半个小时就离开了。她打着伞就去医院了。

母亲没睡，半躺着静静地看着电视，像在家里一样，床头柜上放着一个水果盘，上面切成小圆柱状的香蕉，可是一点都没吃。母亲在医院里比在家里要安分很多，在医院里不敢挑剔，也不敢跟护士吵架，很听话。护士说什么，母亲就做什么，准时吃药，准时睡觉，像个老小孩。钱珊珊只是听着护士这么说，有点不相信那是自己的母亲，好像护士在说别人家的老人似的。

钱珊珊忽然想起了以前父亲说的一些话。父亲说，无论过去与将来发生了什么，她跟家人都有着不可分割的血缘关系，彼此相连。然而那个时候，在她的意识里，血缘关系就是一种罪与罚的关系，并不会像父亲以及长辈们说的那么牢固与重要。他们还是把她弃养了，某种程度而言，血缘关系也断过了，如此脆弱，经不起人性的考验。长大后，她觉得它更像一个桎梏、一个枷锁、一个囚笼。

十五岁之后，她与父母的关系依然处不好，除了跟妹妹还有一点儿感情交流之外，她就像一个外来人，存在感很低。逢年过节，走访亲戚，她通常都不去，就一个人待在家里看电视剧，感觉会更舒坦些。这时候，父亲看不过眼了，就会拿出他那一套家族与血缘的陈词滥调来教育她。他们觉得人生最大的遗憾就是没有生个男孩，而以前她认为她是家里的污点，到后来，她庆幸自己不是男孩，否则会被他们的思想污染得无以复加。有时候，母亲会表现出不信父亲的那一套观念，但母亲还是忍受下来了，就这样走过了几十年，所以母亲认为孩子们也应该同样能忍受父亲的那一套观念，不必有什么怨言。

父亲去世后，母亲受到了很大的打击，身上的那根精神支柱倒了，无疑让她的生命一下子陷入迷惘的状态。那段时间，钱珊珊跟前夫在闹分居，心情很失落，无暇顾及母亲的情绪。恰好妹妹在家，她陪母亲度过了茫然的七天。"我跟妈说，让她来英国跟我一起生活，安享晚年，可她不肯，坚持要留下来。"回英国前，妹妹跟姐姐说道。钱珊珊没说什么，她巴不得母亲跟着妹妹去国外，直至在异国他乡寿终正寝，这样就不会有后来发生的一切不幸的事情了。可惜，造化弄人。

这时候，一个女护士走进病房，从口袋里掏出一个遥控器，对着墙壁上的电视机摁了一下，显示屏关了。母亲的目光还在电视上。护士说："你的探视时间还有十分钟，十分钟后病人就要睡觉了。"她手里还拿着一个削皮削到一半的苹果。"你妈妈都不喜欢吃水果。"护士说道。护士走到母亲身边，把母亲往前扶着，摆放好身后的枕头，再小心翼翼地把母亲放平。"那里面的是炖汤吗？"护士看着床头柜上粉红色的保温饭盒又问道。她这才回应道："是。是汤。"母亲说了不想喝，上次也说不想喝。她没有拿回家，就放在保温柜里。第二天来探视时，护士对她说，她回家之后，母亲就把汤喝了。

她离开病房时也没有带走饭盒，半个小时里，她跟母亲只说了两句话，"我给你炖了汤""不想喝"，然后就是沉默。她没有提女儿离家出走的事情。她以为女儿只是一气之下出去散心而已，等气消了就会乖乖地回家。可是那晚，女儿没有回家，第二天也没有回家。已经下了六天的雨了，看形势还会继续下，没完没了，女儿没有雨伞，没有衣服可换。她一直等到第二天晚上，女儿还是没有回家，电话也关机。她打电话给班主任。班主任说，女儿打过电话了，说生病请假了。她知道女儿撒谎了，女儿不见了。她开始慌乱起来。

她打电话给前夫。这是离婚后她第一次给他打电话。前夫说女儿没有去找他，也没有给他打电话。一个月前，前夫开车去外地进货发生了车祸。他的车在花都区的一条乡下小路上翻车了。他的右脚被压骨折了，在医院里住了两个星期，现在他的腿打着石膏，在家里养伤。女儿跟爸爸比较亲。她以为女儿会去找他诉苦。前夫的脾气总体而言是温和的，偶尔爆发出来也很吓人，他一米八五的个头，身材魁梧，有很强烈的大男子主义心态，跟他爸爸一个样。他们家世代都生活在广东，一个地道的南方人却长着北方大汉的身躯。离婚后，前夫先后相亲过两个女人，一个是人寿保险的经理，老家在肇庆，长得白白胖胖；另一个是中餐厅老板娘，老家在广西北海，人也壮实。但是，两个对象都只处了几个月就和平分手了。车祸发生后，他正在约会的潮州女人也忽然失联，一直打电话就是联系不上。

"有没有问过她的同学，她可能躲在同学家里了呢？"前夫说道，"这种情况以前又不是没有发生过。"

她打遍了女儿的同学录上的电话，都说这两天没有见着女儿。这时候，她想起了那个暧昧男生，她想女儿一定去找他了，可她对那个男生一无所知，没有电话号码，不知道姓名，她翻了女儿的日记簿和笔记本都没有找到联系方式。从她偷听了女儿的几次电话得知，女儿与那个男生同校、同年级，但是不同班级。如果是这样，她觉得松了一口气。那个男生的性格怎么样呢？像前夫的温和的一面，还是暴躁的一面呢？她拿着雨伞又下楼了，又到了探视母亲的时间了。去医院的路上，她回想起她跟前夫的往事。他俩是在一场高校联谊晚会上相识的。在那之前，她的恋爱经历一片空白，在女儿的这个年纪里她没有恋爱的想法，一心扑在学习上，她是上了大学才恋爱的，而且她跟前夫都是初恋。毕业第四年的四月的某一天，她发现自己怀孕了，心里一片慌张。未婚先孕在她看来有点无法接受，肯定会被父母责骂，但是生米已煮成熟饭，她也想过去打胎……

"你的出生是个意外。"以前她心平气和时跟女儿说过这样的话。但是生气的时候，她也会冲女儿怒道："我真后悔把你生出来后没把你扔进垃圾桶。"说完之后，她把自己都吓到了。人的记忆与经历有时候就是这么相似，就像遗传基因，能把父母亲身上的记忆记录下来，然后遗传到子女的身上，可怕的是，每一个时间刻度、每一个序列都复制得那么精准与清晰，几乎重现了过去。她感到很震惊，居然对女儿说出了母亲的那句话。

她去到医院时，母亲已经提早睡下了，她本想来告诉母亲，女儿离家出走了，两天都没有回家了。她现在不知道该怎么办。她想听听母亲有什么办法。她轻轻地推门，走进病房，把自己做的粽子放在桌上，然后悄悄地离开。她去办公室咨询了医生，问了母亲的病情。医生说，母亲的身体已经在恢复中了，从上午评估结果看，是可以接回家休养的，现在就可以办理出院手续。

"现在吗？"她惊讶道。

"明天都可以，明天是端午节，你们一家人可以在家里过节了。"医生说道，"我听护士说，你妈妈也想回家了，她还夸你煲的汤好喝……"

"夸我？"她觉得这是一件突如其来的事，史无前例。

"是啊。你妈妈经常跟护士说你很孝顺，很照顾她。老人家都希望自己的孩子孝顺的，是吧？"医生笑着说道。

"夸我？"她感觉她在笑，又似乎没笑。

雨势减弱了，闪电还在云层里放肆，隆隆的雷声不断响起。当听到医生说出那句话"她还夸你的汤煲得好喝"时，她感到很震惊，真是太阳打西边出来了。但不管是听到医生说的，还是听到护士说的，她都觉得像是一种嘲讽。那个讥笑犹如天空里的一道闪电，落在她的耳朵里就是朝她的生活挥去的一下响鞭，令她战栗。她离开医院，打着雨伞走回家，为明天上午的面试做一番准备。为今之计，她只有报警了，等到找回女儿，得好好教训她哩！

血茉莉

我收到她的第一条微博私信是在我网暴她之后的第二天早上。

"谢谢你骂我,我心里舒服多了。"她说道。

那天上午大概九点钟,我刚刚睡醒,还想躺在被窝里挣扎片刻,是她的"谢谢你"三个字来得太突兀让我有些诧异。我很少在微博上聊天,习惯隐身,无差别网暴他人,以此宣泄情绪。我从来不挑,明星或者素人全不在意,骂人的话随口而出,无非是"脑残""变态"等之类的辱骂之词,也不管博主们发的内容是深刻还是肤浅,照样用骂人的姿势一棒全打,嘴不留情,有种过把瘾就死的快感。

但是给我发私信的博主她是第一个。

"不用谢。我都忘记自己说过什么了。"我还有脸回复道。

可以想象,我回复她的时候,语气温柔得体,很有礼貌,稍有经验的人都能感觉到我有所企图。那时候,人家并没有冲我大发雷霆,威胁恐吓,而是客客气气地说感谢,令人颇感意外。

我打个骨碌跳起床,光着脚走进卫生间刷牙洗脸,最近热气上火,牙龈出血,吐出来的水是淡红色的。下水道半通半堵,几天前我给物业的人打电话叫人来维修,至今不见人影,信誉全无。我看着洗脸槽里慢慢打着漩涡的脏水，暗下决心要换个服务周到的房子。

早餐简单，我吃过一碗红薯粥就出门上班。坐在车上，我时不时看一下微博，看她有没有给我发私信。我点击那个橘黄色的图标，默默地关注了她。她也是我关注的第一个网暴对象，往往"第一个"都有着某些不寻常的意义。大概过了十分钟，她也关注了我。

那时，我在广州天河区的一家电商公司上班，工作内容很固定，每周写两篇娱乐人物的原创文章、三篇卖货文案，保持公众号的活跃度，适当与粉丝互动。由于长时间枯坐在电脑前，我的颈椎开始隐隐作痛，腰上长出讨厌的腩肉，于是我越来越喜欢过了午后就站在阳台上眺望远方，以此减轻疲劳带来的痛苦与烦恼。

上班时间，我是个勤奋能干的写手、性格温和的好同事，与人不争不抢。等到夜晚，再苦再累我也不"躺平"，脱去好同事人设的外衣，摇身一变成了一个令人讨厌的网暴者——粗暴、疯狂，像头网络野兽让人闻风丧胆。

我坐在床上，关掉卧室的灯，只有电脑屏幕的亮光与窗外泛黄的街灯照着我那张与白天判若两人的可怖面孔。街灯下蹲着一只被主人抛弃的孤独的橘猫，每天晚上它都在发出哭号般的求偶叫声。有一次，我朝它怒扔矿泉水瓶想把它吓跑，但是它不仅不怕，还用同情的眼神盯着我。那一刻，我感觉与它同病相怜。

她又更新了一条微博，一张没有配文字的高清图片。那是她的左前臂，皮肤白皙，能看到静脉血管，手腕往上十厘米的地方被利器划伤流着血，看不出伤口有多深，伤痕的轮廓是个椭圆形。第一次网暴她就是因为看到她发了受伤流血的图片，特别瘆人。

那晚我没有骂她。

"你又受伤了？"我关心地问她。

"小伤而已，不用担心。"她很快就回复我。

"赶紧包扎一下吧，就怕细菌感染。"

等了两个小时，大概过了十二点，她才回我的信息："晚安，小夜猫。"

这是第一次有女生给我取了有暧昧意味的绰号。

"晚安。"我秒回她，配上一朵红玫瑰表情包。

不知怎么，当时我有些莫名其妙地激动，也许因为单身太久，渴望有个女人。我被那个叫我"小夜猫"的女人吸引了。

那个晚上，我辗转难眠，怀着对她产生的柔软的幻想，变换各种睡姿过了凌晨两点依然睡意全无，脑海里不停地拼接着她的相貌，竟然把我认识的女同事们的脸都拼上了，拼出个四不像。黑夜里我发出了宛如求偶般的咯咯笑声，直到熬过凌晨四点才昏昏入眠。

窗外死一般的寂静，就连猫叫声都绝迹了似的。

我一连给她发了好几天的信息都没有收到任何回复，直到第七天晚上八点四十分，她又更新了微博。不出所料，还是一张带伤口的照片。伤口的位置在左大腿内侧，一条不规则的红色曲线蜿蜒而下，连接着镶嵌了白色瓷片的地板。地板上化开一个绚丽的大红斑。她的白色内裤突兀地出镜了。

"你没事吧？"

"没事。我痛故我在。"

"加你微信可以吗？我的微信是……"

我想用最简单、最直接的方式跟她通视频，看到她长什么样子，可是过了二十分钟她都没有回复我，大概被拒绝了。

"你有空吗？就在这里陪我聊一会儿吧。"半个小时后她回复道。

我激动得连滚带爬从床上跳起来，抓着蓝色格子枕头垫在背后，靠着贴满花里胡哨的卡通人物头像的床头板，好奇与欲望驱使我主动找话题。

我一口气问了她是哪里人、做什么工作、住在哪里等类似相亲的问题。当我意识到冒犯了她的隐私并且做出有点虚伪的道歉时，她很善解人意，回复说没关系，接着很耐心地回答了我的全部提问，这让我颇为感动。

她老家在梅州，现在是广州大学城某大学在读哲学博士。她没住宿舍，租住在离学校两公里外的廉价公寓。从她告知的住所地址查知，我们之间竟然只隔着五六公里、四五个公交站。她说她现在一边读博，一边在校外的教育辅导机构兼职做美术老师，教中小学生画油画。

"我叫廖珊珊。"她自报姓名。

我也自报姓名、年纪、职业。她二十八岁，比我小两岁。

"周六晚上有空吗？出来见见面吧。"她提议道。

我有些受宠若惊，但毫不犹豫地答应下来了。

她相貌平凡，戴着黑边近视眼镜，留一头过肩长发，扎着马尾，穿着白色T恤、黑色长裙，看起来很文静，大概一米六，有些瘦削，脸色苍白，稍有疲倦，貌似没有化妆就出来约会了。后来我才得知她喜欢素颜。

我们走进一家奶茶店，坐在靠近角落的玻璃桌子旁，视野够宽，扫一眼全场尽收眼底。桌上放着一盏金字塔形的水晶灯，折射出的斑斓色彩落在她的身上有种科幻的即视感。角落里立着一台温度调到16摄氏度，喷着冷气的美的空调。边上那个接空调漏水的蓝色小桶像个八音盒，滴滴答答的水滴声不停地响起。

她刚坐下来就从黑色包包里取出红蓝条纹长袖薄衬衫披在身上。

"我有点怕冷，所以走去哪里都备着一件外套。"她说道。

我的目光自始至终落在她的身上，像在搜寻着什么。她看起来轻松自在。

"我们出去走走吧，晚一点去看电影。"等饮料端上来后，我提议道。

她微笑着点点头，脸颊上露出两个迷人的小梨涡。

我们像对情侣一样肩膀挨着肩膀在暖色调的街灯之下一路有说有笑。衬着夜色朦胧，我大胆地看着她的脸蛋、她的嘴唇以及起伏的胸脯。她也用暧昧的目光回应我的主动，看着我的眼睛。当与她对视时，我觉得我的眼神里充满了欲望，心里咚咚地敲响了进攻的鼓声。从电影开场一直到散场，那个声音依然存在并且在逐渐走向高潮。

她没有拒绝我送她回公寓的提议，坐出租车大概十分钟就到了公寓门口。

"谢谢你今天陪我。"

她走过铁门，朝着漆黑的楼道口走去。窄窄的小道摆着四个绿色的大垃圾桶，里面塞得满满的，可以看到有几只拳头般大的老鼠在上面觅食，相互争抢。她毫不惧怕地走过去了。我就站在门口看着她的背影，看着她白皙的脖颈、杨柳细腰以及平平的臀部，忽然心里意识到，欲望之痛与肉体之痛一样让人难受。

下一次见面是在一个星期之后的某个中午，我主动约她。我们吃了干锅牛蛙，轻松愉快地用完了午餐，之后就去了附近游乐场的泳池里游泳。

她说她以前的梦想就是做一名游泳运动员，中学时她参加过几期暑假培训，后来因为成绩下滑、学业加重就放弃训练了。我游了一会儿就累到两腿打战，呼呼喘气了。她潜入水里像条白海豚游得飞快，一会儿浮出水面，一会儿潜入水底，很快就超过了前面那个同样游得很快的男人，朝我身边飞蹿过来。她冒出水面，调皮地朝我脸上喷来一口水，然后咯咯地笑起来。我朝她打出水花，她也朝我推出水浪，两人在泳池里嬉水。我憋一口气潜入水底，看着她的红色泳衣像水中明灯一样指明了我的方向，然后我从她的脚下钻出来。我以为她会躲开，但她没有，我拍水的手触碰到了她的胸部。她愣在那里，盯着我那尴尬的脸，转身就爬到岸上去了。

那天晚上，她邀请我去她家里。那间大概三十平方米的一居室被家具、书籍塞得满满当当，有些逼仄。走进玄关，我就闻到了飘浮在空气中的花香。活跃的花粉粒子从四面八方渗进我的皮肤，刺激着我身体上的敏感部位。她穿过客厅，走到墙那边把落地灯拉亮，再细细地调成暖色调，浪漫的气氛立即笼罩着我们，仿佛身处一个秘密花园。她的画板、画架子、颜料盒就放在窗户下的桌子上。画板上夹着一幅画，那是一朵花儿，血红血红的花瓣好像张开的柔软的嘴唇。

我轻轻地问她："那是什么花？"

她用柔和的声音说："茉莉。"

"茉莉不是白色的吗？"

"是啊。我也想不通为什么把它画成那样，我就觉得它应该是血红色的。"

我们就在客厅的布面沙发上发生了关系。她的身体像焯过水的蘑菇一样柔软。

半个月后，她搬过来跟我同居。我重新租了一间六十多平方米的一居室，推开窗户就能看见珠江。江面波光粼粼，岸边草坪碧绿，看着令人心旷神怡。她的衣物不是很多，书却占了客厅的一面墙。冲凉房比较宽敞，靠窗有个乳白色的大浴缸，边沿掉了点瓷。

"我想洗澡了。"她扭过头来说道，一手拉起胸口上的衣领凑到鼻尖闻了闻，"出了不少汗。"她说着就把我往门外推去，然后关上门。

同居之后，她掌管了厨房，一双勤快的手不仅把厨房收拾得整洁干净、看着舒坦，还能像魔术师那样变幻出美味佳肴满足我的胃口，这让我颇为满意。能找到保姆式的女朋友，包揽我的所有家务，夫复何求呢？

我们与处于热恋时期的大多情侣的情况不太一样，主要是她显得不一样——她太过文艺，有时候看起来呆滞，缺乏情趣。那时候，我享受的是当下，没多考虑未来，所以并不太在意她身上的细节。整个人给我的愉悦之感能让我对她的一些缺点忽略不计。

有一个晚上，我们坐在客厅里看电影，她躺在沙发上，脑袋压着我的大腿。忽然，她的热泪流到我的蓝色睡裤上，浸出一块像中国地图一样的痕迹。其实，她的泪点很高，不会轻易流泪，认识她这么久第一次看她掉眼泪。我问她是不是想到伤心事了。她摇头说不是。

"到了流泪的时间我就会自然地流泪，控制不住。"

像池子里的水满了要溢出来一样。我好奇地问她上次流泪是在什么时候。

"大概一年前吧。"她抹掉眼角的泪水说道。

"那一次是在什么情况下呢？"

"我在看着自己的画，就流泪了。"

晨曦从窗户照射进来。她还在床上熟睡，白色睡衣下露出半截白皙的大腿，睡姿有些妖娆，让人忍不住想要多看一眼。

我早起去公司里写稿子，有几篇文案在中午前要出稿。拎着包包准备出门时，我目睹了阳光落在油画上的那一幕：金光闪闪，忽然眼前出现一圈红色的光晕。在那层光晕里，我仿佛看到了一张脸——那是她的脸。当我被吸引着走过去时，那张脸就徐徐地蠕动，变换着形状，忽然就变成我的脸了。

我以为自己没有睡好导致眼花，产生莫名其妙的幻觉。后来回想起来，我觉得那是潜意识里对未来做出的某种暗示。

晚上回来我就跟她说起早晨看到那个怪异的景象的事，我觉得它想要告知我什么。她漫不经心地说是因为我工作压力大导致的一时眼睛有散光才看到的。但是我不这样认为，那张脸的出现看起来毫无征兆，却很真实，以至于让我印象深刻。

"当我看到你的那张脸时，我感觉非常陌生。"

睡觉前，我还是不停地回忆着。

"你太累了，那不过是幻觉。"

她把我的脑袋埋于她的胸前，好像母亲在安慰受到噩梦惊吓的孩子。

我无法说服自己不去想那个画面，因为它不止一次浮现在我的脑海里。

有一天晚上，我忽然受到了灵光的敲击，把那个画面与她的伤口联想到一起。我问她那是怎么回事。如我所料，她故意回避我的提问，但她越是回避越是让我疑惑，一心想要知道答案。

直到某个下午，我又在微博上看见了她发的照片——那是同居之后我第一次见到她的伤口——她的左手掌心被划开一道口子，血流在掌心里。她还拍了一个高清的特写镜头，连手掌的纹路都看得很清晰。我在那张高清照片里看到了一张脸，就像我在阳光下看到她的那张脸一样。那时，我正在坐车回家的路上，差点从座位上惊跳起来。我一连拨了几通电话都没人接，信息也不回。我心急如焚，一下公交车立马冲回小区，直奔五楼。

她抓着画笔在画板前静静发呆，她抬着左手，掌心向上，脚下的地板一片血红。她太沉浸于眼前的画面，以至于没有觉察到我靠近时发出的脚步声。就在这时，她的笔尖浸入掌心里搅了搅，把血当作颜料，涂在那朵茉莉花上。她的动作自然连贯，没有任何矫揉造作，仿佛掌心就是一个调料盒。我感到非常震惊，冲过去抢走了她的画笔。

"你这是干吗，疯了吗？"我第一次对她大声地嚷道。

她泰然自若，面带笑容地说道："你看，它绽放得多美啊！"

那晚，我忍不住骂了她很长时间，反复强调"只有疯子才会做出这种事"。她没有生我的气，嘴角上露出微笑，默默地回应着我，好像对我做出的某些感激的表情。

睡觉之前，我要她保证以后不能再用这种残忍的方式对待自己了，想到伤口的疼痛，我打起冷战。她发着呆，默不作声，还沉浸在那种"美"的画面里，温热的右脸贴着我的胸口，很快就睡去了。

然而没过几天，我又看到她做出了类似疯狂的举动。那次是她削铅笔时不小心割破了食指，划出一道一厘米长的口子。她的第一反应不是找止血贴，也不做任何处理，而是抬着手垂在画板之上，让血滴自然地落在画纸上，好似给油画增添了浓墨重彩的一笔。我从冲凉房出来就看到她傻傻地盯着鲜红的手指发呆，就像在进行着某种庄严的仪式，需要把自己祭献出去似的。

从那以后，我怀疑她向我隐瞒了一些不良癖好，尤其非常介意她隐瞒了用自己的血来画画这一行为。这样的做法是邪恶的。

"你还有什么癖好我不知道的吗？"我给她贴上止血贴，用严肃的语气问她。

"我哪有什么癖好？"她漫不经心地答道。

其实当时我并没有真正生气，她一口否认之后我就没有继续逼问下去。可以确定的是，当时我脑海里产生了打退堂鼓的念头，事后，我又鬼迷心窍，说服了自己，还不想失去她。那会儿，我出口骂她、批评她用的语气都比较温和，措辞也不严厉，可心里终究有些隐隐不安，就像生病似的浑身不适。

第二天下午，我瞒着她去咨询了心理医生。我把她的近况以及我的观察一五一十说出来，得到的反馈是，她得了抑郁症。我半信半疑地走出门诊，不知如何是好，这不是城里很多年轻人都有的病吗？回去途中，我就在购物平台上下单买了一个香薰机，配的是有镇静作用、改善抑郁、有助于睡眠的薰衣草香味的精油。

周六晚上，我们坐在客厅里看电视剧，屋子里弥漫着薰衣草的香味。她的脑袋靠着我的肩膀。我问她学业压力大不大，她摇摇头说不大。我提议让她跟我聊聊她的专业。她一脸疑惑地看着我，忽然扑哧笑出来。我用脸颊蹭了蹭她的头，腻了她两下子，我坚持想听，她才对我细细地说来。

如她所知，我对哲学一窍不通，听起来高深莫测，对她说到的"美"我也只有简单的感受与肤浅的理解。她说，这就是我对她的行为产生的一个误解，也是对她的画产生的一种误读，是因为我站在"美"的对立面看待她的问题了。

"你不觉得那个画面很血腥吗？我完全感受不到美，而是惊悚。"

"术业有专攻。不能怪你。"

她没有过多的解释，又开始偎依着我。她表现出来的善解人意的一面让我一时无语，不知如何反驳她。我看着她翕合的嘴唇、温和的笑脸，满心的疑惑就转变成了期盼从她的身上捕捉那种哲学之美的体验。然而，她的身体就像哲学一样高深莫测，我感受到的唯有虚无缥缈，两个孤独的灵魂在相依相偎。

"你知道苏格拉底喝完毒药之后说了什么遗言吗？"她忽然问道。

我心不在焉，一脸疑惑。

"他对朋友克里同说，他还欠别人一只鸡，叫朋友帮他还这个债。"

她说着便咯咯地笑起来。她容易沉浸在只有她一个人的幻想的世界里，好像那才是她真正生活的地方。我曾试图揣度她的心思，想要钻进她的内心世界看看那里面藏着什么秘密，结果一无所获。

坦白地说，她那平平的身材谈不上有魅力，小小的胸，偏瘦的身板，喜欢素颜，总体缺乏女人的某些美感，与性感相差甚远，不是我钟爱的类型。但正是她那些明显的缺点，安抚了我身上的某些自卑，心理就平衡了许多。

有时候我心里也很矛盾，我原本可以不去管束她的一些私人生活，我们在同一个屋檐下各取所需，有何不可？合得来就继续相处，合不来便及时止损，一拍两散。我也大可不去苦苦揣测她的心思，对她的身体越来越陌生，也不必为此感到烦恼。每次做完那个事，我们可以形式性地交流几句，为下一次提高满意度做个铺垫，埋下伏笔。可是渐渐地，我从她的身体里很难再体会到当初的那种愉悦，没有姿势之美，也没有赏心悦目，不过是恋人之间平常而乏味的机械动作。

不知何时起，我们之间的矛盾越来越多，因一些生活琐事开始吵架。以前不在意的事情现在都成了争吵的导火线。她作画时反感我的出现，就连我的呼吸声、我的身影都会打搅她，分散她的注意力。

我一次次地驳斥她的无理取闹，措辞越来越尖刻，最后只能以争吵收场。

"你监视着我，我没法创作。"

"那我消失，行吗？"

"随你的便，那样最好。"

她的话有时候很伤人。

"所以说你嫌弃我了吗？"我质问她。

她没有再吭声，掉过头去专心画画。

很多时候，我们的争吵就像风云变幻的天气，有时戛然而止，有时突然爆发。每一次爆发都像是经历一场酷刑，声嘶力竭，令人痛苦不堪。我扯着嗓子，瞪着眼珠骂她的时候，真的是变了个人，好像长期备受生活与精神煎熬的可怜人，脸形扭曲，目光灼灼，要把她消灭掉一样。

她有时候异常冷静。

"分手吧。"有一次吵完架，她就提出了分手。

吵归吵，骂归骂，我没有想要分手，但是当时她让我下不了台阶。我一气之下摔门而出，就去了小区对面的酒吧灌了两瓶生啤。

那段时间，她因为没法排解生活压力，画不出满意的画，心情苦闷伴随着失眠。她的难处我一直看在眼里，却帮不上忙，吵起架来我们就忘记了各自经历着同样尴尬的处境，却互不理解。理智总是在情绪爆发的那一刻退缩，我们习惯用野蛮的咆哮来压倒对方，让对方服输，最终只会相互吞噬，两败俱伤。

那一晚，我又去酒吧喝了两瓶啤酒，回来之后她已经睡了。第二天，我们都没有提分手的事。

几天后的一个下午，她在客厅里挂上一块窗帘般大的幕布，把客厅一分为二。靠近窗户一边是她作画的空间，另一边则是吃饭看电视的空间——两个完全不同的世界把我们活活地分隔开来。我下班回来身上已经积累了一天的疲惫，情绪不太稳定，就嘀咕了她两句，结果我们又吵架了。

"我需要一个独自的空间，你没有权力阻止我。"

她冲我嚷嚷，伸着细细的脖子，眼睛睁得很大。

"你是想背着我来做暗事，继续虐自己吧？"

我的话咄咄逼人，忍不住把以前不想说的话一吐为快。

"这是我自己的身体，我爱怎么着就怎么着，你管得着吗？你以为你是谁？"

"你他妈的太自私了。"我怒瞪着她。

那晚，她没有回卧室睡觉，就在地上垫一块毯子打地铺。我们打了三天冷战。第三天晚上临睡前，我面对着幕布说道："我们和好吧，不要吵了。"

我坐了十分钟也没有等到她的回应，于是起身回到卧室躺下睡了。迷迷糊糊之间，我像是听到了猫叫声，饥渴夹杂着悲伤，像之前那只思春的橘猫的求偶声在街灯下响起，钻进耳中。

到了半夜，皎洁的月光照进屋子，照着我的脸庞，苍白如纸。我一转身就碰到了她的身体。她是什么时候爬上床的我没有一点察觉。她面朝着我，呼吸均匀，睡得很沉，这两天她一定没有睡好。她的气息、她的体香，又重新回到被窝里，让我感觉心安。月光悄悄地落在她的额头上，我轻轻地吻了一下月光的影子，小心翼翼地将她的脑袋埋于我的怀里，右手搭在她的后背上，把她抱在怀里，呼吸着她的体香，沉沉睡去。

我们和好了，晚上又可以一起看电视了。我们都很有默契，不再谈论吵架的事情。之前每一期的《披荆斩棘的哥哥》她都会陪我全程看完，直到上床睡觉。她最喜欢林志炫，经常哼着他的《单身情歌》沉浸其中。可是和好之后，她逐渐失去了看电视的耐心，看了半个小时就起身走到画板前继续作画。她不再指责我在监视她了。我也一声不吭，不闻不问，有意识地去忽视幕布的存在，就像她有意识忽视我的存在一样。

那天上午，同事们在办公室里谈论着某个明星嫖娼被拘的新闻，这个曾经自称"人类高质量男性"的男人一夜之间遭全网讨伐，跌落神坛。主管陆小婧的嗓门最大，她用自信的口吻说道："世界上根本没有高质量的男性，如果你听到哪个男性这么对你说，那一定是想PUA（精神控制）你。"

"是你的偏见吧？"那位男同事立马反驳她。他俩常常一言不合就拌嘴。

"我有什么偏见？我是过来人，早就看穿你们男人的那些花花肠子了。"

陆小婧会为了坚持自己的观点与其他人据理力争，直至面红耳赤，这一性格颇像廖珊珊，有点偏激。她自己的八卦大家略有耳闻。两年前，她发现丈夫出轨，与他的青梅竹马搞地下情，最后闹离婚了，现在她独自抚养着两岁大的女儿。

我跟廖珊珊有个默契，此前没聊过结婚成家的事。表面上我们和好了，然而裂痕并没有消失，反而正往难以挽回的方向蔓延……后来回想起来，一切皆有迹可循，如果当时我预见了这段感情的走向，早点抽身，也许就不会有后面的事了。

我们都缺乏解决感情问题的能力与耐心，都不擅长表达内心感受。在对待小小的裂痕的态度上，要么无限放大，吵到不可开交；要么有意避之，视而不见。

她憋闷的时候不跟我倾诉了，孤身站在阳台上静静发呆，遥望远方，自我消解。每每这时，我就会暗自纠结是否应该去安慰她，拥抱她，可最终又默默地放弃那个念头。直到有一天晚上，她向我提出了那个令人震惊的请求。

"你可以帮我一个忙吗？在身上刻花。"

她穿着红白条纹睡衣走到我的面前轻声问道。

"在你身上……刻花？"我凝视着她。

"像你以前看到的那样。"

她向我伸出一把小刀子。那是一把普通的推拉式的美工小刀。

我一下子像是明白了什么，脑海里嗡的一声响，突然有一种炸裂开来的感受，从沙发上跳起来，抓着她的肩膀，大声说道："你知道自己在说什么吗？你是不是疯了？"

她泰然自若地说："我最近没有状态，没有灵感，画不出画来，毕业论文也写不好。你就当作是帮我。"

以前她那种温柔的目光忽然荡然无存了，变得如此陌生、可怕，好像里面藏着两把闪着寒光的刀子，直逼我的灵魂。我从她的手中夺走那把美工刀，扭过头去，一口拒绝："不可能。"

她受了委屈似的垂头丧气，喃喃自语。我生着气，在客厅里来回踱步，手里攥着那把美工刀不知所措，像有千百只蜜蜂团团围着脑袋，不停地嗡嗡叫，头脑膨胀、发热，再也听不进她的苦苦哀求。

"你根本就不是真的爱我。"她冲我咆哮。

"那是因为我还没有跟你一样疯掉。"我反驳她。

我拿了更换的衣服走进冲凉房，哐当一声把门关上。门玻璃被震出一道长长的裂痕，差点碎掉。我把花洒开到最大，水声"啪啦"坠地蹦跳起来，把我的骂骂咧咧的声音给淹没了。我有种坠入大海的无力感，多次想着放手，却又恋恋不舍。

等她洗完澡，走进卧室吹头发，我便把她扑倒在床上。孤独、空虚，像面目狰狞的野兽在我的身体里无限蔓延，直到把我吞噬。

"不要再说出那种蠢话了，可以吗？"我仰面躺着，对她说道。

"你爱我吗？"她疲惫地问我。

"爱。"我轻轻地回答。

"不，你不爱，你爱的是我的身体，而不是心。"

"你不要用你认为的爱来PUA我，好吗？"

她不说话了，双膝并拢，面朝墙壁，濡湿的长发披散在枕头上。

第二天早上，她把幕布撤掉了，把画板、画桌等东西都收起来置于阳台角落里。晨曦照射进来，铺满了整个客厅，好像回到最初的场景，看起来客厅宽敞多了。

"你……不画了吗？"吃早餐时我轻轻地问道。

她忽略我的提问，起身说道："我上午去见导师，下午和晚上都满课。"

她看起来很憔悴，脸色很苍白，说话有气无力，病恹恹的样子，加上她的素颜，给人的感觉就更显苍老了。出门前，我想要抱她，被拒绝了。她下意识地做出推人的手势，往后倒退，退到玄关。

"晚上不用等我回来吃饭了。"

她取下挂钩上的包包开门离开。

午后时光，我站在办公室的阳台上，看着楼下的十字路口，心不在焉。十一月，天干物燥，凉风习习，偶尔迎面吹来的清风都会让我轻轻地打着寒战。

晚上九点多，她还没有回家，我就在阳台上浇花。我送给她的那盆茉莉有四五天没淋水了，叶子有些蔫了，仅有两朵绽开的花儿也显得萎靡不振。淋水也不能让花儿恢复生机。这时，我的手机响了。是辅导机构的女老师打来的，她的普通话夹带着四川口音："廖珊珊老师昏倒了，现在在第二人民医院，你赶紧过来。"

我还没有来得及问原因，对方就挂掉了电话。

赶到医院时，她吃完药，已经睡下了。我支开门缝，瞄着里面，一道光墙照到病床上，双人病房里就她一个病人，淡淡的消毒水气味溢出来。我轻轻地关上门，温热的汗水滴到微凉的手背上。那位女老师见我气喘吁吁、神情紧张的样子，就安慰我说不要太担心，她说廖老师没有发烧，也不是低血糖，只是精神有点不好。

"吃晚饭时我就觉得她的精神状态很差。"她叹着气说道，把廖珊珊的包包与衬衫递给我，然后就告辞回家了。

我悄悄走进病房，趴着床睡了一晚。第二天早上等我醒来时，廖珊珊已经拎着包包，穿着条纹衬衫坐在我的身边了。

"医生说你是因为精神状态不好才晕倒的。最近就不要去上班了，在家里好好休息。"坐在回家的出租车上，我劝她。

她没有吭声，侧着脑袋静静地看向窗外，看起来有些虚弱。

清晨的阳光挥洒下来，特别干净、舒适，照在她憔悴的脸上时，细小的茸毛打出细微的光芒。这时候，她闭上眼睛，脸上露出了淡淡的笑容。我惊讶地发现那个笑容与平常的不太一样，就好像一盆花儿被久弃于室内，将要遗忘阳光是什么味道的时候，突然又受到了阳光的滋润，那种喜悦让人心情舒畅。

那几天，她的状态并没有好转，神情忧郁，精神萎靡，闷在家里开始嗜睡，并伴随着做噩梦、说梦话。有一个深夜，她静静地站在阳台上看着那些画具发呆，后来又蹲在茉莉花盆旁边自言自语。没有灵感，无法作画，她一筹莫展。

一天下午，我提早下班回到家，看到她蹲在阳台上，拿着画笔，点着塑料盘里的颜料，给那盆茉莉花的花瓣都涂上了红色。由于太专注，她都没发觉我已站在身后。她小小的身子缩在宽松的白色睡衣里，蝴蝶骨凸得很明显，像一只病弱瘦小的小猫令人怜悯。那一幕看得我鼻子一酸，屈膝下去将她抱在怀里。

"我答应你。"我说。

她伸出纤细的食指在胸脯两边画出两个碗口大的圈圈，说道："就刻在这两边。"她说话的语气很轻松，没有任何胆怯，也没有任何压力。我却有些退缩了，可是跪倒的双脚像被一股巨大的吸引力吸在地面上站不起来。我看着她那心平气和的表情，忽然把想要骂她的话一股脑儿地倾泻出来了。

有一次她说："你骂我的时候很像我爸。"

那是我第一次听她说到她父亲。

"你爸是怎么样的人？"

"很凶，犯一点错就拿棍子打我，骂我。"

"你会逃跑吗？"

"不逃。"

"那你任他打吗？"

"是啊,我就死死地盯着他。"

当她的双眼凝视着我的时候,无疑把我看成了她的父亲。

我扔下手中的美工刀,立马起身冲进卫生间。她身上溢出来的血腥味让我闻之想吐。我抱着马桶,肚子里翻涌着酸溜溜的液体,像吞下了一口强腐蚀性的硫酸,想要呕吐出来。但是我的嘴对着马桶口只吐出两滴唾沫,最后挤出了两行长长的热泪,长叹一口气,瘫坐在地面上,仿佛此刻世界土崩瓦解了。

我的眼前一片漆黑,万物消失无踪,十分钟后,才将情绪慢慢地平复过来,世界的轮廓才重新显现。当我摇摇晃晃地走出卫生间时,她正在举着手机聚焦胸脯咔嚓咔嚓地自拍。白昼的最后一丝光线从屋里被强行抽走,黑夜袭来,我仿佛看到她的身体在昏暗的房间里绽放着鲜艳夺目的色彩。

她的画桌、画板与颜料盒重新摆出来了。她没有再挂上那张幕布,默许了我的监视。我们之间的感情因为融入血液里而变得更加深厚、牢固。那天,她在微博上发了那张胸脯照,评论区一片骂声。我看着照片痴痴发呆,脊背发凉,想要骂她的勇气与心思都没有了。她的精神状态恢复了,从早到晚精力充沛,满脸红光,就像换了个人似的。晚饭过后,她坐在沙发上刷微博,看着汹涌的网络暴民写下的大段大段的粗鲁与批判的留言却毫不生气,还咯咯发笑,一副很享受的表情。

"如果那晚我没有在你的微博里骂你,你也没有给我发私信,茫茫人海中我们可能相遇吗?"躺在床上,我压抑着心情,问她。

她默默无语,脑袋蹭着我的胸脯。

有时候,我真想为自己的"刀子嘴豆腐心"扇上自己两巴掌。我分不清我是在帮她，还是在害她。她利用了我的心软与欲望，利用了我对她的依赖与信任。如果她苦苦哀求我，我未必答应她，可是她用自己的肉体来折磨我的精神，我就受不了。我无法忽视一朵绚丽的花儿在我眼前遭遇毁灭，世上最残忍的事情莫过于此。可最终我从她那里得到了什么呢？一边满足了欲望，一边被欲望吞噬。

我究竟是在救她，还是在救自己？

她小鸟依人般埋在我的怀里，身上溢出沁人心脾的奶香味，很快就进入梦乡，鼻子呼出的气体打在我的手臂上，暖暖的，痒痒的。我轻轻地抱住了她，像抱住一束梦幻般的月光，她安静得不存在似的。

不知怎么，我忽然想到了死亡。有人说，死亡就是变成光的一部分，成为光的那一刻，无数的光粒子会变幻出各种颜色，绚丽多彩。但是我不相信她会成为光粒子，她会变成花粉粒子，自由自在地飘浮在空中。

她的画作终于有了突破性的进展。半个月时间里，她画了一系列的茉莉花，从不同的角度对作品进行了完美的阐释，她说那是一组有着生命脉搏的作品，可以看作是她近年来的代表作。可是有谁知道那些画里的每一片花瓣都沾着她的血呢？我不敢正眼注视它们，看到它们我会忍不住打冷战。有一天早晨，听到她说"是你赐给了我灵感"这句话时，我并没有感到欣慰与自豪，反而有些生气。

"我哪敢沾你的光？"我反驳她。

"还是要谢谢你为我做的一切。"她说道。

"不用自作多情，我是为我自己。"

"为你什么？"

我竟然一时语塞。

她更加黏人了，看电视时她会紧紧地偎依着我，脑袋蹭着我，还会替我拔掉鬓上的白发，亲吻我的脸颊。我从来没有见到她那么主动、那么渴望过。我不经意地会去猜测她主动的目的。想着想着我就有些害怕了。有好几次，我不得不借故离开，说下楼去买东西，却在便利店门前徘徊了很久也没有推门进去。

她很快就睡了，我却失眠了，整晚胡思乱想，坐在沙发上盯着静音的电视屏幕发呆一直到天亮，然后拖起疲倦的身体走进卫生间刷牙洗脸。牙龈又出血了，厚厚的一层舌苔像糊在墙上的水泥，让人感觉反胃。不吃早餐就去上班了，到了半夜便趴在办公桌上补觉。

傍晚下班回到家，屋里没开灯，客厅里一半昏暗，一半明亮，她站在明亮的地方盯着画板发呆，画笔上的颜料滴在地面上，化开一摊痕迹。我轻声地喊了一声："珊珊。"她没应我。我把包包挂在玄关的挂钩上，轻声慢步地走到她身旁。她发呆时面如死灰，好像灵魂出窍了。我抬起手想要碰她的肩膀。忽然，她的身子一动，转身拥入我怀里，我本能地后退了两步，两手架在空中僵硬着，好像被死神搂住了一样不敢抱住她。

"你再帮我一次。"她说道。

我天真地以为她不会再要求我做那种蠢事了，彻底不会了。

但是那一句话像一记重锤落在我的胸口上，把我的心砸得粉碎了。我压制不住怒火了，目光逼迫着她，摇晃着她的肩膀，咆哮道："你真的是脑袋坏掉了，无论如何我都不会再做那种事了。"

她使出浑身的劲儿甩开我的双手，冲我大声问道："你是真的爱我吗？"

我无言以对。是无语。

"你信不信，我现在就可以找其他男人上床，为我做这一切。"

我一巴掌扇在她的脸上。

接下来几天，我们又陷入冷战，谁都不想打破沉默。

晚饭之后，她就静静地站在画板前开始创作。那是她的系列画的最后一幅，也是她花心思最多的一幅，她想为毕业论文找个完美的结尾。可是半个晚上过去了，她还在发呆，无从下笔，这样的状态好几天了。她也好几天没有洗澡，没有洗头发了，困了就睡在沙发上。头发蓬乱、干燥，打着结，像阳台上那株茉莉花枯萎的根须缠在一起。

两天前，那株茉莉花死了，仅剩枯枝败叶，风一吹叶子就落下来。她把它拔了起来，细细地端详，又舍不得扔掉，目光迷惘，嘴里还念叨着什么，最后把它移植到了另一个大花盆里。

那几天早晨，她就蹲在花盆旁边给它浇水、松土，还跟它说话。它朝气蓬勃的时候，她还没有那么细心照顾过它，如今即将腐朽，化作泥土，她却为它动深情了。

有一天早晨起来，我看到她侧躺在阳台上，以为她又晕倒了，急忙跑过去，但看她睁开眼盯着我，虚空的目光立马将我逼停。我僵住了，半个身体靠在落地窗上，屏住呼吸。

"它听得懂我说话。"她悄声说道。

"谁？"我问她。

她又不理我了，扭过头去对着枯萎的茉莉花喃喃自语。

等我准备出门上班时，她吃完早餐已经站到画板前。她换上了新睡衣，那是同居时我第一次看到她穿的那件开衫的绯红色的睡衣，因为叠放在衣柜里压着四个月，起了许多皱褶，她没有烫平就穿上了。她面对窗户，仰着脑袋，闭着眼睛，伸着长长的脖子，像在接收着来自远方的明晰的旨意。

冬日的晨曦照在她的脸上，因为毛孔舒张产生的身体反应，她微微地抖了几下身子。这时，她露出了久违的笑容，睁开眼睛，注视着澄澈的天空与蛋黄般的太阳，脸上的茸毛闪着金色的微光。那一幕，美不胜收。

就在此时，我看到她流下了眼泪……

上午在公司开选题会，就"某某离婚事件"做个追踪专题，准备写五个稿子，关于这年底"大瓜"，阅读量有望冲10万＋。

"又一个所谓的优质偶像'塌房'了。"陆小婧不禁苦笑。某某是她的偶像，她的手机铃声是这人的歌，每次铃声一响她就跟着旋律哼哼起来。偶像被爆出丑闻，估计她心里也不好受。她一边痛批他婚内出轨，冷暴力他的妻子；一边失望地摇着头，似乎在质疑他妻子爆出来的猛料。

"实锤了。我早就说过世上没有高质量的男人。出轨就是背叛，是对女人最大的伤害。"我们知道此番话是她的经验之谈，也没人反驳她。

熬到下午五点，我感到胸闷，右眼皮一直在跳，大腿肌肉有种隐隐的刺痛感，好像被刀子一下一下地戳着。我安静不下来，走到阳台上想跟廖珊珊微信视频通话，但没人接，拨了她的电话，手机关机。

我有种不祥的预感，好像有人拿着刀要来找我寻仇一样非逃不可。我匆匆忙忙离开办公楼，拦下出租车就赶回家。那天的夕阳很美，天际有一片绚丽的火烧云。

一场预料中的雨也即将来临。

她蜷缩着赤裸的下半身，倒在阳台上，左大腿内侧淌着鲜血，汩汩细流，把白色内裤染得绯红绯红。左脸浸在血泊里。她眯着抽搐的眼帘，手里还抓着那把美工刀。不知是冷还是痛，她战栗着，嘴唇打着哆嗦。我惊恐万分，跑到卫生间取来一条毛巾捂住伤口，脱下羽绒外套，裹在她身上，抱起她立马奔下楼。

这个八十多斤的身体，柔软得像晒蔫的花朵，抱着她我竟然感觉不到重量。我站在路口茫然四顾，路人的目光投射在我身上。惶恐、震惊，好像我是个杀人凶手，都在躲闪着我。

等待中的每一秒都让人心急如焚。那一刻，我感觉与她命运相连。

我把她抱到急救室病床上，抓着一位男医生的手哽咽着哀求道："求你救救她，快救救她。"我的泪点很低，眼泪一下子便涌出来，模糊了双眼。医生的回复我压根听不清楚了，脑海里一团混乱，响彻着世界崩塌的巨响，只见他朝我做出"放心"的手势，把我扶出病房，关上了门。

以前听她说，她的伤口比常人愈合得快，别人要七天，她的四天就痊愈了，最后伤疤也会彻底消失，好像什么事都没有发生过。我还暗暗惊叹她身体的自愈能力。然而，疼痛的记忆不会消失，只会不断地累积，像植了一棵树那样，在她的身体里扎根生长。每当这种记忆变淡时，类似树缺水了会枯萎，她的精神就会日渐萎靡，直到有新的伤口、新的疼痛来刺激那个记忆，才会恢复生机，如此循环，直到死于某一次失血过多，结束这一切。

"有一次，我爸把我妈打晕了。"她说道。

"你爸为什么这么狠心呢？"

"你不也对我狠心吗？"她看着我说道。

"我不想伤害你。"

"我威胁我爸，拿刀子割破了手腕。"她停顿了一会儿，"他以前也是像你这么想的。"

缝合手术做完了，她还在昏迷中。我疲惫不堪，从椅子上扶着墙站起来。可能是因为内心恐惧或者穿得单薄，身子摇摇晃晃，嘴唇哆哆嗦嗦，语无伦次。那位男医生说，她伤得比较严重，血流得有点多，但已脱离了生命危险。

当天晚上，廖珊珊就被转移到了普通病房。大概九点多她醒来了。也许醒了很久，因为我趴在床边打起瞌睡，是裤兜里的手机振动把我弄醒的。她靠着乳白色的棉枕，侧着脑袋看向窗外那棵开满花儿的紫荆树，脸色煞白，很吓人。

床头的桌上放着一个橘黄色的托盘和一个白瓷的空碗。她刚吃完一碗小米粥，嘴唇还有些湿润。外面正下着小雨，雨水打着暗绿的树叶，摇曳不止，淡黄色的路灯照进病房，落在她的身上。

"它又活过来了。"

她的声音空洞无力，好像从遥远的地方经过很长时间才传过来的。

"谁？"我问她。

我站起来往她身边靠过去，想要听得更仔细些。她却躺下来，缩进被窝里，转过身去背对着我，把被子盖到额头上，不想搭理我。

我们心知肚明，已经很难在一起正常生活了，肉体以及精神都不可能再发生亲密的连接了。我已然心灰意冷。

"分手吧。"她说道，"你走吧，我想一个人静静。"

不知怎么，我内心的波澜已经没了，好像经受巨大的刺激之后，全身麻木了。

回到家，我洗了个热水澡，把沾在手臂和肚子上的血块溶化在热水里。淡淡的腥膻味弥散着冲凉房，又夹杂着缕缕茉莉花香。我的心头忽然涌出无限的悲伤，似有千百斤重物把我压弯了腰，我捂着脑袋蹲在地板上，任凭热水浇在身上。

第二天早晨，我在一抹刺眼的晨光中醒来，又在被窝里挣扎了片刻，想要回到一个人生活的想法越来越清晰。刷完牙、洗完脸之后，我才想到要把阳台冲洗干净。那摊血已经干透了，只剩一大块淡淡的血痕，痕迹一路弯弯曲曲延伸到茉莉花盆的底部。我蹲下身去，细细地看着那盆茉莉，用手指捻了捻泥土，还是湿润的，很黏手，但那不是清凉的水，而是温热的血液。

我惊讶地发现，枯枝上长出了几粒新的牙尖。

这时候，我接到了那位男医生打来的电话，他着急地在电话里嚷道："赶快来医院，事情紧急。"

她抓着一把不知哪里取来的小刀，把缝合的针线都割断了，伤口再次裂开，半边裤管都红透了。她站在窗边，注视着打在树叶上的阳光，一脸平静。她以死威胁，不允许任何人靠近她，就这样僵持了半个早晨。当我赶到医院时，医生们还堵在病房门口，苦苦地劝她放下刀子。但她充耳不闻。他们看到我，就好像看到了救星，都为我让出道来。

此时此刻，她已经失去了理智，成了一个疯狂的女人。

"你知道吗？它真的活过来了，而且长出了新芽。"

我一边说话，一边走近她的身边。她无动于衷，目光呆滞。

我轻轻地握住了她那只攥着刀子的手，她没有反抗，还顺势松开手指。我把刀子拿过来扔到地上，舒了一口气。医生们也都长舒一口气，绷紧的神经也松下来了。我立在她身边，她就盯着阳光下生机勃勃的紫荆树，但与她显得格格不入了。她眼里的光芒正在消失，万物的轮廓在逐渐模糊。

"它真的活过来了。"

我紧紧地抓着她黏稠的手，感觉到丝丝的温热从她的掌心里散发出来。

新　生

　　河湾花园后面的那座山林又在黄昏来临前响起了喧哗，沙沙沙的声音起伏不断，好像山林里藏着一个街区，每到夜晚，万家灯火，热闹沸腾。何珊珊又站到了阳台上，遥望着郁郁葱葱的树林，好像真能看到那番热闹似的，有点儿神往。她曾经指着黑夜跟丈夫说："你听到了吗？林子里又开始热闹了。"丈夫在一家电商公司负责跑业务，经常出差，何珊珊怀孕后，他就有理由申请不外派，留在广州了。丈夫下班回到家，疲惫地躺在沙发上，他觉得是何珊珊在家里太无聊才会问出那种问题，就没有搭理她。她以为丈夫没有听清楚她的话，于是又问了一次。没想到丈夫生气了，不耐烦地应道："我好累啊！你别那么烦好不好？那里什么都没有。"

　　"那里明明藏着一个世界，"何珊珊是这么想的，"就藏在山林里。"

　　丈夫说何珊珊怀孕之后言行举止变得有些奇怪，有时出现幻觉，有时出现幻听，又爱胡思乱想，还疑神疑鬼，人也变得特别敏感与多疑，已经把他惹烦了。她也有同感，怀孕后，像有了某种特异功能，对周遭的声音与气味的感受力变得异常敏锐，甚至可以把窸窸窣窣的声音放大数倍，听着像有一台豆浆机在耳边轰鸣。她厌恶蟑螂，听到它们跑过客厅时踩出来的沙沙声，就立马拿起拖鞋追着猛打。她能闻到树林里的枯枝败叶的腐烂气味，所以午睡时，得关紧窗户，用纸巾塞住窗的缝隙，免得气味从缝里钻进来。

丈夫指责何珊珊疑神疑鬼，是因为那一次她怀疑他出轨了。她看到丈夫与公司的某位女同事频繁发微信，聊到很晚，直到互道晚安，暧昧的气味很浓。她嗅到了。她一直很信任丈夫，从来不给他的工作添麻烦，但是她越想越不对劲，便去质问他："是不是在外面私养了情人，还有多少见不得人的事在瞒着我？"丈夫感到非常震惊，吓到脸都变形了，委屈巴巴地看着她。后来，丈夫的女同事亲自出面澄清了这件事，除了业务来往，绝无半点私情。何珊珊跟丈夫道歉了。然而，丈夫心里的那层疙瘩却抹不平了，他厌倦她的唠叨，忍受不了她的情绪，他开始冷落她。此时她怀孕八个月了。

何珊珊在家里很久没有迈出门槛了，都快闷坏了。婆婆经常晚上打电话来问这问那，叫她喝这喝那，其实是在监视她，还常常警告她：不要一个人外出，很危险，万一有个闪失谁都承受不了。何珊珊已经四十岁了，已经过了医学上最佳生产的年纪，怀孕就有风险。但是，她依然精力充沛，身体无恙，还能干很多力气活，跟个二十岁的精神饱满的女孩无异。就是这样一个还拥有母狮子一样的力气、信心与意志的女人，此时，她感到被困在囚笼里，每天的活动范围就在这九十多平方米的房子里。当初她说服丈夫，坚决要买河湾花园的这套房子，不是用来囚禁自己的，而是为了安顿漂泊的心灵。小区依山傍水，远离闹市区。那时候，她渴望从喧嚣中走出来，从混杂的人堆里逃离，找一处安静之地好好过日子。可是现在，丈夫上班，家里空荡荡，她一个人待着，很无聊。漫长的怀孕之路、新生命的酝酿，都在考验着她的耐心与意志，还有伴随而来的抑郁与孤寂都在折磨着她。她有些坐立不安了，想着去外面看看热闹。

"火烧云好美啊！"何珊珊给丈夫发微信，还拍了一张火烧云的照片。

"在开会。"丈夫回复道。

"天黑之前你可以回到家里吗？"她问道。

丈夫没有回复她，以前他不耐烦地说她的问题真多，像个不懂事的孩子，唠唠叨叨。丈夫比她大一岁半，谈恋爱那会儿，他习惯站在哥哥的角度来关心她、照顾她，说她就是个大孩子。这样在她生气的时候，他就能理解她的心情，原谅她的无理取闹了。她的生肖属狗，丈夫属鸡。算命先生说，他们的生肖相冲，搭伙过日子比较困难，会有吵不完的架，鸡犬不宁嘛。她不信那个邪。两年前的那个秋天，他们在机场里相遇，在隔离酒店里相识。后来，他主动追求她，愿意为她花钱花时间，逛街购物，吃饭看电影，浪漫的事样样都不落。她对他颇有好感，但是拿不定主意。那时候，何珊珊刚经历了人生中最大的挫败，她在澳大利亚的服装生意全部亏光了，可以说，她回国前已经赔得一无所有。十几年来，她国内外四处飞，到哪儿都在漂泊，踏回祖国的那一刻，感觉心里有了一种安全感，当时的她已经身心疲倦，想要一处安静的地方，想要一个家庭做依靠，好好过后面的日子了。

在选择买房子这件事情上，何珊珊表现得有点强势，要她中意才行。丈夫做决定时还是犹豫了一会儿，因为小区离他上班的地方太远，每天来回路上就要花费两个多小时。但是最后他妥协了。她很感激丈夫，终于有了自己的房子，有了一个可以安静休息的家。在家里，她有时候就是个大孩子，天真无邪的大孩子。经历了许多年风雨飘摇的日子，她依然保持着紧致的身材，丰腴多姿，曲线分明，丈夫还夸过她很性感，皮肤虽然说不上白皙，但能体现出她饱满的精气神，以及见过世面的自信。她有过年龄焦虑，但不认为做个大龄孕妇有多尴尬，反倒有一种苦尽甘来的幸福感在包围着她。周围的男人与女人都在暗示她：你已经四十岁，不年轻了，别认为自己才二十岁。她觉得自己的心态很年轻，这是吃过苦头之后才有的深刻体悟，保持积极的心态是何等重要啊。

论阅历与见识，她比丈夫丰富多了，比大多数同龄人，甚至年纪更大的女人的一生都要精彩、艰难多了。她心想，正是因为经历了世事沧桑，在社会里摸爬滚打过，才觉得回归纯真的可贵，才发现安静的重要性、家庭的必要性。她厌恶那些圆滑与世故的人，以前经常跟那类人打交道，做生意，吃饭喝酒，结果把自己的性格磨炼得像把刀子，锋利无比。如今，她鄙视那些人，远离那些人。她把锋芒藏起来，不会动不动就拔刀相见，不会在人前人后回忆往昔峥嵘岁月，也不会轻易地流下感伤的眼泪，即使伏在丈夫的怀里，她也不会毫无节制地倾诉往事了。她享受着幸福的日子。可是现在，她在家里感到虚空无比，有点心慌了。

她以为凭着坚强的意志可以克服怀孕期间的不适反应。可是，新生命的酝酿并不是一帆风顺的。在过去的八个月里，她的情绪起伏有点大，看见地板脏了会抱怨丈夫不拖地，看见厨房里的碗筷没洗会冲丈夫发脾气。有一段时间，她经常耳鸣，好像脑袋里一直在打雷闪电，天崩地裂，被折磨到整晚睡不好觉。她患上了抑郁症，看着电视机屏幕会默默地流泪。丈夫问她，怎么忽然哭了呢？她也不清楚为什么而哭，就无缘无故地想哭而已。

风又吹动了酒糟色的窗帘，发出啪嗒啪嗒的响声。哗啦啦的声音传进来，好像山林在欢快地吵闹，在向她呼唤着什么。她感到有些惊讶，想到住进河湾花园这么久了，竟然没有去过那个山林，没爬到山顶看看风景，觉得可惜。她也没有听说小区里有谁进去过。居委会在业主微信群里就提示道"禁止私入山林，否则后果自负"。这句警示吓退了很多人啊。就在今年初，她留意到山林里出现了一条道路，有车辆进出，听得到人声，还有电锯伐木的声音。

何珊珊忽然觉得肚子里涌上一股恶心味。天空还很亮，天际飘浮着橙黄橙黄的云，霞光蹦出云端，照耀在山林里，就像天上的颜料罐被谁打破了，把黄的、红的、黑的等颜料泼下人间，粘在树叶上，滴入泥土里，溶在湖泊中，然后反射出五彩斑斓的光芒，在山顶上挂起了一道彩虹。彩虹的影子就被投到了她家阳台上，印在玻璃窗上。胎儿兴奋地踢了她一脚。她也蠢蠢欲动了。

她给丈夫发微信说："我想下楼去走走。"

丈夫没有回复她。她已经憋不住了，但又生怕离家之后婆婆忽然打电话来问这问那，她该怎么应付呢？她心里暗示自己，虽然她是个孕妇，即将足月临盆，但她今天心情闷得慌，不想待在家里。胎儿踢她，似乎在提醒她出去散散步吧，否则抑郁的程度就更重了。而且，她感觉身体充满精力，不至于下楼出去走走都会出事。但其实她想给丈夫发的信息是"我想去山林里走走，去山顶上看看"，但她最后改变了想法，不想告诉丈夫，因为她知道丈夫肯定反对她这么做，那无疑是在冒生命危险，而且是两条命。她不想犹豫了，都已经从命运的风暴中挺过那么多艰难了，得到了她想要的生活，没有什么再让她感到畏惧了。她转身离开阳台，回到卧室，披上一件白色的长袖薄衬衫就下楼了。

何珊珊沿着车辆碾压出来的泥路走进山林。天光依然亮着，晚霞依旧绚烂，斑斓的金光在她眼前一点一点地减弱，从她的脚底下一缕一缕地退出山林。走了一会儿，乌云忽然滚滚而来，像是一场预谋，又在意料之中，立马笼罩着山林上空，它们在酝酿、搅拌，宛如一坛发酵中的酒，坛盖裂开了口子，空气里挥发着刺鼻的酸味。她认为是从小区后面那条水沟里散发出来的，浑浊的气息裹在云层里，随风飘过来，臭不可闻。业主们跟物业管理员反馈过周边的卫生环境问题，联名提出建议要治理那条臭水沟，可是半年过去了，一点动静都没有。她是受害者，怀孕之后，她的嗅觉变得特别灵敏，受不了污浊的空气的侵害。乌云压得低低的，好像在头顶掠过，触手可及。风从四周钻进来，无孔不入，越吹越紧，席卷着路面，尘土飞扬，树叶纷飞，掀起她的裙摆。她有点措手不及，没有想到一进来就遇到风云骤变。她一只手抓着裙子不让它翻上去，一只手抬起来护着眼睛，含着胸，迎着风，一步步继续往前，像一朵白玫瑰行走在大地上。很快地，天边的云彩被乌云驱逐了，霞光消失，天一下子变暗了。何珊珊用衬衫捂着口鼻，尽可能减少吸入浊臭的空气，她改道而行，往左边一条小径躲进树林里。有树木遮挡劲风，她走路时就不会受到阻碍了。这时候她发现，树林里并不是只有一条车轮碾压出来的道路，还有人踏出来的小径，弯弯曲曲通往山顶。她扶着树干，歇了几口气，理了理裙摆。尽管风势在变大，在呼号，从树间钻过来往她身上冲击着，但是她没有临阵退缩的念头。她抬起头望着阴沉沉的天空。树丫被吹得一会儿往左摆，一会儿往右摇，一会儿见得到天光，一会儿投入黑洞。树叶纷纷掉落，像天上落下的陨石碎片，有的沾在她的裙子里，有的插在她的头发上。她感觉肚子动了一下，是胎儿在翻身，可能打了一个跟斗。她的呼吸一下紧促起来，轻轻地抚摸着肚子，低下头说了一句：

"有点调皮啊。"然后露出了幸福的微笑。她想：一定是宝宝在利用她的眼睛来观察、审视即将迎来的新世界。她感受到了宝宝激动的心情，母子连心。她安抚了一下宝宝的情绪，又说道："宝宝，别那么兴奋，这个世界可不像你想象中那么一帆风顺啊！"宝宝似乎听懂了她的这句话。她的肚子不闹了，她的呼吸也均匀下来。天空半明半暗，脚下的道路隐隐约约，真假难辨，但她决意要到山顶上去，一览众山小。于是，她沿着小路的方向往山林腹地走去。这时，她回想起了自己的四十年光景，心里一会儿酸一会儿甜，五味杂陈，她没有走过人生坦途，也没有经历过顺达的事业。

何珊珊是一个早产儿，在单亲家庭中长大，三岁之后，她就再也没有见过母亲。父亲常常指着窗外骗她说，母亲去城里为她买好吃的、买漂亮的衣服了，很快就会回来。她满怀期待，等待着母亲有一天拎着大包小包回来找她。后来，她从邻居家里听说母亲跟着一个皮肤很黑的外国人跑了。父亲说的城里，是那么遥远，还要漂洋过海。那是她第一次看着世界地图理解了父亲嘴中的"城里"是个什么地方。她比同龄人要懂事，读小学时就替父亲分担了很多家务活。父亲是个忍耐力很强的男人，早年有过经商经历，就是在那期间娶到母亲的。生意失败后，他们回到老家，种植玉米，做养鸡场，还做过水产养殖。他一辈子都勤勤恳恳，默默奉献。她认为自己遗传了父亲那种勤劳肯干、不怕艰难的实干精神。母亲离开后，父亲没有抱怨过母亲，一句坏话都没有说过，他肯定有过挽留，有过哀伤，但他从来不在她面前诉苦。长大后，她在广州的一所专科学院学了三年会计。毕业后，她没有从事会计的工作，先是去口罩厂做了四个月的普工，日夜加班，十根手指磨出了茧。"非典"疫情过后，她拿着攒下的工资跟同学在广州大学城附近合伙经营一间十几平方米的潮牌衣服店。后来因为大学扩建，她的店铺被迫关闭，亏了一半的本钱。她一个人去了北京，住在地下室里，奥运会期间，她踩着租来的三轮车穿梭于大街小巷，兜售矿泉水、冰饮料，向外国游客推销福娃挂件，却没想到遭遇网络诈骗，把她的钱全部卷走了，被迫流浪了半个月。她认识了一个旅居日本的中国女孩，两人第一次见面就聊得很投缘。她听了女孩的游说，一起去了日本福岛，不幸的是，第三年遭遇大地震，她苦心经营了两年的日式料理店未能避过一劫。她差点被海水卷走，死死地抱着樱花树等了一天一夜，手脚都酸了，直到有人发现她，将她营救下来。她又破产了，狼狈不堪地收拾行李飞回中国，在上海做了一名房地产销售员。她还在长乐路开过水果店、花店、精品店，但无一成功，要么拆迁，要么亏本，经营不下去。她去到厦门做了外贸工，遇见了第一任男友，同样是搞外贸的，干柴遇到烈火，同居了三个月一块儿飞去希腊开了一间中餐厅。那时，她还兼职卖过烤肉串，为当地人配送希腊酸奶。然而，席卷希腊全国的债务危机还是给他们的店铺带来了冲击。他们亏了本钱，不得不关门歇业了。在地中海，她跟男朋友大吵一架之后分道扬镳，各奔前程。回国后得知噩耗，父亲已病了两个月，肺癌晚期。她在父亲身边，陪他度过了最后的半年时光。父亲去世后，她飞去了澳大利亚，跟一个做外贸时认识的合作伙伴合伙开了一家小型服装厂。然而，一场森林大火将她的工厂烧成灰烬，合作伙伴连夜卷钱逃离，不知踪影。她又变得什么都没有了，感觉人生累透了，就那样消沉了将近一年。新冠病毒大流行期间，她靠着在线上教授美妆课程维持生计，再经历了一番折腾后，艰难地回到了中国，这也是她的最后一站了。回想十多年的创业经历，总体而言失败大于成功，但是她并没有被失败击倒，没有觉得人生就此失去了所有的意义与幸福。她的乐观豁达、积极向上的心态让她对生活重拾信心，满怀希望。后来，她遇到了丈夫，结婚成家，买了房子，到四十岁怀上孩子，终于可以停歇下来了。综观过往，她感觉人生最幸福的时刻已经到来。

　　但是，她仍然会怀疑那种幸福的真实性，担心会不会到头来也如创业失败那样终成梦幻泡影。她的担忧是在怀孕之后才有的，她认为这怀疑很危险，随时有可能击碎她幸福的幻想。忽然，她感到肚子又动了一下。"宝宝，你知道妈妈在想什么吗？"她想找个地方坐下来歇一会儿，可是瞄了一圈，连块石头都没有。只有路边凸起来的树根可以暂且坐坐了。裙子在哪里被割破的她一点儿印象都没有。不知不觉中，她已经走到了半山腰。劲风还在呼号，头顶上的树丫狂乱摇摆。乌云在聚集，在碰撞，在与时间赛跑。这时候，天空出现了闪电，从小区的上空劈到山顶来，火花四溅，天变得亮了，她的视野变得开阔了，大片大片扇形的银光从云层里迸出来，洒下山林里。看着这天火、劲风与乌云，她不禁暗自感慨，好像这些东西都在象征着她多舛的命运。但凡了解她人生经历的人，大部分都认为她是一个不幸的女人：年幼时母亲离家，中年时父亲病逝，创业屡战屡败，孤独一人，漂泊无依。她听之任之，从来不去解释什么，失意与感伤本身就与每个人如影随形，她也不例外。她想，如果能在丈夫那里获得心灵的慰藉，抚平伤口，她自然满意；如果不能，她还有父亲那种像牛一样勤奋的精神在激励着她，充实着她的心灵。如今，她又多了一份精神上的激励，那就是肚子里的宝宝，这也是她敢于踏出舒适区，直面风雨的力量来源。

雨滴落到了她冥思的脑袋上，散开时，头皮痒痒的。她扶着膝盖站起来，又理顺了裙摆，眺望远方。光是银色的光，是浑浊的光。大雨如注，混沌朦胧。雨水在劲风里狂飞四射，一会儿像一张被撕得稀巴烂的席子，一会儿像一块飘摇的银色巨幕，朝她飞奔而来。远处的楼房渐渐地失去轮廓，河湾花园也很快就被雨幕遮没了，像是打上了马赛克。她踮了踮脚尖，看到了裸露在山林腹地的那个工地。停止作业的挖掘机、被绿网遮盖的土墩、放得横七竖八的木材等都依然可见，中间有一个大坑，露出黄澄澄的泥土，正被雨水灌满，成了一个人工湖。有两只鸟儿在工地上空来回飞跃，寻寻觅觅，啾啾鸣叫。她认为自己听懂了鸟儿的话，声音短促而尖锐，像在倾诉苦恼，跟她当初的遭遇一样。如果幸福与安静有一半来自房子，一半来自心灵，那么那些鸟儿正在失去它们原来的一切，失去栖息之所，被迫在风雨中流浪。她想，所谓幸福，就是有一个安静的地方安顿身心，结束风雨飘摇的日子。现在她实现了，她是归巢的黄鹂，不再是一只穿梭在惊涛骇浪里的海鸥。她结束了漂泊的生活，有个家庭用来安放心灵了。然而，心灵安定下来之后，她还有过怀念那些艰苦日子的时刻。四十岁，人到中年，她竟然有了暮年时才有的习惯，那就是回首往事。进入回忆的时空隧道，过往的失败与彷徨就会蠢蠢欲动，想要趁火打劫，动摇她的信念与意志，想毁掉她的宁静与幸福。她绝对不能让这种事情发生，一定要阻止那些不怀好意的念头占据她的思想。瓢泼大雨浇灌在她的脑袋上，顺着额头淌下来，立马在眼前挂起了一道哗啦哗啦响的瀑布。她闭上眼睛，任凭雨水迎头拍打，流遍全身，洗涤盘踞在脑海里、血液里的消极思想。此时，她认为的思想，就是一种对肚子里的新生命的期盼。风声雨声，在她的耳畔间呼叫，比怀孕前听到的音量大了数倍。就在这时，雨势减弱了，劲风也降了，一切都温柔下来，终于有了酷夏里的奢侈的清凉。她抹掉沾在眼帘上的雨水，睁开眼睛。被闪电劈碎的八月之光穿过云层，遗落在蒸汽腾腾的山林里，林间烟雾缭绕，那一幕美不胜收。她不经意间打了个寒战，抖擞了一下精神，却已经观察到了这种美景只不过是昙花一现。她理了理凌乱的头发，拧掉浸在裙摆里的水，把鞋带系得更紧，继续往上爬。山顶近在咫尺了。

　　疯狂生长的藤蔓缠着她的脚踝，锋利的草叶割破她的衣裳，随风摇摆的树丫拍打着她的脑袋。她捡了一根树枝当作木杖，支撑着身体，弯腰弓背，盘山而上。越往上走，视野就越开阔明朗，看得越远；听到的声音也越复杂、越细致。飞鸟回巢、蜗牛爬行、蚂蚁逃跑、野草生长、花蕾绽放……她感觉身体完全被释放了，母性也被唤醒了，跳出身体与万物沟通，与飞鸟、蜗牛、蚂蚁等生灵对话，与树木、野草、花蕾呓语相通。她心里顿时涌上一种自豪感。她放下手，又去摸了摸肚子，感觉到了宝宝的小脚在移动，摸到右边时，好似又摸到了宝宝的小脑袋。她高兴极了，对着肚子说道："宝宝，你的小脑袋肯定包含了整个宇宙吧！"

天变黑了，乱成一团。她分不清狂风是从哪个方向卷过来的，东南还是西北，席卷的劲头不比第一场雨弱。大雨是从地底下喷出来的还是从天上泼下来的，她也分不清了，浑身湿透，狼狈不堪。她一步一步地往山顶上走，有几次差点滑倒，幸亏她反应快，一手抓住灌木才没有摔跤。她走一段路就停一停，望一望漆黑的远方。闪电没有那么炸裂了，没有了第一场雨中的那种迅疾与果断，而是有了一丝丝的温柔，它在夜空中铺展开来，像树叶的经脉，四通八达，纵横交错，编织出了一张巨大的金黄色的网，把半个天空收入囊中。到了最后的收网时，它好似对天空恋恋不舍，于是留下记忆的光影，退回茫茫宇宙中。在澳大利亚时，她有过类似的经历，见识过闪电的伟大，她曾经跟着旅游团走进塔斯马尼亚荒原，见到了灰色的大袋鼠，还目睹了壮观的热带雨林大暴雨。最让她印象深刻的，是那一场绚丽的超级闪电，它仿佛是天空中飞来的大本山，向四周喷出金黄金黄的岩浆，流淌在云层里，溶化在雨滴里，熊熊燃烧，霹雳而下，令人叹为观止。小时候，她最害怕闪电，就像害怕蛇一样，不敢直视。可是那一次，她坐在岩石上，仰望夜空，第一次对闪电感到深深的着迷，对自然的力量感到畏惧。虽然山林上空的闪电没有荒原上的那么壮观，但她还是驻足仰望了一会儿，欣赏起它的美丽来，因为这种美丽稍纵即逝，这种美丽能给她带来快乐。经历过了生活的艰辛与失败、绝望与落寞，她对眼前来之不易的快乐倍加珍惜。丈夫对她厌倦了，把她冷落了，她也丝毫不抱怨，反倒觉得在夫妻感情上，她对丈夫有一些亏欠。怀孕以来，她忍受着孕期反应的各种不适，比经历这狂风暴雨还要难受百倍。她对很多事情失去了兴趣，也逐渐磨碎了丈夫的耐心。他们没有一次房事，有几次在床上相互抱着，等待恰当的时机，最后她选择放弃。她认为怀孕降低了夫妻间快乐的质量，责任在于她，所以丈夫才对她冷淡。即便如此，她仍然觉得自己是快乐的，一种美丽的快乐、幸福的快乐。她要把这份快乐与一个即将诞生的新生命一块儿分享。她有点儿迫不及待想要迎接宝宝的降临了。此时，雨水已经停了，风不抓狂了，闪电也消失了，树林里又响起了窸窸窣窣的虫鸣以及悠长的鸟叫。她发现自己陷入了巨大的寂静里。

　　她终于到达了山顶，感觉浑身疲惫，想要找个地方休息，恢复一下体力。她扶着树干，找了一会儿，看到一块从灌木丛里往外凸出去的大石头。由于大石头被高大的树木遮掩，即便往外凸出来，她站在自家楼上也是望不到它的。她拨开灌木，往上爬去。那是一块表面平坦的椭圆形岩石，足有一张双人床那么宽大，伸手触摸，能感觉到像海螺壳上的粗糙的纹路，真可谓是一个天然的休息场地。她慢慢屈膝，坐了下来，舒展一口气。洗涤过的夜空，清澈明朗，繁星点缀，皎洁的月光把她的影子投到了岩石上。她扭过头来欣赏自己的身影，却看到岩石上有被丢弃的烟头、烟盒、纸巾、塑料袋，还有吃剩的骨头。有人来过这里，她想，或许是些爬山爱好者，又或许是些离家出走想找个安静的地方解闷的人留下的。她爱这个家，爱她的丈夫，珍惜眼前的幸福与安静，这些毋庸置疑；而她又想从那个密闭的房子里逃离出来获得一时的身心解脱与心灵舒坦，这也是迫切渴望的。她感到很矛盾。她俯瞰下去，在那个巴掌般大的河湾花园里寻找着家的位置。密集的楼灯、纵横的街灯、闪烁的车灯都像是从雨滴里发射出来的，刺激着她的眼珠。她眨了眨眼，润了润眼珠，缓解一下强光刺激下的不适感。她对光线的感受力比以前更加敏锐了，具体来说，她的视力比以前明亮，能在夜间看清一些以前看着模糊的东西。就在这时，一只流萤从她的眼前飞过，立马就引起了她的注意。她下意识地伸手去抓，像小时候在家门口抓它们一样，但一伸手就把它吓得飞远了。然而，不止一只，还有更多，片刻之间，无数只发光发亮的流萤冒出来，把山林点亮了。看到这一幕，她的兴奋劲儿即刻涌上心头，撑着膝盖站起来，欣赏这美妙的景色。她还在澳大利亚的荒野中见过流萤，不过没有这次那么多，也没有它们活泼。萤光闪闪，围着她的身体转圈，她也跟着转圈，它们绕着树木纷飞，有的停在草叶上，有的落在花丛里，翩翩起舞，流光溢彩，就像万家灯火，一下子让整个山林的气氛都活跃起来。鹧鸪、野猫、麻雀、山鼠、蛐蛐……还有那些她辨不出来的各种声音，都在山林里再次交汇、碰撞，听起来真令人惊艳，充满了生命的律动，欢乐而狂野。她感觉太激动了，想要找人分享这美妙的时刻，她轻轻地拍了拍肚子，对着宝宝说道："看看，你即将来到的新世界多么活泼可爱啊！"她全然忘了疲倦，爬上山来之后，感到信心增加了不少，心情也极为舒畅。孕期中的抑郁与忧愁，在这一欢乐的时刻里消散了。此时此刻，她体验到的快乐与幸福，以及永恒的爱与意志，都是来自肚子里正在酝酿的新生命。这是她能与其他生命感同身受的原因，也是她进入人生新阶段的印证。她站到腿软了，腰也累了，得躺下去才舒服一些。湿透的裙子贴着后背，痒痒的，又想起了丈夫为她挠背的幸福画面。岩石里散发出一丝丝的温热，渗入她的体内。她的心情还是很激动，没有平复下来，双手搭在肚子上，充满爱意地抚摸着，喃喃自语道："宝宝，我们成功到达山顶了。"

她想要跟丈夫分享这一幸福的重要瞬间，哪怕接起电话被他一顿痛骂，她也会接受。不过，她不能接受婆婆的无理监视与野蛮指责。丈夫三番四次想要婆婆搬来家里住，好照顾她，都被她拒绝了。她与婆婆性格不合，要是同在屋檐下一起生活，必定矛盾重重，那种日子才叫鸡犬不宁。丈夫拗不过她，说她就是倔强、任性，最后还是照着她的意见来办了。她享受着一个人的时光，从澳大利亚回来，结了婚之后，这两三年里，她都没有离开过丈夫，她也没有再工作。婚姻给了她最多的休息时间，她一点儿也不想浪费，因为漂泊的日子太长了，她得有充足的时间来过渡，再进入新的人生阶段。后来她发觉，婚姻并不是她的新人生的开始，只是开始前的一声号角，而怀孕才是她认为的新生伊始，是生命蜕变的序章。她舒展四肢，越往深处想，心情就越激动。忽然，她的肚子抽搐了一下，那一瞬的剧痛几乎要了她的命，差点就跳起来。她感觉不太对劲，两腿之间暖暖的，好像有一股暖流在缓缓地流出来。她意识到：羊水破了。等反应过来，她伸手往裙兜里掏东西。她要给丈夫打电话，告诉他她面临的处境。然而她这才发现，因为不想接到婆婆的电话，所以她没有把手机带出来。她的脑海一下子空了，内心慌乱，不知所措，好像消失的飓风又卷土重来，将要横扫她的一切宁静了。可是，她站不起来了，双肘支在岩石上，勉强抬起半身，看着无力张开的双腿，等待着即将面临的考验。

燃烧的河湾

1

前几年，河湾镇还有很多粉墙黛瓦的房屋，一间挨着一间，狭窄的巷子只能通过一条狗，阳光钻进那些巷子里，都被挤压变形了。墙壁上刷着一个特大而且醒目的"拆"字。兵头一手搔着乱蓬蓬的脑袋，一手伸进细腰里又抓又挠，好像被跳蚤咬着了，浑身瘙痒，两眼直勾勾地盯着墙壁，两瓣干皱的薄嘴唇上下翕动，念着墙上的字。

兵头刚念完那个字，后脑勺就挨了一团脆泥块。兵头的脑壳硬过泥块，咯嘣一响把泥块反弹出去，落地之后破碎开来。"小兵头，你还会识字呢？"一个粗糙的声音从后面传来。兵头摸着后脑勺往后看，眼睛眯成一道疼痛的缝隙。偷袭兵头的人叫司令，穿一件条纹圆领衬衫，圆领裂开一道口子，像张饥饿的嘴巴，左手还抓着一块等待发射的泥块，他有一双锐利的鹰眼，仿佛到了晚上能发射出幽光。尾随司令的还有团长，团长左手提着裤头，右手插着裤兜，满脸黑色污垢，像爬过烟囱又滚过砖窑一样邋遢。河湾镇三个吊儿郎当的一块儿玩到大的少年——司令、团长、兵头。他们平日里爱玩些枪战游戏，爱看抗战电影。他们仁中，司令最大，独断专横，做事果断，颇有少年大将的性格。团长永远是追随司令的忠实队友，他服从司令，唯命是从，司令走到哪里他就跟到哪里。司令呵斥团长："别他妈像条跟屁虫一样。"团长狡黠地笑了笑，转过头来指着兵头的额头呵斥道："说你呢，死兵头，别像条跟屁虫那样跟着我们。"兵头沉默寡言，无言以对，他想象自己就是兵，遵守一个士兵的纪律。后来，他们自取了"司令""团长""兵头"的称呼。习惯之后，大家都不去唤他们的真名了。

司令手里的泥块一会儿抛上，一会儿落下，他走到兵头前面说："日头落山就去粮所摆场，你去不去？"摆场的意思就是打群架。兵头站着还没吭声，好像魂魄刚被敲出来，还没有回到脑袋里。团长探出脑袋朝兵头嚷道："你是去，还是不去？"司令反手一巴掌扇到团长的左脸上，斥道："我在问他呢。"团长捂着热辣辣的脸退缩回去，不敢再吱声了。兵头挠着后脑勺，蓬乱的头发打着结，头皮屑在日光下泛着雪光。

兵头噎着口水说："去就去，谁说我不去的。"他把肚子往前一拱，挺直腰板，那个模样活像一只高傲打鸣的公鸡。

司令嘿嘿一笑，往脚下啐了口唾沫说："哼，还算你还有种。"

司令一回头飞身跳上断墙，等到站稳了，他把手往腰间一掏，抽出一把用木头削成的手枪，脸上露出狡黠的微笑。司令的父亲是个木匠，他爷爷以前也是木匠。他从爷爷那里初学了一点儿手艺就端出来臭显摆，看那粗糙的木手枪就知道他是个半桶水。司令用木手枪对准兵头，象征性地扣动扳机，嘴里发出"哔哔哔"的开枪声。

"开战啦！开战啦！"司令嚷道。

兵头接收到这一指令，马上双手抱紧着肚子，扭摆着身体，仿佛身中枪弹一样晃了几下，倒在地上抽搐起来，蹬了蹬腿，最后假装断气身亡。这就是他们常玩的枪战游戏。司令总是做老大，因为枪战游戏的规则就是他制订的；团长做老二，服从游戏；兵头垫底。兵头总是挨打的那个。团长指着佯装倒地的兵头哈哈大笑，那两颗长得像八字形的门牙羞羞地露出来。一转眼的工夫，司令就纵身一跃跳到了另一堵断墙上。团长也跟着翻上墙。兵头还躺在地面上，仿佛死尸一般。这时候，司令忽然停下来，高高地站立着，手搭凉棚眺望着街道的一头。

烈日骄阳之下，地面被天火烤着，扭扭曲曲的热浪从上面翻腾起来。这时候热浪里走出两个影子，一个身形娇小，娇小的旁边还有个更娇小的。两个娇小的身影摇摇晃晃，像要被太阳蒸发掉似的。司令从断墙上掰下一小块墙皮打躺地的兵头，说："别装死了，你看看谁来了？"兵头抬起脑袋，揉揉眼睛，看到黄珊珊牵着她家的老黄狗走了过来。黄珊珊是黄天祥的孙女，黄天祥是河湾镇的名医，大家都叫他黄医师。以前黄医师救过兵头的小命。那次兵头被一条发疯的眼镜蛇追着咬，咬伤了小腿肚。司令和团长把他抬到黄医师的门诊部。黄医师开刀剜掉他的一块肉，救了他。

兵头搔了搔小腿肚上那个结了疤的坑旯旯儿，往事历历在目，不禁打了几个冷战，他站起身说："黄珊珊，日头落山我们要去摆场，你去不去？"

"谁招惹你们了？"黄珊珊说。她把手上啃掉半截的黄瓜扔给老黄狗。

"紫荆镇那个鬼四。他家丢了两只老母鸡，硬说是我们偷去炖了。"兵头愤愤地说。

司令和团长从断墙上跳下来。团长没站稳，脚刚落地就打了个趔趄，结果一头往地面栽了个狗吃屎。司令瞅了团长一眼："瞧你个熊样。"他走到黄珊珊面前说："黄珊珊，你要是我们镇的人就跟着来，怕死的话就躲远点。不过，把你家老黄狗借我，咬死他们一个是一个。"

黄珊珊抱着老黄狗说："谁都不借。"

司令嘿嘿地笑了两下，眼神往下瞄，与老黄狗的眼珠对视着。老黄狗不啃黄瓜了，闭着狗嘴哼唧了两声就怵怵地往后退两步。司令似乎看出了老黄狗的胆怯，对着老黄狗轻蔑地一笑，说："你这个狗娘养的，也没有那个狗胆啊。"他失望地摆手说："算了吧，我们几个也够了。团长，把你哥也叫来。"团长立在墙边抠指甲上的泥，有些为难地说："不行啊。我哥要复习高考。"司令扭过半张脸看着他说："去年不是考了吗？"团长摇摇头："没考上。"司令嘀咕道："跟你一样没用。"

去年，团长的哥哥去市里高考，向司令伸手借了五十块零用钱。司令的钱，有的是偷家里的，有的是偷废铁卖了得来的。但凡有人跟他伸手借钱，他都借，但要还利息。团长的哥哥不敢跟父母要钱，怕被骂，于是向司令借了五十块，考完试就跑去网吧打游戏了。

司令说："团长，你哥也该还我钱了吧。这样吧，你回去告诉他，他要是跟我们一块去摆场，那些钱就不用还了。"

团长先是愣了一会儿，然后用衣袖在鼻尖唰地一抹，咧开有些惊讶的嘴，提着裤头转身就往家走，走出十几米就小跑着去了，生怕司令忽然反悔。司令把木手枪插进腰间，拍了拍，已经稳稳妥妥，遥望一眼蹿进热浪滚滚中的团长。团长已经蒸发掉了，看不见影子，接着司令也钻进热浪中。

2

兵头轻手轻脚地进了家门。父母还没有回家，他们挑上箩筐，骑着电动三轮车到市区贩卖蔬菜了，走前给他留了一碗白粥和一碟萝卜干放在灶台上。兵头推门走进厨房，看到一只黑猫唰地从灶台上跳下来夺门逃窜。那是团长家的黑猫，一只瘌痢猫，以前它长得很可爱，一身黑毛油光锃亮，走起路来扭着小细腿，像只猫中女王，但后来被司令用火烧了它那身漂亮的黑毛，它就变得很讨人厌了。它到处钻炉子扒灶台。那碗白粥被黑猫偷吃掉了一大口，萝卜干也撒在灶台上。兵头摸了摸瘪下去的肚皮，端起碗，就着剩下的萝卜干，啪啦啪啦两大口就舔个精光。他去揭开锅盖，锅里没有吃的，只有一摊泛着油光的浑水。他又想起了什么，走出厨房去到院子的角落里，从一堆砖头下取出一个黑色胶袋，翻开胶袋取出一本连环画。这本连环画没有封面，没有书目，里面画的都是在刀光剑影中穿梭的人物，旁边配有几行旁白。他父母不允许他看这类书，担心他从中学坏，抢着要烧掉。兵头就用黑色胶袋裹着书压在砖头下，他们不在家的时候就取出来看。

他靠着石榴树看着看着便睡着了。醒来后，他觉得脖颈痒痒的，像有什么东西在咬他，伸手一摸，摸下一条皱巴巴的萝卜干，还摸出一掌心金光闪闪的蚂蚁。蚂蚁冲他张牙舞爪，像要吃掉他似的。他慌忙地跳起来抖抖身，满脖子的蚂蚁就像金黄的沙子坠落下来。他愤愤地用脚乱踩，然后脱下裤头掏出小家伙撒了一泡金黄的尿。蚁群就像遭遇了洪水，溃不成军，四处逃窜了。

这时候，外面响起一声沙哑的狗吠。他听出来是黄珊珊家的老黄狗。

兵头打开家门，看到黄珊珊蹲着给老黄狗抓跳蚤。他说："黄珊珊，你在我家门口干吗？"

黄珊珊抬起头来说："我跟你一块去粮所啊。"

兵头疑惑地看着黄珊珊："你不是不敢去吗？"

黄珊珊站起来，搓了搓手说："我可以躲在旁边偷看啊。"

即将坠落的太阳就像那条老黄狗昏黄而苍茫的眼珠，辽阔而深远。阳光斜斜地从遥远的山崖里飞射过来，它跳跃着，欢乐着，像地面上洒了一泡老黄狗的焦黄的尿液，打在上面泛起了粼粼波光。兵头、黄珊珊和老黄狗，三个被斜阳拉得冗长的影子被投射在街面上别致地好看。

那是个被废弃的粮食储存所，处于河湾镇和紫荆镇的交界线上。以前这里是最富足、最盈满的地方，现在成了最荒凉、最破败的地方，放眼望去满目疮痍，残垣断壁，房梁瓦片稀稀落落隐没在蓬勃生长的杂草中。然而，这块地并没有被人遗忘，年初的时候，城里来了一支扶贫队伍，他们四处走访、察看，然后就在这些破墙壁上用红漆刷上"拆"字。兵头听父母说起过那些人，他还听说，他们打算用大锤子抢碎这些破屋旧墙，重新盖新房子，还要在粮所的广场上建个喷泉。兵头一听有喷泉就兴奋，他以前跟父亲去过城里一次，见过一次会发光发亮还有音乐的喷泉，这份记忆在脑海里是那么珍贵。

此时，司令、团长和团长的哥哥就站在那个广场上。紫荆镇来了五个人，领头的就是鬼四。鬼四曾是司令的同班同学，在学校里两人单挑干过不少狠架，因为性格顽劣，屡教不改，学校老师拿他们没办法，暂且赶回家让家长好好教导。再后来，司令和鬼四先后辍学，各自划地称王，形成了两足对立。除了鬼四还有点战斗的精神，胳膊和大腿都粗壮如柱之外，其他四个瘦削的伙伴就显得弱不禁风了，立在后面像被太阳晒蔫的四根竹竿，风一吹估计能吹倒两个。司令的嘴里叼着牙签，右手摸着腰间的木手枪，左手叉着腰，歪着脑袋窃窃地笑。团长微微仰起头，不知道他在望什么，但他的眼睛一直在注视着对面的五个人。团长的哥哥双手自然下垂，背稍微有点驼，听说是经常熬夜复习造成的。看他那手无缚鸡之力的呆样，就知道是一个弱书生，站着的时候都像是在打瞌睡。

两边阵势都站稳了。

鬼四往前站出来说："干不干？是不是承认做偷鸡贼了？"

司令的脸骤然一绷，吐掉牙签，牙签和唾沫粘在一块飞射出来，落在砖块上，他也踏出两步说："你狗嘴里满是屎，别废话，干就干，谁输了谁就是偷鸡贼。"

鬼四不甘示弱，撸起衣袖搭起架势也说："谁输了谁就是他妈的偷鸡贼。"

兵头与黄珊珊还躲在一块断墙后面静观其变，想着等到恰当时机再现身不迟。可是司令的那句话就像一道指令，混着魔法的音符似的，每个字音都那么清晰响亮，准确无误地冲进老黄狗的耳朵里。老黄狗曾经受过专业的训练，后来因为年迈退休，可是一旦接收到某些刺激的信息也能重新唤起它凶残的本性。它搛了擤鼻子，喷出两条浑浊的鼻涕，躁动起来，露出两排暗黄而尖利的狗牙，使出劲儿从断墙上一跃而起，跳到了众人面前。

司令立马往鬼四身上扑过去。两人顷刻间扭打成一团。团长、团长的哥哥和老黄狗都一拥而上。兵头是最后才跳出来的，他从墙背后跳出来的时候，他们已经混打成了一团。落日从他们的额头、脸蛋、胳膊和拳头上把余晖一丝丝地抽走，抽走的还有鼻血的腥味和鼻血的颜色。腥味随风而散，鲜红的鼻血变成暗红，暗红再变成紫黑，最后谁都认不出是谁的血了，谁都看不清是谁的额头、脸蛋、胳膊和拳头了。天上地下，银灰色与铜黄色交织成形，如一张巨大的薄膜罩在粮所上空。

这时候，有个人握着手电筒站在粮所门口大喊一句："谁在打架？"

那个声音尖脆响亮，像把铁锤敲在金钟上。兵头认得那个声音，是苏队长的。苏队长摇着电筒的光亮照射过来，往四周扫一扫，却不见人影了。

他们呼哧带喘，连蹦带跳，一眨眼的工夫便都逃散了，逃得比老鼠还快，躲得比光还迅速。那时候被抓到打群架是要受到派出所的处罚的。

兵头跑到桥头时才想起来落下了黄珊珊，他掉头摸着黑原路返回。他不担忧黄珊珊迷路。黄珊珊比谁都熟悉周围的道路，她经常牵着老黄狗在这里溜达散步。兵头担忧的是黄珊珊被鬼四那帮浑小子绑了去，受尽侮辱与欺凌。她是无辜的，她要是有个三长两短，有个闪失，哪怕掉根头发，黄医师定会剥了他的皮。兵头想到这里，浑身打起哆嗦，走到刚才躲避的那堵墙边。黄珊珊没在那里，她也不可能还蹲在原地等他。他闻到了一股弥久不散的狗臊味。他抬起脑袋，鼻孔朝上，一路寻着空气流动的方向，像狗鼻子一样捕捉着飘散在空气中细微的味道。一丝丝的气味飘进他的鼻孔，他吸溜着鼻子，仿佛真能分辨出黄珊珊的体味和老黄狗的臊味似的。可有时候那两种气味又是混搭在一块从门口飘过来的。兵头连连打了两个喷嚏。

兵头焦急了，孤零零地站在粮所入口东张西望，不知所措，一边挠着头，一边瞪大眼睛钻到黑暗中。但周遭昏黑一片，望也望不见，五米开外难见人影。月光弱得还不如瞎狗的目光，萤火虫的光芒都亮过月光的。他转身往回走。他想，说不定黄珊珊已经溜回家吃饭去了。他刚转回身，身后忽然响起一声老黄狗的苍茫的叫唤。老黄狗从老远就闻到了兵头身上飘散出来的一身臊气——它在跳出断墙下去战斗的那一刻就往兵头的解放鞋上滋了一道信号尿。兵头没有发觉。他走上前一看，果然是黄珊珊和老黄狗。

兵头松了一口气，说："黄珊珊，总算找到你了。"

黄珊珊牵着狗继续走："找我干吗？我去找狗了。"

兵头跟在她后面："担心你被鬼四掳过去啊！"

黄珊珊拉住狗，人和狗都立住，两个脑袋抬起来看着兵头。兵头高出黄珊珊一个脑袋。三张脸相互对视。黄珊珊倔强地说："我才不怕鬼四。"

3

星河终于在夜空中强势地拉开阵势，浩浩荡荡各站一边。银闪闪的繁星像一串串雪亮的挂坠珠儿悬在锅底上，把白昼里吸取的日光都盈溢出来，漏下人间。这时候的人间最是清幽，最是银白。兵头挨着院子的石榴树，两眼眺望着天，手里抓着一根热过的玉米棒。他啃一口玉米棒，就望一眼无垠的夜空，水盈盈的眼珠发光发亮，仿佛要跳出来。他抓着树干爬到枝节处，伸着脑袋往大湾河岸眺望。

河岸上种植着大片的玉米，那是苏队长家承包种的。苏队长是以前公社时期的队长——现在不叫公社了，但大家还是习惯尊称他苏队长。他家的玉米比谁家的都长得势头好，秆子也粗。金黄娇嫩的玉米在深夜里大胆地裸露着，窸窸窣窣地吮吸着甘醇的晚露，汲取着晶莹的月光，饱满硕大的籽粒泛着淡淡的光芒。恰到时节，金光吸引了一群萤火虫在玉米地里绕来绕去，流连忘返。这时候的大湾河右岸上空就像披上了一层金色的薄纱衣，格外美观。

门吱一声开了。兵头的父母挑着笼筐走进来，三轮车则停在门口的车棚下。兵头抓着石榴树的枝干跳落到院子里，跑过去看母亲的笼筐。笼筐很大，足以将他装进去。母亲的笼筐里什么都没有。他又跑过去看父亲的笼筐，希望能从笼筐里看到零食，最好是一包爆米花。可他寻了几回，两个人的笼筐什么都没有，两手摸下去尽是残存余温的细碎泥土。

正当兵头大失所望时，后脑勺又挨了手指骨的一敲，发出一声脆响。他一回头，看到父亲那张凶狠的大脸。父亲的手指骨很硬，像个榔头。父亲质问道："听说你们又去打架了？"兵头摸着后脑勺怔住了，僵硬着，不敢出声。父亲把木扁担抓在手中，立在他的眼前就像一根惩戒恶人的法器。父亲很严肃，可能因为过于严肃，所以他的脸色有点吓人。

兵头的母亲把一块猪腿肉吊在厨房的挂钩上，她朝院子嚷道："兵头你进来烧水。"兵头一转身便躲进了厨房。父亲还在嘀咕着什么，但他已经不想听见了，一把柴火一把柴火往炉子里塞，塞得盈盈满满，塞得差点把火苗压灭。兵头坐着发呆，眼睛盯着炉膛，盯着小火逐渐变大，火光逐渐明亮，直到火苗往炉口溢出来，到最后扑哧响亮蹿着出来。火光辣着他的脸了，他往后挪了一步凳子，用手上的木柴挑着金黄的火苗。很快，木柴也着火了。

到了后半夜，星河收将起来了，东边的云翳就像沾了老黄狗的尿液，也逐渐浸得淡黄淡黄的，直到散逸的一股尿臊味把太阳从深坳里呛出来，跳到了山巅上。兵头在葡萄棚下的藤床里睡了整晚。酷热的天在喷火，屋里就像一个蒸笼，他经常睡到夜半就浑身汗涔涔地醒来。他从电影里学会了结藤床，在林子里砍回来一捆捆的树藤堆在门口，虽然那藤床编得马马虎虎，漏出一个个的大洞小洞，但也结实，足够承受他的重量。醒来的时候，天光大亮，他父母已经离开家了，院子里的箩筐担子都不见了，车也开走了。他走进厨房吃了粥和萝卜丝炒肉片。那只黑猫又蹲在灶台下想偷吃了，它睁着两个黑眼珠子看着他，扒了两爪灶墙，又伸着额头在灶墙上蹭了两下。兵头飞脚一踢，吓得黑猫跳上灶台，他踢了个空，黑猫一跃而起跳窗出去了。

司令和团长正趴在他家厨房的窗后，也被黑猫吓得跳开了两步远。

司令的左脸有瘀青，他冲着窗户喊："兵头，出笼啦，出笼啦。"

团长的额头留有抓痕，他也朝着窗户嚷："兵头出笼啦，出笼啦。"

大湾河面晶莹透亮，波光闪烁，仿佛夜空的繁星坠落到了河床里，成千上万发光发亮的球珠儿吐出光芒，把河里的鱼虾蚌蟹都诱惑上来。鱼虾们成群结队，兴奋地跃出水面，那股蹦跳的劲儿持续不断，像在耍着杂技，搅着欢腾。司令、团长和兵头早已经布下天罗地网，就等那些水底的傻愣儿们自投罗网。三人立在河中像三根木桩，盯着水面。有一只灰绿色的蜻蜓落在兵头的肩膀上停歇。兵头没有留意到那只蜻蜓，他看着欢快跳跃的鱼虾心里就激动，似乎等不及了，举着网兜往鱼虾的头顶就罩了下去。网兜一碰水面立马跳起一层层银光的水浪。兵头使劲一摁，把网兜往更深的水底压去，手把一转，来回转了两圈，然后顺势抬起，破水而出，自始至终一气呵成。但看网兜里已经擒住了十几条鱼虾，它们惊慌地蹦蹦跳跳，插翅难逃了。

兵头朝司令和团长咧嘴笑着，举起网兜向他俩展示收获的战果。

这时候司令勃然大怒，指着兵头破口大骂："死兵头。你脑子被鱼咬坏了还是被虾踢傻了？你把我的鱼都吓跑了。"兵头委屈地挠着脑袋，噘着嘴，不知道说什么好。团长也斜睨着眼看兵头，再看着滴水没沾的网兜。此时那些躲过一劫的鱼虾都跑得精光，连个影子都看不到了。三个人像木鱼似的傻站了半个上午，最后就捞着这十几条零星的鱼虾，最大的不过手掌那么宽，最小的像根小指。司令把手里的网兜扔回岸上，余怒未消地踢踏着河水走上来，团长也失望地跟着上了河岸。兵头并不生气，他接受司令与团长的批评，因为他知道，电影里或者枪战游戏里，他是他俩最忠诚的队友。

兵头把网兜里的鱼虾装在一个有水的塑料袋里，提着袋子跟着司令和团长的屁股后面小跑着追上去。三人先后在田埂上走着，脚下有一条涓涓细流形成的水沟，汩汩水声宛如一首田园乐曲。司令走在前头，伴着乐曲迎着吹来的风张开了双手，摆出飞机翱翔的姿势。排后的团长就应和上，嘴里发出"嗡嗡嗡"的飞机引擎声。兵头什么都没做，他小心翼翼地提着塑料袋，袋里的鱼虾仍在不安分地跳跃着，冲撞着，想要逃跑。收获到的这十几条鱼虾就是他们中午的午餐了，果腹是不够的，仅当是打打牙祭罢了。

晌午的风吹着枯黄与墨青相间的玉米秆儿，一排排地齐头并进，波浪似的滚滚而来。兵头挨着秆儿走，每一层波浪都打在他那乱蓬蓬的脑瓜上。他感到浑身清爽，就像跳进河里洗了个澡。他以前经常在河里洗澡，但是自从有人淹死在河里之后，兵头就再也不敢下河洗澡了。他的母亲吓唬过他，说那是水鬼把人拉下去的。司令和团长都不相信他母亲的话。司令指着兵头的额头说："兵头你妈她知道什么水鬼？只有我司令才知晓水里有没有鬼，我说没有就是没有。"兵头点点头，撸起袖子把鼻涕一把甩到墙皮上。

玉米的醇香扑进兵头的鼻孔，扑进鼻孔的还有秆子下面撒的猪粪和鸡粪的呛味。盈满满、嫩黄黄的籽粒从壳里暴露出来，一排排、层层叠叠地袒露着，像是女人的肚皮，一粒比一粒光滑透亮，一个肚皮比一个肚皮嫩滑，在日光之下不显羞涩。他没有想到过这么多小肚皮叠在一起是什么场景，但眼前摇曳的娇嫩的黄色却是一番美不胜收的景象，不仅乍现丝丝缕缕的光芒，而且那些光芒似乎唾手可得。兵头立住了，凑过一张脸去，脸挨着玉米棒，仿佛挨着许多嫩黄的小肚皮，滑溜溜的感觉，就像往身上抹了皂角汁，渗入他的皮肤。

"兵头，你发什么呆，想要饿死你家爸爸吗？"司令嚷道。

"兵头，你发什么呆，想要饿死你家爷爷吗？"团长也嚷道。

司令反手一巴掌扇到团长的脑门上，喝道："你这个孙子。"

三人走进了一棵大松树的阴影下，树下有一座坟。兵头记得这是苏队长家的坟，坟里埋着苏队长的父亲。他父亲生前也是河湾镇的人物，也做过公社队长，后来苏队长接过父亲的班，子承父业。看着这坟，有好久没整理了，长满了猪笼草。坟头后面有一个小土墩，土墩后面有几个荒废的菜园子。司令刨干净一块空地，用木棍搭起两个支架。团长爬到后面的菜园子拾柴火去了。兵头握着小刀削着竹签，把十几条鱼虾分开串起来，摆在一块光滑的石头上。兵头掰着手指计算着，七条鱼，十只虾，怎么算都平分不了三份。团长抱着干柴回来的时候还挖了五根番薯。司令看着哈哈笑了："加餐加餐。兵头，别数手指了，赶紧拿番薯去洗干净，我都快饿晕了。"

五根番薯都是野生的，长得特粗壮，像是吃杂粮长大的男人一样结实。兵头蹲在水沟旁盯着番薯入了神。这时候，玉米地里出现一个人影，兵头一抬头就看到了鬼四。鬼四鬼鬼祟祟地躲在玉米地里，不知要做什么。兵头看着鬼四的时候，鬼四也注视着他。等兵头站起来，鬼四倏地一闪躲进玉米地里不见了。兵头抱起番薯转身跑回松树下。

"我看到鬼四了。"兵头指着沙沙作响的玉米地。

"还有谁？"司令问道，他踮着脚尖往地里张望。

"就他一个。"兵头说。

玉米秆子在风的吹拂下一浪翻卷着一浪，人走进去很快就会被淹掉了。

兵头把抱着的番薯插上一根根竹签，分成三份放在石块上。团长点燃松针，叠上竹叶，再加上干柴，那堆干柴很快就燃烧成了一堆篝火。这顿野餐仅仅是一次美好的小享受。以前他们组队的时候，就立有规矩：司令是头领，所以分量最大，五只虾、四条鱼、两根番薯；其次是团长，三只虾、两条鱼、两根番薯；最小份的是兵头，两只虾、一条鱼、一根番薯。司令打着饱嗝，摸着肚皮说："兵头，别说我欺负你，你不用吃那么多，吃那么一点也能把你撑大。"兵头不吭声，左手捏着那只没有吃完的虾，坐在坟头上，两脚摊开，目光遥望着亮如纸片的河面。司令削了根竹子当作牙签，叼在嘴里，然后躺在地上，眯着眼，想睡个午觉。

细碎的阳光穿过松针，漏在司令的脑门上，像凿穿出来的时间之洞。司令是个留守儿童，他父母亲远在北京，十年前就北漂了，多年来杳无音信，一个电话也没有。父母北漂时，司令才六岁，他跟着爷爷奶奶一块生活。司令是野性子，爷爷奶奶管不住他，就任由他到处游荡，惹是生非。家里人也懒得管他了。后来，他爷爷劝他去苏队长那里帮忙，说苏队长经常要散工，招来替自家干活，有工钱，还管饭。于是，司令跟过苏队长一段日子，修过村头的水泥路，挖过村尾的厕所，盖过砖房，拉过电线，打过水井，但水井还没挖出水他就中途逃跑了，气得苏队长破口大骂。

"是鬼四，我看到鬼四了。"团长跳起来望着玉米地喊道。

司令也醒了。兵头站到坟头上伸长细脖颈张望。司令往前走两步，看到鬼四立在田埂的那一端。鬼四身上披着塑料薄膜，头戴焦黄的草帽，目光灼灼，朝他们望过来。鬼四没有玉米秆儿长得高，只要风一吹，前排的玉米秆儿就会把他的身影淹没。等到司令走下田埂时，鬼四已经不见人影了。司令回到松树下，来回踱着步，忽然叉着腰说："鬼四那孙子在跟我们玩捉迷藏。我一把火烧了这些玉米秆，看我怎么把他烧成灰，烧成鬼。"

篝火已经被兵头撒了一泡尿给浇灭了。司令回头看时，那堆篝火正冒着一缕缕的紫烟。

4

三人吹着口哨往街道的方向走。逶迤曲折的田间小路穿梭在玉米地里。走着走着，司令索性把衣服脱掉，露出他那铜黄色的身体。他举起衣服在头顶上挥舞着，然后缠在额头上，来回缠了两圈，在后脑勺系个结，就像电影里小兵张嘎的模样。腰间的木手枪威武地亮出来。司令一脚一个正步，昂首挺胸，但那样子像只滑稽的唐老鸭。团长追随着司令，二话不说脱掉短袖衫，挂在一根插在玉米地的小竹竿上，他高高地举着竹竿，让短袖衫在半空中像面旗帜一样随风飘扬。团长摇着竹竿，回头冲兵头招手，示意他赶紧跟上前进的队伍。兵头还在嚼着那半根番薯，番薯烤得半生不熟，他又不舍得扔掉，但也难咽进肚子里。他不想脱衣服，害怕玉米地里的蛇虫鼠蚁跳上来咬他。他上次被眼镜蛇追着咬，就因为他脱了衣服，挥着衣服惹恼了它，才遭了罪。兵头回想起眼镜蛇的那张大毒嘴，那两颗钢钉似的尖牙，还有追过来的那种发疯的凶狠样，就毛骨悚然了，立马扔掉手上的番薯赶紧追上前去。

他们刚爬上桥头就望见了黄医师和黄珊珊。黄医师踩着一辆大号的永久牌自行车从桥上迎风而来，后座上坐着黄珊珊。黄珊珊的手里抓着一根细绳子，绳子末端系着一只黄色的气球。司令又起了鬼念头，一手夺过团长的竹竿，挥舞起来，他想要拦截黄医师。黄医师远远地摁响铃铛。自行车的铃铛声就像炸开的子弹一样铿锵响亮，震得兵头连忙捂着耳朵。黄医师的车速没有减下来，似乎要冲破司令的拦截，于是大声嚷道："滚开滚开，撞死你们这些打摆子鬼。"司令被吓退了，快速闪到路边。自行车冲下来的时候，扬起了地面上的尘埃。车轮碾过，飞沙走石。等到尘埃都飘散之后，黄医师和黄珊珊的影子已经走远，但车轮压过一块砖头时，整辆车一颠簸，黄珊珊手中的气球便挣脱了，徐徐地往天上飘去。此时，自行车已经消失在了热浪里。

兵头盯着飘上飘下的气球，也跟着司令和团长往前走去。三人的目光同时落在那只气球上。气球落在前面一座破庙的顶上，像被什么钩住了。那座庙以前香火不断，但在"文化大革命"期间遭到破坏，庙顶被掀掉一大块，西边的一堵墙被轰出一个大窟窿，猪啊牛啊狗啊能自由进出。供奉在庙里的神像早就被抬到大湾河沉底了。四十多年过去了，这座庙没被重新修葺，现在则成了苏队长家放置农具与木柴的地方。

兵头又看到了墙上写着一个巨大的"拆"字，他若有所思，想要念出来，但只是嚅动了一下嘴唇，并没有读出声，生怕又被司令与团长取笑。他知道这个字是那些从城里来的扶贫人员刷上去的。他每天都留意着那些人都在干什么。他看到苏队长也混在他们的队伍里，而且这个"拆"字就是苏队长拎着红漆的桶，看着别人写上去的。

团长从庙里找来一把木梯子，搁在庙门前，他抬起头掂量了一下高度，一只脚刚踩在梯子上就缩回来。司令跨坐在庙前的小石狮上，说："兵头，你上去。我和团长在下面接应你。"兵头吐掉嘴里的草根，走过去。团长就挪步到了一旁。兵头模仿了团长刚才掂量庙门高度的样子，扭过脸看着他。团长哼唧一声骂道："这小狗东西。"兵头提了提垂下去的裤头，把衣服掖进裤头里系稳，两手抓住梯子的两边开始往上爬。兵头是他们仨里最擅长爬树的，他的手臂比普通人的长，普通人是脚长手短，他是脚短手长，能摸到膝盖，攀在枝干上就像一只通臂猿猴。以前他们钻到山林里偷枇杷、柚子，兵头总是爬得最高的，有时候能从这条枝干跳到那条枝干，双手抓得稳稳当当，倒挂的姿势也很得意、霸道。这个绝技在他们当中混得了诨号"小飞猴"，但后来这个诨号被叫腻了，就被"兵头"取代了，一直到现在没有变过。由此，兵头的绝技也就折损了几分。

"兵头，你狗东西真是厉害，什么都能爬，要是给你一双翅膀，我看你就能上天了。"司令手搭凉棚看着兵头说。

"兵头，给你一根棍子，把钩住气球的绳子打下来。"团长在下面给兵头举着细棍子说。

"把绳子打掉，气球就飞走了，蠢猪。"司令说道，"兵头，别怕，爬过去拿，组织相信你能行的。"

兵头小心翼翼地在庙顶上爬着，爬行的姿势像条蠕动的毛毛虫。因为遭遇破坏，年久失修，庙顶的瓦片都不结实了，稍微大点力气就能掀掉几片瓦。他屏住呼吸，爬得很缓慢，似乎从没有过的恐惧忽然袭上心头。他最后爬到了最高点，站上最高点的位置能一眼望全整片玉米地，以及看到大湾河波光粼粼的水面。兵头忍不住地往远处眺望。热风吹拂，玉米秆儿沙沙地响成一片，像万人欢呼、排山倒海的气势从这一头压到那一头，再从那一头扑打到大湾河面上。河水迅速地把那气势吞没掉，再归于平静。收获玉米的时节已经到来，苏队长提前贴出了招散工的公告。兵头也想混进队伍中去凑凑热闹。前两年，这块地种什么都是歉收的，第一年种了蔬菜，却遭了水灾，全部葬身鱼腹；第二年种了油菜花，没遭水灾，遭了大面积的烂根。这一年，看这些玉米的势头，苏队长很有信心，他扇着草帽说："只要没有什么虫灾水灾，今年定能大丰收，眼红死你们。"

兵头的手指勾到了气球的绳子。他把绳子捏在两指之间，能感到气球往上拉的力量，像是被太阳往上吸似的，想要挣脱他的手。他把绳子缠在手腕上，系个结。这时候，兵头朝下面的司令和团长挥了挥手，好像在说"我拿到了"。

"兵头，你快下来。"团长催促道。

"兵头，你把绳子绑在瓦片上抛下来。"司令吩咐道。

兵头没有吭声，好像没有听到下面的指令似的。他不挥手了，把手往下放，气球的力量就往上拉；把手再往上抬，气球就跟着上升了。他觉得有趣，于是把手移动到左边，下面的司令和团长就往左边走两步；他的手移动到右边，司令和团长就往右边走两步。兵头想到了拿肉包子戏耍老黄狗的情景，心里偷偷乐着。这时候，兵头的手停在眼前正中央，司令和团长也直直地立住了。他第一次站在高高的地方俯视司令和团长，挥手示意的时候仿佛拥有了某种权力和力量，能控制他们的行动。他迷恋这种力量，感受到了居高临下的凛凛威风。兵头想，怪不得司令总在团长和他面前颐指气使，原来也是因为恋着这种力量。兵头的眼睛注视着黄色的气球，手臂又在上下摆动起来，像机械的手臂，笔直匀速，然后眼神也随之上下移动。他看着司令与团长的呆样就咧嘴笑了，两瓣嘴唇也快被太阳蒸干水分似的，出现了一层层的皱皮，但他的目光是那么的怅然与飘忽，布满浑浊的云翳，眨一眨眼仿佛能打出闪电来。

"兵头，你是不是吓傻了不敢下来？"团长哈哈大笑了。

"兵头，你他妈的赶紧下来，把我的气球拿下来。"司令却怒了。

5

气球炸裂成十几块碎片纷纷飘落到司令和团长的脚下。

煎油饼似的太阳仿佛也在热锅子里煮到炸碎，坠落到河湾远处，吱啦一声冒出滚滚烟雾。烟雾弥散在河岸，笼罩着玉米地和庙宇的穹顶。天一下子阴凉下来，月光也照出圆鼓鼓的形状。兵头还坐在庙顶上，眼皮一会儿耷拉下来，一会儿又支撑上去。整个人像被太阳蒸蔫了，皱巴巴、软绵绵地埋在两个耸起来的膝盖之间。司令和团长走进庙里，在那个干涸的天池底下生起一堆火。搁在庙门前的木梯子已被司令取走，拆成木柴扔到天池的火堆里，他是绝不想让兵头再活生生地下来了。

夜幕降临，团长不知从谁家的地里偷来了两个西瓜。砸开瓜脑时，有一个还没有成熟，瓜瓤还是寡白寡白的，籽粒嫩得嵌在瓢里，几乎看不出来。司令往瓜里啐了一口唾沫，把这个不成熟的西瓜捧出来，砸向庙顶，砸向兵头。西瓜砸到庙顶上又滚落下来，啪啦一声摔地上，成了一摊瓜泥。

司令看着兵头说："看你能熬到几时，除非你长翅膀飞下来，不然就别想下地了。"

兵头伏在膝盖上，无动于衷。

另一个西瓜恰好熟透了，瓜瓢红里透红，砸开溅出来的汁水都散出一股清甜的气味。"真是吸取了天地灵气、日月精华的好瓜。"司令一边吸溜溜地吃着瓜，一边夸奖道。

"兵头，饿了吧？下来吃瓜。"团长举着一块红瓢的瓜对兵头说道。

兵头往下面瞄，肚子早就打起了响鼓，咕噜噜地在耳畔响起。他的目光坠落到红瓜瓢上，瓜瓢在他眼前发着绯红的光，像一块炸猪腿，被团长高高地捧在手里给他奉上。他伸手想去抓它，却抓着一个饿晕的虚影，一抓便散了。屁股一挪动，几块瓦片就哗啦啦地滑落下来，冲着团长劈头盖脸砸去。团长惊慌地躲掉瓦片，气冲冲地骂道："该死的兵头，你要谋杀老子啊。"

兵头咽下唾液说："我不下去，下去我就上不来了。"

司令一边嚼着瓜瓢一边说："别替他担心，兵头是石头里蹦出来的，哪会饿？"

团长端着瓜愤愤地坐回去，吧唧一下把瓜摔到地上："喂狗也不给你留了。"

兵头蹲在庙顶上，眼睛一直遥望着浩渺的天际，从银白到浅墨，再到深黑。他也想知道为何留恋这个高高的庙顶，或许站在这个高度能俯视司令和团长吧。他想要威风一次。这是他以前做不到的事。过去都是司令指挥团长，团长再指挥兵头，这是他们之间的游戏规则，不能擅自更改。兵头谁都指挥不了，他想要指挥玉米秆子下纳凉的眼镜蛇，改变游戏规则，最终遭了一毒口。现在他终于可以站在庙顶指挥他俩一回了。

他有些熬不住困倦了，脸搭在手背上。这天居然降下了晚露，露水丝丝凉凉地沾在他余热未消的脸颊上，立马就化成流淌的水珠，一滴滴地淌进他的嘴里。兵头吧嗒着嘴巴，像在啃着瓜瓢，尝出了露水的甜味。他侧了一下脑袋，脸朝上，张大嘴巴，一口一口地张合着，吞咽着，像要吃掉那降露水的天似的。他遥望着远处，但看那墨黑的穹顶之下，瀑布般泻下来的月光倾注到了玉米地里。他缓慢地翕动眼皮，仿佛看到金黄金黄的玉米棒跟他一样张大口吞食着天地灵气、日月精华，直到把干瘪的肚皮吃得如同鼓胀的气球。鼓囊囊的肚皮都是光滑娇嫩、惹人怜爱的，动起来上下摇摆，挤一挤就能流出浓稠飘香的汁液。他想要舔着那淌进嘴巴的汁液，张大口接住，他甚至还要跳起来欢快地舞蹈，张开双手，挖挲开双脚跑啊，跳啊，扑通一声扑倒在玉米地里，翻滚再翻滚，乐此不疲，惊飞了一群玩耍的萤火虫，萤光闪闪，满天飞旋……

这时候，老黄狗的一声仰天咆哮灌进兵头的耳朵，轰隆隆地打着旋又弹出来。黄珊珊也跑过来了。他听到了黄珊珊的呼声。黄珊珊在下面嘶声地喊道："兵头，你赶紧下来。"

兵头揉揉眼睛，一股呛人的浓烟立马往他的眉头蹿上来。

庙里燃起了火，他脚下成了一片火海。

司令和团长都不见人影了。

火苗呼哧呼哧地往上蹿，随时都能将他烧成烤猪。火光照亮了庙前的空地。空地上有十来个人提着水桶，一桶一桶往火堆里泼水。兵头伸着脑袋往慌乱的人群里瞄。他看到了苏队长，看到了他的父亲母亲。父亲光着膀子，汗如雨下，母亲浑身湿透了，像从河里冒出来的。他家的三轮车停在路边，四个笋筐叠在一起。黄珊珊蹲在老黄狗的身边哇哇大哭，老黄狗伸出舌头舔着黄珊珊脸上的泪水。兵头听得最清晰的其实是黄珊珊的哭声，是黄珊珊的哭声在提醒他不下来就会被烧成灰。但此时他已经无处可逃，往哪儿跳都可能葬身火海。

黄珊珊又朝庙顶大声喊："兵头，你不下来会被烧死的。"

兵头犹豫了一会儿，抬高腿僵在半空，像在丈量跳的高度和想着该往哪儿跳似的。事实上，他不是要跳，而是在活络一下久蹲造成的麻痹的腿。这时候，兵头朝着下面忙乱的人挥起手来，这一次挥手没让人看明白他想干什么。大家也都没有工夫停下来。兵头也没有停下来，他移着脚步，踮起脚尖走在庙顶上，像只走钢丝的猴子。走着走着，他索性模仿起猴样，扭下腰挠着脸，龇牙咧嘴，看着鼻涕眼泪滚滚而下的黄珊珊……

有人在下面指着上面说："兵头那个傻小子在耍杂技啊！"

有人摇摇头叹口气说："兵头这个傻小子肯定会被烧成烤猪！"

…………

火熄灭了。

火不是用水浇灭的。

火是自灭的。

兵头的两只小腿肚受了轻微的烧伤，其他地方都完好无损。

三天之后，兵头站在已经被烧成废墟的庙前遇到了司令和团长。

司令追问兵头："那天你是怎么下来的？大火是怎么被浇灭的？"兵头回过头看着坍塌的庙，再看着司令说："忘记了。"他吸溜了两下鼻子，撸起裤管让司令和团长看他的小腿肚，烧伤的痕迹皱巴巴的，像刮掉鳞片的鱼肚皮。

司令叫兵头把裤管拉下去，看着恶心，他挨近兵头，拍着兵头的肩膀说："知道那把火是谁放的吗？告诉你，是鬼四放的。"这时候，团长想插话，却被司令瞪了一眼。司令继续编着故事："鬼四看到我和团长去田里偷瓜了，就从西墙那个大狗洞里钻进来把庙里的干柴都点燃了。我们抱着瓜走回来的时候，火势已经失去控制了，往死里蹿着。"司令停了会儿，观察了一眼兵头，兵头毫无反应。司令接着说："我不能见死不救，但又不能喊救命，一喊救命，人来了看到我和团长抱着瓜，不就等于把自己往火坑里推吗？傻瓜才会这么做，你说是不是啊兵头？"兵头愣愣地点头，他没有怀疑过司令，按照游戏规则，他只能听从司令。

司令又拍了拍兵头的肩膀说："于是我就告诉了黄珊珊，让黄珊珊叫人来救你，不是兄弟们不救你。"

兵头看看团长，团长不看他，转移视线，没说其他话了。

火是鬼四放的，庙是鬼四烧的——这话很快就被团长编成故事传播出去了。

那天中午，太阳像在喷火。司令和团长靠在墙角下滚龙须。那几撮龙须是团长从玉米棒里撕下来的缨丝。团长还撕了几张他哥哥的作业纸，裁成十多张小方块，都用来滚龙须。司令卷了一根拇指一样粗的须烟递给兵头："补偿你的，狗日的有口福了。"兵头伸手接住须烟，闻了闻，然后露出笑脸。团长给司令点着烟，看着他吞吐了几口，再给自己点上。兵头看到团长满脸的烟雾缭绕，也伸过须烟给他点。团长把火吹灭，给兵头丢来火柴盒，冷冷地说："自己动手。"

"可恶的鬼四。"司令忽然说道，"兵头，鬼四差点烧死你，要不要找他报仇？"

兵头摸了摸小腿肚的伤痕，嗯了一声，一股烟立马蹿进他的鼻孔，呛得他连连咳嗽。

"瞧你那猴样。不会还学人抽烟。"团长得意地笑道。

"可怜的兵头。"司令也笑道，"不要急。君子报仇，十年不晚。"

司令把烟头摁灭在墙壁上，往墙外探头探脑。火辣的太阳，寂静的晌午，街上连狗的影子都不见有。司令纵身一跳就出去了。团长弹飞了还冒烟的烟头，接着也跳了出去，然后两人吹着口哨扬长而去。

6

后来，兵头的父母去找了苏队长，他父亲对苏队长说："等兵头的脚伤痊愈后就让他跟着散工们去玉米地里抓蝗虫。小小年纪不能整天无所事事，跟着别人学坏；学习方面已经掉队了，不能劳动方面也掉队。"他父亲抓着苏队长的手说："苏队长，让他跟着你锻炼锻炼，不收你散工的钱，管他吃顿饱饭就便宜那个不孝子了。"苏队长没说话，他走到兵头前面，乜斜眼打量他一会儿，伸手捏了两下兵头的肩膀，说："后天来找我。"

不知道是哪一天，一群蝗虫从天而降。它们哪儿都不去，只蹦到苏队长家的玉米地里来捣乱，胡搅蛮缠。苏队长急忙召集一批散工，结网兜，编网袋，集结后下到玉米地里。他抓着扩音器在街道上高声喊："无论你有工作还是没工作，无论你是大人还是小鬼，想挣钱的都可以来，不想挣的就回你老婆窝子里打滚去。我老苏从来是英雄不问出处，能抓虫的就是老英雄、大英雄、小英雄。"这时候苏队长指着田埂上的兵头说："就连兵头这个狗日的都出来挣钱娶老婆了，你们那些东游西荡啃老的打摆子鬼不感到害臊吗？"

兵头坐在田埂上啃着指甲，斜眼看着苏队长。苏队长抓着扩音器喊话的样子就像一朵长在牛粪里的喇叭花，叭啦叭啦响。

"狗日的蝗虫一天比一天多，也不知道从哪个鸟地方逃难过来的，农药都毒不死。"苏队长站在桥头上嘟嘟哝哝道，然后指着兵头大声喊，"兵头，你的网兜呢？被蝗虫吃了，还是被你啃了？"

兵头把斜睨过去的目光挪开了，弯下腰从水沟里把网兜捞上来。

"别在我这里耍心眼，我看过的人比你吃过的米还多，你兵头肚子里钻着什么怪虫子，我一眼就看出来了。你爸妈把你免费交给我，我也不能让他们失望。这样吧，"苏队长从桥头上下来，跳到田埂上，站到兵头的身旁，指着地里那个举着网兜、腰间挂着网袋的年轻人喊道，"秀才，你过来。"那个叫秀才的年轻人就是团长的哥哥，他去年高考落榜了，今年夏天也落榜了，但还想明年卷土重来。大家见了他都称呼"秀才"。秀才听了满肚子酸楚。苏队长对秀才的父母说，秀才也不是学习的料，不如跟他一块干活，出来挣点钱补贴家用也好，娶个老婆，把脑袋用对地方，而不是用在学习和打架上面去。

苏队长一手抓着兵头的肩膀把他提起来，就像拎起一只阉割过的呆鸡，说："秀才，兵头就跟你一组。好好合作，好好抓虫，干得好加工钱，我也不再计较你们打群架的事，就当将功补过；要是干不好，让那些蝗虫吃了一棒玉米，我就扒了你们的皮。知道了吗？"

秀才低头驼背，那个姿势就像一个稻草人，呆呆的样子，应道："知道了。"

兵头抓着网兜杆子立在旁边，侧着脸看着有点窝囊的秀才，又看了一眼他腰间的网袋。网袋里装着四五只蝗虫，最大的有拇指那么大，趴在网格线上嘴里吐着烟草色的汁液；最小的跟牙签差不多，探出脑袋在磨牙。苏队长伸过手来拧住兵头的耳朵，往上一提，说："你呢？"兵头疼得把脑袋也往上提，踮起脚尖，叫苦道："知道了知道了。"

吩咐完之后，苏队长就坐到桥头那块奠基石碑上抽旱烟了，他吐烟拱起的嘴很像一张驴嘴，一圈圈的浓烟从他的嘴里吐出来。

秀才斜睨着兵头说："最好别再连累我，我还得复习考大学呢。"

兵头揉着那只被拧得通红的耳朵，拿起田埂上的网袋挂到腰上，看着秀才转身走进地里。他说："团长呢？"

秀才头也不回，拨开玉米秆走进去，愤愤地说："死了。"

经过两天的观察，这仅仅是小小的蝗灾，蝗虫飞来一拨又飞走一拨，把这里当成了中转站。但为了确保不会酿成巨大的蝗灾，苏队长又招来了一批散工。已是八月末尾，临近大面积收获玉米的时节，在这个节骨眼上要是遇到严重的蝗灾，苏队长肯定彻底破产。为了加快速度，尽早驱赶蝗虫，消灭蝗虫，苏队长把抓蝗队伍分成三拨，早中晚各一拨。傻瓜都知道，晚上那一拨基本没事可做，就是到地里敲敲铜锣，吓唬吓唬那些蝗虫，让它们惊慌而逃，到别处去作乱。

苏队长又把秀才和兵头叫过来，说："你俩得提着猪肉来感谢我，白天就不用你们抓了，改为晚上出来敲锣，便宜死你们了。秀才，把团长叫来，是他拉你入伙干群架的，就你来辛苦挣钱攒学费，他倒是在家提前养老啦。"苏队长又伸手拧了拧兵头的脸，说："狗东西会敲锣吗？"兵头乜着眼，说："狗才不会敲锣呢。"苏队长哈哈地笑了，说："那就让秀才好好教教你。"

天刚黑下来，团长就提着一面锣，抓着一支手电筒来找兵头。兵头从石榴树上跳下来，走出院子。团长一看到兵头，立马把铜锣塞到他手上，说："兵头，这事就交给你了。"兵头提着铜锣，接了棒槌，看着锣面在灯下打出雪亮的光，感觉有些激动，咧嘴笑了起来。"我知道你爱干这个。"团长说道。兵头往团长身后看，没见着其他人，拉回了目光说："秀才呢？"团长往地上啐了一口唾沫："他也死了。"

7

司令正坐在桥头上等团长和兵头。他卷了一根龙须，刚把它点燃就看到他俩朝他走来。他猛吸一口烟，吸得气头过大，把纸片给吸燃了，嘴边立马蹿起一团火。他把燃着的烟弹飞出去，在银灰色的夜空中画出一道发光的弧线，掉到了下面的水沟里。

司令从桥头上走下来，一手夺了兵头的铜锣，说："这个我擅长。"

三人走上田埂。司令说他白天看到了鬼四，鬼四也混在散工队里。司令又说他没去抓蝗虫并不代表没在观察蝗虫，他一直在周围观察，于是就观察到了鬼四。他说鬼四戴着一顶圆边草帽，用一块黑布遮住半张脸，只露出两只小眼睛，以为别人看不出来了。司令又说，他太了解鬼四了，放个屁都能闻得出是鬼四的，更何况鬼四天生有一双斗鸡眼呢。

司令转过身来拍着兵头的肩膀说："你报仇的机会来了。"兵头愣着没吭声。

团长应和道："我也看到了鬼四，鬼四是个机警狡猾的人，别看他白天很认真地抓虫，那都是障眼法，脑子里钻着那些报复的鬼念头，不得不防。"

团长安慰兵头说："别被鬼四吓着了。我跟司令罩着你呢。"

司令提着铜锣，转了两下棒槌，使劲往锣面上一敲，再一敲，又一敲。连续震耳欲聋的三敲，声波滚滚四射，玉米地里立马响起了窸窸窣窣的骚乱声。尖锐的锣声也撞到了残垣断壁上，打着旋儿扑回来的时候，又在玉米地里造成了第二波的震慑。兵头和团长都捂着耳朵，跟在司令身后，像是跟着一个深夜打更人，走在田埂上。

蝗虫最惧怕锣声的惊扰，锣声一响，它们成群结队地在玉米秆子间蹦蹦跳跳起来，扑棱棱地往上飞腾。扇翅的声音立马在耳畔萦绕起来。实际上藏在田间的蝗虫比想象中的还要多。兵头和团长都没有防备，遭到了蝗虫的攻击，被打个措手不及。头顶上，闷热的空气让人眩晕，到处瞎撞的蝗虫闹腾腾的。兵头举着两只手臂夹着脸颊和脑袋，生怕被蝗虫撕咬。他时不时挥动双手拂打爬在衣服上的蝗虫，一手扫下去，立马听到啪啦啦蝗虫掉地上的声音。有的蝗虫死死地咬着他的衣服，怎么甩都甩不掉。发疯的蝗虫什么都咬，跟眼镜蛇一样，疯癫起来令人胆寒。团长左手抓着手电筒往前照射着，右手放到脑袋上挥舞着，一边抓着，一边扇着，但是飞撞过来的蝗虫怎么扇都扇不完。这时候，兵头听到团长发出一声凄惨的喊叫。团长上蹿下跳，伸手进去裤裆里掏着什么。有一只蝗虫钻到他的裤裆里咬住他的命脉。团长在裤裆里左右搜了几回才把那只偷袭的毛贼抓在手中。"小狗东西！"团长大骂一句，然后使劲一捏，溅出一团汁液洒在地上。兵头幸灾乐祸地笑了。团长把蝗虫的尸体往兵头的身上砸了过来。

那个混战的情景出现得太过突然，谁都没有料到。兵头和团长有些招架不住了。那些蝗虫像是都疯掉了，一团团地往他俩身上蹦过来，像密集的雨点一样落到他们身上。司令在前面敲着锣，倒是丝毫无损，不仅没有受到攻击，而且蝗虫都不敢靠近他的身。

这时候，团长和兵头抱头鼠窜趴在玉米秆的下面，躲避着蝗虫疯狂的袭击，双手抱着脑袋，瑟瑟发抖。团长在惊慌失措之中把手电筒甩进了水沟里。手电筒光没有熄灭，在水沟里照射出了一条光道，把水底照耀得宛如水晶宫。那些蝗虫见到光便都猛扑上去，瞬间把整条水沟都占满，把电筒光都遮掩住了。水沟即刻黑下来。团长看到那些蝗虫拼命地扑到沟里，立刻撒腿就跑。兵头也跟着跑了。

锣声持续地敲响。很快地，这一批蝗虫被驱赶得所剩无几，它们群起飞走时，就像一团乌云从玉米地上一掠而过，震得秆子哗啦啦地响，但很快就消失踪影，剩下的残余部队不会再造成威胁了，等到明天早晨，散工们会来收拾这一晚的残局。

第二天早晨，水沟里浸满了蝗虫的尸体，铁锈色的和墨绿色的都混杂在一起，堆得像个小土丘，有的还在蹬着腿，扇着双翼，但已经无法再飞起来。蝗虫的尸体把水沟闸口都堵塞了，整条水沟被染成了烟草色。苏队长站在桥头上开始大骂："该死的蝗虫，集体自杀就到大湾河上去，跳到河里才壮观，偏偏选个小阴沟，死得真窝囊。你们几个赶紧把塞住的水沟通了，通完了还得继续把剩下的敌人都剿灭，一个都不能留了，留一个就是纵虎归山。"苏队长的那种语气，那种训话的架势，就像回到了公社时期，他往水沟里啐了一口唾沫，看着满沟的蝗虫感到一阵反胃："真恶心。"

早晨的工作开始了。散工们举着网兜挂着网袋走进玉米地里开始新一轮的清理工作。到了中午，苏队长吩咐几个年轻人去他家大院搬来三个大的空油桶，放置在田埂的三个角落上，再从附近的人家屋里讨了些干柴，又到河湾上割了些湿叶子，塞在油桶里面。这时候，苏队长看到司令、团长和兵头从路头走过来，他把嘴里叼着的烟头往地上一扔，抬起解放鞋尖碾灭，指着骂道："三个小浑蛋，把庙都给烧了，庙里的东西都是我家的，白白给我添了麻烦。"苏队长走到烧得只剩骨架的庙门口停住脚步，老远就冲着他们三人比手画脚，示意他们过去。司令停住了，没有理睬苏队长，一跃而起跳到断墙上坐着，甩着双腿，瞅都不瞅他一眼。苏队长曾经痛骂过司令。那一次是这样的：司令把团长家的两头壮年的母猪赶到玉米地里，把刚刚冒出地面的玉米秧子糟蹋了。苏队长气冲冲赶到地里，看到两头大母猪像推土机似的拱出了两条又深又长的大坑。有人向他举报说是司令把团长家的猪赶下去的。苏队长气急败坏，找到司令家来，拧着司令的胳膊，骂道："狗东西，看你做的好事，好好的苗子都被猪给拱了。"

团长和兵头犹豫了一会儿，最终还是违抗了命令，跟着司令跳到了断墙上。他们组成团队时就有言在先，无论遇到什么事、什么人，他们仨都要站在一起，都是一条绳上的蚂蚱。这是他们的游戏规则，兵头从来没有违背过，而司令有时候不按常理出牌，团长则跟随司令照做，这让兵头感觉有点不知如何是好。

第一轮清理完毕，两个年轻的男散工把坏掉的玉米棒装在两个箩筐里抬到苏队长跟前。满满的两大箩筐的玉米棒被咬得面目全非，汁液横流。苏队长看着两大箩筐，脸都耷拉下来了。他拿起一根还滴着嫩黄的汁液的玉米，细细地端详着，被咬烂的籽粒还残留着蝗虫的唾液，而且能看到一排排褐色的虫卵。他再把玉米棒高高地举起，对准晌午火辣辣的太阳，像是在对着天发起诅咒一样。

这时候，玉米地里传来了一个惊慌的声音："蝗虫又来啦！"

一团铁锈色的云团从天而降。那是新一批的蝗虫飞了过来。散工们立马慌乱起来，纷纷抓起网兜，朝天空上胡乱地挥舞、拍打。苏队长冲着他们三个喊道："兵头，赶紧去点油桶。"

一会儿之后，辛辣浓烈的烟雾迅速地在玉米地上空弥漫开来。兵头站在油桶旁边，手里抓着一根冒烟的湿柴，举到头顶画着烟圈圈。酷热的天空一下子就被烟雾笼罩了。团长取来铜锣，脑袋上套着一个透明的塑料袋，躲在桥头上叮叮当当地猛敲。苏队长嚷道："躲这么远有什么用，快到田里去！"团长没下地里，他被吓得东躲西藏。苏队长爬上桥头一把揪住团长的衣领，往田埂上一抛。团长像只蛤蟆似的趴在了地上，手里的铜锣和棒槌都掉到了水沟里。

玉米地上空已经阴影浮动了。蝗虫的主群还没有落地，在低空盘旋，或许是因为辛辣浓烈的烟雾让它们无法落脚做窝。这时候，蝗虫纷纷坠落到地面上，落地的蝗虫都是被烟雾熏下来的，它们跳着，蹦着，挣扎着。散工们上下兼顾，手脚并用，脚下拼命地踩，手上狠狠地摇。

奋战了大概一个小时，蝗虫的主群被成功击退了。那些已经落到玉米地里的，死的死，伤的伤，还能飞起来的也都纷纷腾空飞走了。

第二轮清理出来，啃掉的多半是顶部的青叶，下面的叶子已经枯黄，它们懒得下嘴了。散工们汇报上来说，一根玉米棒都没有损失。主要是蝗虫主群没有落地，都是那些饿疯的一撮小喽啰下来捣鬼。这次他们成功击退了敌人，苏队长一屁股坐在田头上，抹下额头上的一把汗，长舒了一口气，咕噜道："他妈的。"

下午和晚上的安排照旧。苏队长把兵头唤到跟前来，说道："兵头，你去院里把三个油桶盖取过来盖上去，防止风吹火灭，飞到玉米叶片上，就玩火自焚了。"兵头领了命令，刚转身要走，苏队长又把他唤住了，语气变得柔和起来："小狗蛋的，院子里的吊篮上有爆米花，你只能抓一把，不能全吞喽。"兵头惊喜地笑了起来，提起裤头跳到路上，站着回望了司令与团长一眼，就一扭一跑地去了。

太阳一落山，散工们都收工回家了。兵头拖着三个油桶盖哐当哐当地走来，走两步停两步，拖得累了就坐在油桶盖上，把一袋爆米花取出来，抓上一小把往嘴里送。兵头人小，嘴巴却很大，把腮帮子塞得鼓囊囊的，就像偷吃的田鼠。司令和团长趴在桥头等着兵头回来。等到兵头把油桶盖拖到他们眼前的时候，他已经把那一袋爆米花吃得精光。苏队长是最后一个离开地里的，他看到兵头扔到路边的那个袋子就明白了，瞅着他说："他妈的，一粒都不给老子留啊。"苏队长说着往他停放摩托车的墙边走去，他跨上车，吹起悠长的口哨一溜烟离开了。

锣声悠悠荡荡地响过三次之后，半个夜晚都归于寂静了。玉米地里窸窸窣窣的动静也不是蝗虫的，而是玉米秆子在吸溜溜地吸取着月光，长高长大。但到后半夜天忽然吹起了风，玉米地里又欢腾成了一片喧嚣的海洋。司令、团长和兵头都躺在大松树下呼呼大睡，把那闹腾的世界都抛到天上去了。团长背靠着松树，歪斜着脑袋，霸道地岔开两腿。司令的头枕在团长的大腿上当作枕头，四肢笔直，脸朝上，嘴里打着呼噜。兵头则趴在坟堆上，气息均匀，淌着口水，濡湿了半边衣领浑然不觉。一只鹧鸪从玉米地里飞到松树上，咕咕咕对着树下的三个人叫唤几声，都没人醒来，只得到了兵头梦中屁响的回应。鹧鸪蹦跳了两下，展开丰满的翅翼，翘着尾巴，一坨黑白银亮的粪便就落到了兵头的左脸上，然后扑棱一声往后面的菜园子飞过去了。兵头被鹧鸪的粪便热醒，他一手抹在粪便上，伸到鼻尖闻了闻，立马跑到水沟里冲洗脸和手。

8

晚风在沙沙地响，吹着玉米秆子在吱吱打架。这晚的风吹得古怪，好似有风眼在地头中央狂刮。那个声响像有什么东西咬断秆子发出来的，但是蝗虫大部分被驱逐了，不可能再返回来捣乱，然而那啪啦啪啦的响动确凿地从地里传来。兵头站在田埂上张望，想要迈进田里瞅瞅，却被一股劲风吹打在田边的玉米秆子上，秆子顺势抽打在他的脑门上。兵头摸着脑门觉得生疼，一步步被逼得往后退，最后又退回松树下了。他躺回司令和团长的身边，把头枕在团长的另一条大腿上，再次呼呼大睡起来。

等到日光辣疼了他们的眼帘，三人才揉着眼睛醒来。团长的两条腿被压得麻痹了，他使劲掐了两下，完全没了知觉。司令的左手还抓着那面铜锣的麻绳，棒槌却不知被甩到了哪里。兵头坐在石块上用手搓着脸，脸上没了鸟粪，他拉起衣领看了一眼，衣领浸着他的唾液，一夜过后就变硬了。硬的衣领散发出淡淡的粪便味。这时候，苏队长从老远的田头就骂声不迭："你们这几个狗东西给老子滚出来。兵头、团长最好都死了，没死就让老子抽死你们两个孙子。"苏队长的大嗓门吵到了在田里干活的散工们。他们都停下手上的活儿，朝树下张望。苏队长手里抓着两根玉米秆子大步流星地往松树下奔来，他把玉米秆子狠狠地摔在兵头的脚下，喝道："给老子解释一下，这是怎么回事？"

兵头回头瞅了瞅司令和团长。司令把铜锣放到地上，扭过头去不说话，一副与己无关的样子。团长吓得还愣在原地，还在掐着麻痹的腿。兵头回过头来乜斜了一眼苏队长，就弯下腰去捡起一根玉米秆子。秆子下端的截面很光滑，看得出来是被人用镰刀砍断的。截面上透着丝丝凉气，渗着滴滴汁液。玉米棒上的籽粒也都变色了，长出一个个斑点，而且还有大面积萎蔫干瘪的痕迹。

苏队长一手揪住兵头坚硬的衣领就往玉米地里拖进去。兵头甩着双手，但是反抗的力量丝毫没有作用。苏队长的手臂像一把大铁钳死死地把他铐牢，一直往田中腹地拖进去。兵头伸直双脚，蹬着地面，堆得脚下的泥土隆起两条路沟。带锯齿的叶片割破了兵头的脸颊。兵头闭着眼，扭着脑袋，但此时整个人似乎都被苏队长拎起来脱离了地面，等到被摔倒在地面上时，他看得惊呆了。玉米地的中央出现了一个空旷的大圆形，玉米秆子都倒了下来，横七竖八的，不成排也不成行，凌乱不堪。玉米棒都被捣烂了，扔到另一边，看模样比蝗虫啃出来的还要令人愤怒。兵头浑身打着哆嗦，不敢吱出半个声音。

苏队长一巴掌扇到兵头的脖颈上，怒喝道："看清楚了？是蝗虫咬的，还是哪个狗东西砍的？"没等兵头回答，苏队长继续追问："是虫咬的，还是刀砍的？"散工们也都不吭声，围在旁边看热闹。苏队长绕着兵头转了两圈，嘴里嘟嘟囔囔骂着。兵头委屈地垂着头，盯着屁股下面的玉米秆子和玉米棒。忽然，他想起了昨晚的那股怪风，是那股怪风出了问题？兵头扫了一眼周围，然后才把目光抬起来，看着苏队长，说："是怪风刮的。"苏队长探着脑袋，挨近兵头，厉声道："你说谁干的？"兵头咽下一口唾液，怵怵地说："怪风。"

整个上午，兵头都在清理被"怪风"席卷出来的残局。他把一捆捆的秆子抱到路边，放到一辆牛车上，把烂掉的玉米棒装在箩筐里。在日头的暴晒下，五六个箩筐里的玉米棒挥发出一种腐烂的异味。苏队长指着那些烂玉米、蔫秆子说，谁想要就带回家，喂猪喂鸡随便，不要的就挑到鱼塘里喂鱼，挑不动的就倒入河里。苏队长停了一会儿，抓起扩音器补充道："这绝对是人干出来的，绝对是我老苏的敌人，千万别让我抓住，否则我拿他去喂狗。"苏队长喊完之后扔掉扩音器，驾着他的摩托车扬起一阵尘埃愤愤而去。

司令和团长也都不见了踪影。

这一天，散工们收获颇丰，他们把残留的蝗虫基本捕抓殆尽，生还的都逃不过天罗地网，死去的都被掀起的一抔土埋掉。沉甸甸的网袋，蝗虫插翅难逃，它们挤着压着，吐着烟草色的汁液。有的散工把蝗虫带回家喂鸡喂鸭，那绝对是一顿营养大餐；有的散工则把蝗虫倒进大油桶里把它们活活烧死。烧出来的烟都是青紫青紫的，混着焦味弥漫到地里和河湾上，久久不散。

兵头带着一脸的刮痕和满身的泥土回到家，已经疲惫不堪了。从他加入抓蝗队伍之后，他的伙食其实由苏队长解决，但是兵头一次都没有去他家大院里吃过一顿饭。有人在背后说，兵头肯定是被上次那场大火烧傻了，不吃白不吃。他不说话，踢踢踏踏地走回自家院子，推开门，走到井边，蹲在那个装满水的大铝盆旁边。水面上倒映出他的脸，满脸污垢，伤痕累累。兵头朝着水中倒影吐了吐舌头，自娱自乐起来，然后一手转着铁轱辘从水井里提上一桶井水。他解下衣裳，脱掉裤子，一丝不挂地立在井边，弯下腰去把水桶举到头顶，定住了几秒，双眼遥望了一下湛蓝的天，天喷火似的热，然后才劈头盖脸地把水灌溉下来。一身污浊立马从脚跟流到沟里。井水清凉甘甜。他伸着舌头接上几口从头发上淌下来的一串串水珠，吧嗒吧嗒地舔着。淌过水的身体，上下都在打着日光，粼粼闪闪地发光发亮，就像从河床里跳上来的一只虾。

兵头浑身赤裸地躺在石榴树下睡了个午觉。睡到半晌，两只麻雀翻墙进来跳到枝丫上啁啁地鸣叫。他被吵醒了。散乱的日光落在他的身上被反弹开来，裆下的小鸡鸡歪头斜脑，被晒得没了精神，像是怕麻雀叼去似的缩了起来。他抓起一根竹竿往枝丫上的麻雀乱捅，麻雀惊慌地翻墙出去了，他把竹竿也一块扔出墙外。这时候，外面的司令和团长来唤他了。兵头穿好衣服出去开门。司令的手里牵着黄珊珊家的老黄狗。

兵头问："老黄狗怎么在你手里？"

司令说："我向黄珊珊借的。晚上带出去巡逻，一双狗眼比你们两个人的四只瞎眼还管用。"

团长垂着两手站出来说："兵头，那些是鬼四干的，早上我们看到他了。他鬼鬼祟祟躲在菜园子里。我们追过去时他就不见了。鬼四在报复我们。"

司令咳了一声，扯了一下狗绳。老黄狗哼唧了一声，伸出粉嫩的舌头舔了舔他的手。司令摸着老黄狗的头，说："今晚就带你去咬死那个鬼四。"

司令和团长都认定晚上鬼四还会出现，这是他们从电影里面学到的理儿。他俩认可电影里的某一些理论，决定今晚做好准备，做好埋伏，定能擒住鬼四。兵头无话可说，因为司令和团长都认可的理儿、做出的决策，他也会跟着去执行。

傍晚的天空出现了火烧云，红彤彤的一片霞光洒到了大湾河上，洒到了玉米地上，像是把玉米秆子都点燃了似的，绯红绯红的，泛着光。散工们陆续离开玉米地走回家。现在人员逐渐少了。苏队长在下午返回的时候正式宣布："蝗灾已经过去，我们取得了胜利。"他又补充道，为了防止蝗虫突然反扑，防御工作照旧。不知谁又把那三个大油桶点燃过，里面还冒着缕缕紫烟。兵头想要找到油桶盖罩住，但是盖子都不见了。团长说："八成是鬼四偷去废品站卖了。"司令牵着老黄狗走上桥头，扶着栏杆微微仰着脑袋，眺望着大湾河。老黄狗蹲在一旁，睁着一双苍茫的狗眼，目光掠过河面。河湾上同样飘荡着如火如血的云彩，投射出金黄的光芒。光芒大片大片地泼到水面上，紫烟缭绕，映出一个个色彩斑斓的光圈。在那个水天相接、暮霭灿烂的景色中，司令的目光却是那么缥缈、迷惘、意味深长。

9

这晚的月光盈盈如水，仿佛触碰一下就会碎裂开来。司令牵着老黄狗坐在松树下，一手卷着龙须，一手搭在狗背上。团长没了手电筒，蹲在田埂上竖起耳朵细细地倾听，他的耳朵能一耸一耸地抖动，控制不住的，听说是跟秀才打架时，耳根处挨了一记重拳落下的病根。兵头爬到松树顶头，像只猫头鹰似的巡视着玉米地。

玉米秆子沙沙生长的声音细微、迅捷，那些被人砍掉的节头在夜里长出新枝。嫩绿的新枝溢出一种特殊的清香，先是引来了两只萤火虫，萤火虫停在节头处闪着萤光，不到半刻钟，周围的萤火虫纷纷聚拢过来，落在每根砍断的节头上，贪婪地吮吸着秆子里的清甜汁水。兵头的目光也落在那些发光的萤火虫周围。这时候，他的目光留意到了一个黑影。看起来那黑影像只优雅的刺猬，动作缓慢地往前钻，身体触碰到玉米秆子，萤火虫纷纷飞走。萤光照到了那个黑影，那是个有头有脚还有手的东西，手里握着一把发出冷光的利器。兵头揉揉眼睛，再细细地看，那个冷光是萤光打在利器面上反射出来的，那是一把雪白锋利的砍刀，寒光瑟瑟。兵头忽然打个哆嗦，手脚轻快地从松树上爬下来。他的目光与司令的目光在昏暗中交织在一起，心有灵犀，都能领会。兵头踮着脚尖走下田埂，与团长交头接耳细语一番。两人便悄悄地钻进玉米地。司令则牵着老黄狗爬到后面的菜园子里，从后路包抄。

兵头的脚踏进玉米地里，萦绕在秆子间的月光就被踩碎了。月光飘动起来，混在闪动的萤火虫中间，于是细碎的光芒便开始围在他和团长的身边起起浮浮。头发上、衣服上、手背上和鞋子上都有无数的光碎儿在欢乐地跳动。兵头小心翼翼地拨开玉米秆子，往前探着脑袋，用灵敏的鼻子探寻着鬼四身上的气味。鬼四身上有一种糅杂着臭鱼烂虾的腥臭味，抖出来大概有二两的重量，飘起来吸附在空气里，撞进兵头的鼻孔里……老黄狗的鼻尖也吸溜了一声，随即打出一个响鼻。司令立马一手捂住它的狗嘴。老黄狗安静了，朝他眨着自信的眼珠。眼珠里有闪烁不定的光，那些光跟萤光是一样的。司令对狗嘀咕道："看准喽。"老黄狗点点头继续往前钻。萤火虫跟着聚拢过来了，飞在前面就像一只只引路的灯笼，照出一条闪烁的道路……兵头和团长也跟着引路的萤火虫。团长嘟囔着什么，一只萤火虫停在他的肩膀上，他厌恶地把它扇走。兵头大气儿不敢喘上一口，细溜溜的气息一

半顺着鼻孔出来，一半被逼回肺里再从耳洞冒出来，竟然在耳旁
生出了一股清凉……那种怪风又吹来了，跟前天晚上一样，吹得
玉米秆子吱扭吱扭地响。怪风从东往西吹，玉米秆子一层层、一
浪浪地翻向大湾河。兵头和团长恰是逆风而行，为他们前进的道
路增添了麻烦。摇摆的玉米秆子不停地往两人的背上与脑袋上磕
打。走了不到五十米，额头就被嗑得阵阵疼痛。萤火虫也经不起
风吹，都被怪风冲散，卷来卷去，上下翻腾。天上地下，星星点
点地亮着，宛如宇宙中的星河……老黄狗发亮的眼珠也像被拔掉
开关的灯泡，光也散掉了，暗淡了，它眨巴着眼瞅着司令，自信
的光消失了，两个眼珠黑乎乎的，像洞穴一样空洞无力。司令扇
了老黄狗一巴掌说："真没用。"老黄狗委屈地吧唧吧唧着，后
撤了两步，两滴热泪掉到司令的手背上，它垂下头擤了擤鼻子。
司令想安慰一下它，忽然老黄狗的两个耳朵往前一探，僵硬起
来。司令凑近老黄狗的耳边嘀咕着什么。它的狗头一抬，鼻子一
抽，四脚一蹬，挣脱司令的手，往密集的秆子间猛钻进去……兵
头听到三种特别的声响随风传来——鬼四慌乱的脚步声、司令的
呼哨声，还有老黄狗的叫声。兵头其实还听到第四种声音，那就
是玉米秆子沙沙生长的声音，从大湾河岸到脚跟下，都在如斯响
起。那四种声音在玉米地里跑着、跳着、追赶着、交织着，好像
田间奏起了一首气势恢宏的交响曲。忽然，鬼四的声音消失了，
气味也闻不到了，就像人和气味突然被月光吸收掉了。司令和老
黄狗的声音还在田间持续产生骚动。兵头和团长就循着司令的方
向走去。一会儿之后，兵头又闻到司令和老黄狗的气味都不动
了。司令和老黄狗的气味是从玉米地的西北方向飘来的，恰好顺
着风向，气味流动得很快。兵头朝身后的团长指了指西北方向，

示意他加快前进的脚步。团长用手摁着额头，眯着惊慌的眼睛，眼角上方被叶片割开了一道口子，热血从指缝间流淌下来，他踟蹰着，心慌着，然后朝兵头摇摇头。最后团长退走了。兵头停下来歇了一会儿，他不想打退堂鼓，因为他还能闻到司令和老黄狗细微的气味。他努力往前钻，不到一会儿就钻到了玉米地中央那个被砍出来的空地上。兵头走在空地上徘徊，眺望着深邃的夜空，觉得天上地下都有一个尚未解开的谜。夜空太迷人了，满天的吊坠珠儿发着光芒。怪风愈来愈猛了，周围的声浪劈头盖脸地扑过来。兵头再次钻进玉米地里……

夜幕冥冥，流萤纷飞，宛如飘浮着的星星，又像闪烁的火星碎末，一会儿悬在空中闪耀，一会儿又像地面上探路的灯笼。叶片上、玉米棒上和秆子上都是它们的影子，一闪一闪地打着寒光。谁说那是萤光呢？不是人间的萤光，而是天上坠落的火星。火星碎末落下来了，落到地面上闪烁出亮光，声音也伴随而来，噼啪着扶摇而上。兵头在地里钻着、跑着。秆子的枯叶像一把把锋利的镰刀，割烂了他的衣裳，割破了他的皮肉。他被隆起来的小土墩绊倒，掩面摔得满嘴是泥。他一脚踢飞了小土墩，却踢出一窝凶狠的大黑蚁，它们一团一团地撞到他的脚上，有带翅膀的，有张牙舞爪的，拼命地往他的裤管里钻，往脖颈上咬。那些藏在地下的田鼠也发疯了，哼哧哼哧地从他的脚跟下溜过去。兵头吓得连蹦带跳，虚汗直流。就在这当儿，他看到了越来越多的火星碎末腾空飞起，宛如稠密的雨滴，在风中飘荡，在夜空狂舞……

兵头乍一看，离他不远的地方燃起了烈火，玉米秆子在烈火中燃烧，喷出一道道火龙，喷得老高老高了。他踮起脚尖张望，看到烈火背后站着司令和老黄狗。司令举着火把站在大油桶旁边，火光之下，他整个人都被热浪包裹了，形象变得扭扭曲曲。老黄狗的眼珠也在打着火光。很显然，司令想要用火烧死鬼四，把鬼四烧成灰烬。枯黄的玉米叶子燃起来快得惊人，加上不停地吹着怪风，而且是顺风势的怪风，这为烈火助长了不可估量的势头。兵头掉头就跑，想要原路返回，但是路已经被遮蔽了，他不得不考虑重新劈开一条逃生的道路来。他的脖颈和双手还在流着鲜血。鲜血吸收了火的热量，还没有滴到地上便化成气体散掉了。他闻到那个烤散掉的血的气味，有点像蝗虫被烧焦时的煳味。

玉米地里上上下下已经被火光照亮。兵头往田埂一侧劈开了一条路，但开路的不仅仅是他，还蹿出了那条咬过他的眼镜蛇。那条眼镜蛇的左眼是瞎的，他记得清清楚楚，它的左眼珠儿凸出来，吊在鼻孔旁边，仿佛风一吹能敲动，叮叮咚咚打着鼓似的。眼镜蛇扬起头，吐着芯子，与他夺路逃窜。它有多大？不好估量，看不到它的尾巴伸到哪里，似乎无限长。如果它只有拇指那么大，那么他徒手直接就能把它捏死，然后当作绑带来捆住他松松垮垮的裤头。但看眼前危急的形势，不是估计眼镜蛇的长短，不是寻找复仇的时刻，而他看到它吐出来的芯子也在发出亮光，如同头顶上飘浮的火星碎末，忽闪忽闪，像是两条跳动岔开的闪电，直接往他的腿子上劈过来……

与其说他在逃离烈火，不如说是在逃离眼镜蛇。它的咝咝声与烈火的呼哧声一样令人惊悚可怖。兵头尝过它的毒牙，那滋味可不好受，浮肿的腿硬得像根敲锣的棒槌。黄医师用刀剜掉一块肉都毫无知觉。他逃窜的情绪立马被点燃。他如同一道荒野上的侧影，在黑暗与光明相互交映的大地上阔步奔跑起来。他的身边不断聚拢着火星碎末，身后不断喷来夺命的火苗。火苗喷得很高、很猛，那真是与眼镜蛇的芯子一样恐怖，与它的毒汁一样厉害。他的眼前朦胧不知尽头，身后火光如昼。他的衣裳被带锯齿的枯叶片分解了，他的血液就要流尽了。他越跑越感到乏力，速度越快，脑袋晕得越快，随后他奔跑的速度慢慢地减下来，逃出去的时间就越长了。接着，他的手脚出现了发麻的感觉，很快遍及全身。那些飘散在冥冥夜幕下的火星碎末也忽而散尽了。但在茫茫黑夜之中，有人看到兵头那飞奔的身影，如同一匹燃烧的烈马，在河湾之上拖出了一道绚丽耀眼的火光……

10

收获玉米的时节过去了。

苏队长在收的季节里颗粒无收。

秋雨来了一场，又去了一场，一直到十二月的第一场冻雨降下来也没有将玉米地里的灰烬冲散掉。寒风一吹，灰烬就满地打着旋，但始终都没有飘离玉米地。那场大火之后，苏队长离开了河湾镇，消失了几个月，等他返回的时候，整个人都变了样，胡子修理得很干净——以前都是刮得很潦草——头发梳得一丝不苟，西装革履，皮鞋在太阳底下还打出了光晕。苏队长一口否认关于火烧玉米地之后极度悲伤的任何说法，现在他看起来精神抖擞，不像是破产的狼狈样。有人问起他那几个月究竟去了哪里，苏队长往遥远的地方一指，说道："到外面的世界找致富的方法去了。"

鬼四跟他父母亲搬到市区去了，听说一家人在农贸市场做起了贩鱼的生意。关于那场大火，鬼四一口咬定，与他无关。

河湾镇即将要变新模样了。苏队长这次从市区带回来了五六个人，据说他们都是有钱人、大老板。他们是来跟随扶贫队伍，在村里察看，规划，出钱出力，协助帮扶的。那个被烧成废墟的庙宇被铲平了，那些写着"拆"字的废屋也被砸掉了。不久之后，庙宇之上就盖起了一个平房，设立了河湾镇的第一个综合服务点。他们还规划着明年将在这里统一盖新房子，让家家都喝上纯净水。

苏队长找到兵头的父亲说："别贩菜了，信得过我老苏，你就跟着我干大事，带着老乡们修路、盖房、建厂，一起脱贫致富。"

兵头的父亲犹豫不决，他犹豫不决的时候就拼命地抽烟，一根接着一根地抽。兵头提着一块腊肉从巷子里出来，刚好撞见苏队长和父亲。苏队长摸了摸兵头的脑袋说："傻侄子，哪来这么一大块腊肉？"

兵头左手拎着腊肉，右手的虎口掐在右膝盖上，脚尖触地，一摇一晃地往家走，没有理睬谁。兵头瘸了。兵头是在满天萤光的那个晚上烧瘸的，他走路的姿势歪头斜脑，肩膀左高右低，右腿膝盖骨凸出来，弯成了畸形。苏队长看看兵头的父亲，再看看兵头离去的背影，他掏出一根烟点着，深深地吸了一口，吐出一道又粗又长的烟柱，感叹道："可怜的兵头啊！"

他母亲坐在客厅里看电视剧《红高粱》。那块腊肉是母亲特意吩咐兵头去团长家剁的。团长的父母开了一间肉铺，鲜肉、腊肉都有。每天放学之后团长就守在肉铺里，哪儿都不能去了。那场大火之后，司令在这里再也待不下去了，他跟着一位老乡去北京找他的父母，临走前把心爱的木手枪送给了团长，他说："传给你。"团长有些迟疑，因为他从来没有摸过司令的心爱之物，而按照他们的游戏规则，这是可以继承的。团长双手接过木手枪，把它插在腰间。当兵头提着腊肉走出猪肉铺时，团长随后追了上来，他说："兵头，这把枪我是用不上了，现在我把它传给你。"兵头没吭声，接过木手枪塞进口袋里就走了。兵头转身要走，被团长叫住了，说道："兵头，还有件事我想要告诉你，其实那晚，是司令点火烧的庙。他把责任都推给了鬼四。希望你原谅司令吧。"兵头也没吭声，默默地走了，他没有往家里走，而是绕到桥头那边。他站在桥头上，手里抓着光滑的木手枪，凝神眺望了一会儿。临走前，兵头把木手枪埋在那块奠基石碑下面，然后往石碑上撒了一泡热腾腾的尿。

兵头从门缝里往客厅瞄，炭炉里的木炭烧得橙黄橙黄的，就像塞进了一个酷夏的日头。母亲看着电视打起了瞌睡，盖在身上的被子滑落到了地上。兵头把腊肉吊在墙壁的铁钩上，转身走到石榴树下。他的藤床还在，上面垫着一张草席，草席下面垫满了稻草杆子。他踩着木墩坐上藤床，从衣袋里掏出一本连环画，躺下去翻阅着。

看到半晌，兵头听到了老黄狗悠长的吠叫，他抬起头往墙外瞄出去，外面什么都没有。他踩着藤床，手扶着石榴树的枝杈，望向桥头。黄珊珊牵着老黄狗往桥上走着。他看到黄珊珊站在桥头上面对着大湾河张望了很久。中午时分，大湾河上冒着水汽，泛着粼粼波光。他忽然想起了八月的那个傍晚，回忆着司令在那个位置上眺望大湾河的情景。兵头又躺回藤床上了，合上连环画，塞进衣袋里。他父母还是不允许他看这类书，他藏起来偷偷看。他挪了挪姿势侧向里边，把羽绒外套盖在身上，不一会儿，他就安静下来了，进入了梦乡。他梦到了大湾河，梦到了一望无际的玉米地，风一吹，玉米秆子像海浪一样翻腾着。玉米秆子又在燃烧了，再次在烈火中化成灰烬。灰烬弥漫着整个大湾河右岸。